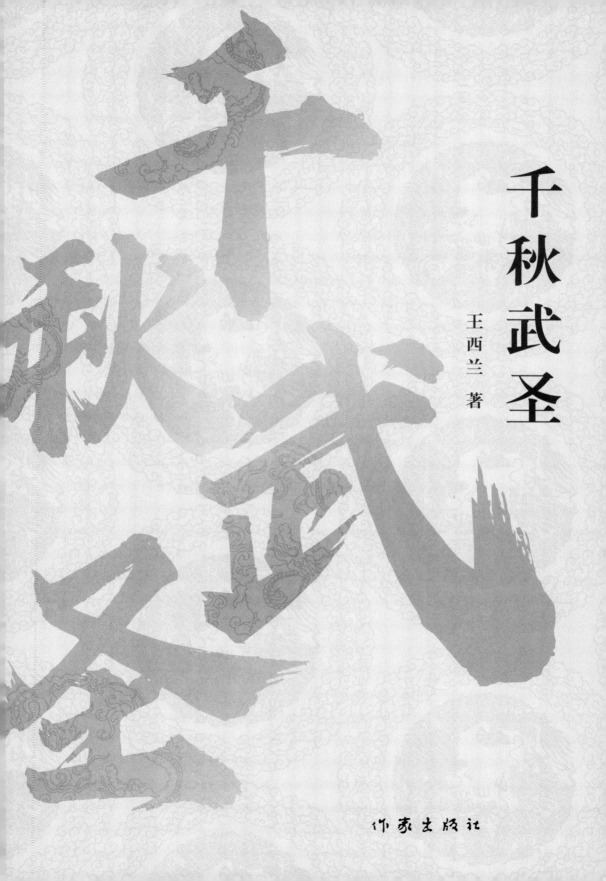

千秋武圣

王西兰 著

作家出版社

典藏古河东丛书

编委会

策　　　划：丁小强　储祥好

顾　　　问：杜学文　王西兰　王灵善

编委会主任：王志峰

编委会副主任：张　云　段利民　孔令剑

编　　　委：李运喜　畅　民　杨丽娜

编　　　务：姚灵芝　董鹏飞　朱永齐　孙亲霞

序 一

张　平

为了深入贯彻落实习近平总书记视察山西重要讲话和重要指示精神，山西省运城市委宣传部策划编撰了"典藏古河东丛书"，共十一本。本丛书旨在反映河东的悠久历史和文化底蕴，传承和弘扬河东优秀传统文化，为推动经济社会发展提供强大的价值引导力、文化凝聚力和精神推动力，提升运城的知名度、美誉度。

运城，位于黄河之东，又称"河东"。河东是一片古老而神奇的土地，数千年来，大河滔滔，汹涌奔腾，物华天宝，钟灵毓秀，人杰辈出，群星灿烂，孕育了悠久而灿烂的历史文化，具有厚重的人文历史积淀，构成了中国传统文化的重要基因，植根于中国人的血脉，不愧为中华文明的摇篮。

关于"河东"的说法，最早来源于《尚书·禹贡》的记载。《禹贡》划分天下为九州，首先是冀州，其次分别为兖州、青州、徐州、扬州、荆州、豫州、梁州、雍州，皆以冀州为中心。冀州，即古代所谓的"河东"。当时的河东是华夏文明的轴心地带。河东，在战国、秦汉时指今山西西南部，后泛指今山西省，因黄河经此由北向南流，这一带位于黄河以东而得名。战国中期，秦国夺取了魏国的西河和韩国的上党以后，魏国为加强防守，遂置河东郡，国都在今运城市安邑镇。公元前290年，秦昭王在兼并战争中迫使魏国献出河东地四百里给秦。秦沿袭魏河东郡旧名不变，治所在安邑（今山西夏县西北禹王城）。秦始皇统一六国，设三十六郡，运城属河东郡，治所安邑。汉代的河东，辖今山西阳城、沁水、浮山以西，永和、隰县、霍州市以南地区。东晋义熙十四年（418年），河东郡移治蒲坂（今山西永济市蒲州镇），辖境缩小至今山西西南汾河下游至王屋山以西一角。隋废，寻复置。唐改河东郡为蒲州，复改为河中府。唐天宝、至德时又曾改蒲州为河东郡。宋为河东路，辖山西大部、河北及河南部分地区，至金朝未变。元、明、清与临汾同为平阳府，治所平阳（今临汾尧都区）。民国三年至十九年，运城、临汾及石楼、灵石、交口同属河东道。古代，由于河东位于两大名都长安和洛阳之间，其他州郡对其形成众星捧月之势，因此，河东无论在政治、经济、文化上都具有重要的地位。河东所辖的地区范围不断发生变化，但其疆界基本上以现代的山西运城市为中心。今天的河东地区，特指山西运城市。

河东，位于山西西南部，是中国两河交汇的风水佳地。黄河滔滔，流金溢银，纵横晋陕峡谷；汾水漫漫，飞珠溅玉，沃育河东厚土。在今天之运城，黄河从河津寺塔西侧入境，沿秦晋峡谷自北向南，出禹门口后，一泻千里，由北向南经河津、万荣、临猗、永济，在芮城县的风陵渡曲折向东，过平陆、夏县，到垣曲县的碾盘沟出境，共流经运城市八个县（市）。汾河是山西的母亲河，发源于宁武管涔山脉，从南至北流经河东大地。汾河自新绛县南梁村入境，经新绛、稷山、河津、万荣四县（市），由万荣县庙前汇入黄河，灌溉着河东万顷良田。华夏民族的始祖在河东繁衍生息，中国古代第一部诗歌总集《诗经》里的许多诗篇歌吟过河东大地。黄河和汾河交汇之处——山西运城市，吸吮黄河和汾河两大母亲河的乳汁，滋生了悠久灿烂的华夏文明，源远流长。在朝代的兴替与岁月的更迭中，河东大地描绘了多少华夏儿女的动人画卷，道尽多少人间的沧桑变化！

河东，地处晋、豫、陕交会的金三角地区。山西省运城市、河南省三门峡市、陕西省渭南市，区域总面积约五万二千平方公里，总人口约一千七百余万，共同形成了晋陕豫三省边缘"黄河金三角区域"，构成了以运城市为核心的文化经济圈。这个区域，位于我国中、西部交界地带，接通华北，连接西北，笼罩中原，位置优越，不仅是华夏文明的发祥地，而且在全国经济发展中具有承东启西、贯通南北的作用。该区域的历史文化、资源禀赋、旅游优势、经济协作，可以发挥重要的经济文化互相促进的平台效应，具有"以东带西、东中西共同发展"的战略价值。研究河东历史文化，对于繁荣黄河金三角地区的文化，打造区域经济圈，都具有非常重要的现实意义。

河东，是"古中国"的发祥地。河东地区，属于人类最早活动的区域之一。这片美丽富饶的大地上，远古时期气候温和，土地肥沃，山脉起伏，河汊纵横，绿草丰茂，森林覆盖，飞鸟鸣啾，走兽徜徉，是人类栖息的理想地方。著名考古学家苏秉琦教授在其《华人·龙的传人·中国人》一文中指出："晋南地区是当时的'帝王所都'。帝王所都为'中'，故曰'中国'。而'中国'一词的出现正在此时。'帝王所都'，意味着古河东地区曾经是华夏民族的先祖创建和发展华夏文明的活动中心。"自从盘古开天地、三皇五帝到今天，从远古文明到石器时代，从类人猿到原始人、智人的进化，河东这块土地都充当了亲历者和见证者。

人类的远祖起源于河东。1995 年 5 月，中美科学家在山西省垣曲县寨里村，发现了世界上最早的具有高等灵长类动物特征的猿类化石，命名为"世纪曙猿"。它生活在距今四千五百万年以前，比非洲古猿早了一千多万年。中美科学家在英国权威科学期刊《自然》杂志上联合发表论文，证实了人类的远祖起源于山西垣曲县寨里村，推翻了"人类起源于非洲"的论断。

人类文明的第一把圣火燃烧于河东。西侯度遗址位于山西省芮城县西侯度村，考古学家发掘出土的石器有石核、石片、砍斫器、刮削器和三棱大尖状器，动物化石有巨河狸、山西披毛犀、中国野牛、晋南麋鹿、步氏羚羊、李氏野猪、纳玛象等，尤其在文化层中发现了带切痕的鹿角和动物烧骨，这是中国最早的人类用火证据。证明远在二百四十三万年前，人类就在这里生活居住，并已经掌握了"火种"。

中国的蚕桑起源于河东。《史记》记载了"嫘祖始蚕"的故事。河东地区有"黄帝正妃嫘祖养蚕缫丝"的传说。西阴遗址位于山西省夏县西阴村。1926 年，考古学家李济主持发掘该处遗址，出版了《西阴村史前遗存》一书。该遗址属于新石器时代，西北倚鸣条岗，南临青龙河，面积约三十万平方米。此处发掘出土了许多石器和骨器，最具震撼力的是发现了半枚经人工切割过的蚕茧壳。这为嫘祖养蚕的传说提供了有力实证。2020年，人们又在山西夏县师村遗址出土了仰韶文化早期遗物，主要有罐、盆、钵、瓶等。尤为重要的是，还出土了四枚仰韶早期的石雕蚕蛹。西阴遗址和师村遗址互相印证，意味着至迟在距今六千年以前，河东的先民们就掌握了养蚕缫丝的技术，成为中华文化的重要标识之一。

远古时代，黄帝为首的华夏族部落生活在河东一带。黄帝的元妃嫘祖是河东地区夏县人，宰相风后是河东地区芮城县风陵渡人。黄帝和蚩尤大战于河东地区的盐池一带。传说黄帝取得胜利后尸解蚩尤，蚩尤的鲜血流入河东盐池，化为卤水，因而这里被命名为"解州"。今天运城市还保存着"解州镇"的地名。盐池附近有个村庄名叫蚩尤村，相传是当年蚩尤葬身的地方。后来人们将蚩尤村改名"从善村"，寓弃恶从善之意。黄帝战胜蚩尤之后，被各诸侯推举为华夏族部落首领。《文献通考》道："建邦国，先告后土。"黄帝经过长期战争后，希望国泰民安，天下太平，得到大地之神——后土的护佑。于是，黄帝带领部落首领来到汾阴脽上，扫地为坛，祭祀后土，传为千古佳话。明代嘉靖版《山西通志》记载："轩辕扫地坛在后土祠上，相传轩辕祭后土于汾脽之上。"

河东地区是中华民族的先祖尧、舜、禹定都的地方。文献记载："尧都平阳（今临汾）、舜都蒲坂（今永济）、禹都安邑（今夏县）。"据史料记载，尧帝的都城起初设在蒲坂，后来迁至平阳。清光绪十二年（1886年）的《永济县志》记载："尧旧都在蒲。"《水经注》："雷首，俗亦谓之尧山，山上有故城，又曰尧城。"阚骃《十三州志》："蒲坂，尧都。"如今运城永济市（蒲坂）遗存有尧王台，是当年尧舜实行"禅让制"的见证地。舜亦建都于蒲坂。史籍载：舜生于诸冯，耕于历山，陶于河滨，渔于雷泽，都于蒲坂。远古时期，天地茫茫，人民饱受水灾之苦。禹的父亲鲧治水失败。禹吸取教训，从冀州开始，踏遍九州，改"堵"为"疏"，三过家门而不入，历经十三年最终治水成功。《庄子·天下》记载："昔禹之湮洪水，决江河而通四夷九州也。名山三百，支川三千，小者无数。"禹治水有功，舜把天子之位禅让给禹。禹建都安邑，其遗址在山西夏县的禹王城。《括地志》道："安邑故城在绛州夏县东北十五里，本夏之都。"禹王城遗址出土了东周至汉代的许多文物，其中有"海内皆臣，岁丰登熟，道无饥人"十二字篆书。从尧舜禹开始，河东便是帝王的建都之地。

运城盐池是中国古代重要的食盐产地，被田汉先生赞为"千古中条一池雪"。它南倚中条，北靠峨嵋，东邻夏县，西接解州，总面积一百三十二平方公里。盐湖烟波浩渺，硝田纵横交织，它与美国犹他州澳格丁盐湖、俄罗斯西伯利亚库楚克盐湖并称为世界三大硫酸钠型内陆盐湖。据《河东盐法备览》记载，五千多年前，我们的祖先在运城盐池发现并食用盐。《汉书·地理志》："河东，地平水浅，有盐铁之饶，唐尧之所都也。"黄河和汾河两河交汇的地理优势、丰富的植被和盐业资源，为古人类提供了良好的生活条件。当年，舜帝曾在盐湖之畔，抚五弦之琴，吟唱《南风歌》：

南风之薰兮，

可以解吾民之愠兮。

南风之时兮，

可以阜吾民之财兮。

运城在春秋时称"盐邑"，汉代称"司盐城"，宋元时名为"运司城""凤凰城"等。因盐运而设城，中国仅此一处。河东人民在千百年的生产实践中总结出的"五步法"产盐工艺，是全世界最早的产盐工艺，被英国科学家李约瑟称为"中国古代科技史上的活化石"。

万荣县后土祠是中华祠庙之祖。后土祠位于山西万荣县庙前镇，《水经注》道：河东汾阴"有长阜，背汾带河，长四五里，广二里有余，高十余丈，汾水历其阴，西入河"。孔尚任总纂《蒲州府志》记载："二帝八元有司，三王方泽岁举。"尧帝和舜帝时期，确定八个官员专管后土祭祀，夏商周三朝的国君每年在汾阴举行祭祀后土仪式。遥想当年，汉武帝在汾阴建立后土祠，写下了传诵千古的《秋风辞》。从汉、南北朝、隋、唐、宋至元代，先后有八位皇帝亲自到万荣祭祀后土，六位皇帝派大臣祭祀后土。万荣后土祠，堪称轩辕黄帝之坛、社稷江山之源、中华祠庙之祖、礼乐文明之本、黄河文化之魂、北京天坛之端。

河东是中国农耕文明的发祥地之一。河东地处黄河流域、黄土高原腹地，远古时代气候温润，物产丰富，具有发展农业生产的优越的自然地理环境。舜耕历山，禹凿龙门，嫘祖养蚕，后稷稼穑，这些历史传说都发生在河东大地。《晋书·天文志上》："稷，农正也，取乎百谷之长以为号也。"后稷是管理农业的长官、百谷之长。《孟子》："后稷教民稼穑，树艺五谷；五谷熟，而民人育。"意思是，后稷教民从事农业，种植五谷，五谷丰收，人民得到养育。传说后稷在稷王山麓（在今山西稷山县境）教民稼穑，播种五谷，是远古时代最善种稷和粟的人，被称之为"稷王"。人们把横跨万荣、稷山、闻喜、运城东西二十里、南北三十里的山脉，叫作"稷王山"。迄今为止，在河东已发现石器时代遗址四百余处，出土的农耕工具有石斧、石锛、石锄、石铲等；粮食加工工具有石磨盘、石磨棒、石杵等；收割工具有半月形石刀、石镰、骨铲、蚌镰等。万荣县保存有创建于北宋时期的稷王庙，是我国现存唯一一座宋代庑殿顶建筑。

大江东去，浪淘尽，千古风流人物。五千年的中华文明史，孕育了无数杰出人物，史册的每一页都有河东的亮丽身影。

荀子，名况，战国晚期赵国郇邑（故地在山西临猗、安泽和新绛一带）人，在历史上属于河东人。他一生辉煌，兼容儒法思想；贡献杰出，塑形三晋文化。中国古代社会，先秦两汉之际是一个巨大的转折点，开启了新型的大一统时代。荀子继承和发扬了孔孟以来的儒家思想，提出儒、法融合，把道德修身、道德教化、道德约束之政治结合在一起，强调以先王之道、圣人之道和仁义之道治理天下，主张思想统一、制度统一，对秦汉以后的中国古代政治制度建设起了重要作用。从对社会现实和历史进程的影响来看，荀子是中国古代最有贡献的思想家之一。

关羽，东汉末年名将，被后世崇为"武圣"，与"文圣"孔子齐名。《三国志·蜀书》道："关羽，字云长，本字长生，河东解人也。"东汉末年朝廷暗弱，军阀混战，百姓流离失所，在兵燹战火中煎熬挣扎。时天下大乱，各种政治势力分合不定，各个阵营的人物徘徊左右。选择刘备，就是选择了艰难的人生道路；忠于汉室，就意味着奋斗和牺牲。关羽一生堂堂正正，坦坦荡荡，报国以忠，为民以仁，待人以义，交友以诚，处事以信，对敌以勇，俯仰不愧天地，精诚可对苍生。关羽身上体现了中国传统道德的忠义孝悌仁爱诚信。古代以民众对关公的普遍敬仰为基础，以朝廷褒封建庙祭祀为推动，以各种艺术的传播为手段，以历史长度和地域广度为经纬，产生了体现中华传统文化核心价值和民族道德伦理的关公文化。

卢纶，字允言，河中蒲州（今山西永济市）人。唐玄宗天宝末年进士，历官秘书省校书郎、监察御史、检校户部郎中等。唐代杰出诗人。明王士禛《分甘余话》道："卢纶，大历十才子之冠冕。"卢纶存诗三百三十九首，是处于盛唐到中唐社会动乱时代的诗人。他的《送绛州郭参军》，至今读来，仍有慷慨之气：

> 炎天故绛路，
> 千里麦花香。
> 董泽雷声发，
> 汾桥水气凉。
> ……

卢纶无疑是大历时期最具有独特境界的诗人，他的骨子里流淌着盛唐的血液，积极向上，肯定人生；不屈不挠，比较豁达；关心社会民生，不斤斤计较个人得失，一生都在努力创作诗歌。卢纶的诗歌气魄宏伟，境界广阔，善于用概括的意象，描绘盛唐的风韵。他在唐诗长河中的贡献与孟郊、贾岛等相比丝毫不弱。他的诗歌不仅在大历时期，在整个唐代也具有独特的价值。

司马光，字君实，陕州夏县（今山西夏县）涑水乡人。他历仕仁宗、英宗、神宗、哲宗四朝，是北宋伟大的政治家、史学家、文学家。司马光主政期间，提出"兴教化，修政治，养百姓，利万物"的治国理念，加强道德教育，改变社会风气；严格选用人才，严明社会法治；倡导"轻租税，薄赋敛，已逋责"的民本思想，希望实现"致中和，天地位焉，万物育焉"的天下大治的理想社会。他主持编纂的中国最大的一部编年体通史《资治通鉴》，与《史记》并列为中国古代史家之绝笔。全书共二百九十四卷三百万字，上起周威烈王二十三年（前 403 年），下迄五代后周世宗显德六年（959 年），共记载了十六个朝代一千三百六十二年的历史，历经十九年编辑完成。清代学者王鸣盛评价《资治通鉴》说："此天地间必不可无之书，亦学者必不可不读之书。"司马光的著作另有《司马文正公集》《稽古录》《涑水纪闻》《独乐园集》等。

河东历史上的许多大家族，代有人杰，长盛不衰。河东的名门望族主要有裴氏家族、薛氏家族、王氏家族、柳氏家族、司马家族等。闻喜县裴氏家族为世瞩目，被誉为"宰相世家"。裴氏自汉魏，历南北朝，至隋唐、五代是其最兴盛时期。据《裴谱·官爵》载，裴氏家族在正史立传者六百余人，大小官员三千余人；有宰相五十九人，大将军五十九人，尚书五十五人。比较著名的有：西晋地理学家裴秀撰《禹贡地域图序》，提出了编绘地图的"制图六体"，在世界地图史上占有重要地位。西晋思想家裴頠著有《崇有论》，是著名的哲学家。东晋裴启的《语林》，是我国文学史上最早的一部志人小说。南北朝时的裴松之、裴骃（松之子）、裴子野（裴骃孙），被称为"史学三家"。唐代名相裴度，平息藩镇叛乱，功勋卓越，被称为"中兴宰相"。欧阳修《新唐书·宰相世系表》，将裴氏列为天下第一家族，感叹"其才子贤孙不殒其世德，或父子相继居相位，或累数世而屡显，或终唐之世不绝"。

习近平总书记在党的十九大报告中指出："深入挖掘中华优秀传统文化蕴含的思想观念、人文精神、道德规范，结合时代要求继承创新，让中华文化展现出永久魅力和时代风采。"中华优秀传统文化是"中华民族的基因""民族文化血脉"和"中华民族的精神命脉"，堪称中华民族的源头和根基。在具体撰写过程中，各位作者力求基于严谨的学术性、臻于文学的生动性，以史料和考古为基础，以学术界的共识为依据，不作歧义性研究和学术考辨，采用文化散文体裁，用清朗健爽、流畅明丽的语言，梳理河东历史文化的渊源和脉络，挖掘河东文化的深厚内涵，探寻其在华夏文明中的重要地位，弘扬民族文化的自尊和自信。希望通过这套丛书，使人们更加了解和认识河东历史文化，深化对中华文明的认知与感悟，进一步增强文化自信，推动中华民族的伟大复兴。

序　二

李敬泽

　　运城是山西南部的一个地级市，也是我的老家所在。

　　说起运城，自然会想起黄河、黄土高原和中条山、吕梁山以及汾河、涑水。黄河经壶口的喷薄，沿着吕梁山与陕北高原间逼仄的晋陕峡谷，汹涌奔腾，越过石门，冲出龙门，然后，脚步骤然放缓，犁开黄土地，绕着运城拐了个温柔的弯，将这片地方钟爱地搂抱在怀中。从青藏高原奔流数千里，黄河头一次遇到如此秀美的地方。

　　这里古称河东，北有吕梁之苍翠，南有中条之挺秀，两座大山一条大河，似天然屏障，将这片土地护佑起来，如此，两座大山便如运城的城垣，一条大河绕两山奔流，又如运城的城堑。两山一河之间，又有涑水与汾水两条古河自北向南流淌，中间隆起的峨嵋岭将两河分开，形成两个不同的流域——汾河谷地与涑水盆地。一片不大的土地上，各种地貌并存：山地、丘陵、平原、河谷、台地。适合早期先民生存的地理环境应有尽有，农耕民族繁衍发展的条件一应俱全，仿佛专门为中华民族诞生准备的福地吉壤。

　　我的祖辈、父辈都出生在这片土地上，我也多次在这片土地上行走，我热爱这片土地，即使身在异乡，这片土地上的山山水水，也经常出现在我的想象中。少年时代，我根本不会想到，这片看似寻常的土地，是中华民族最早生活的地方，山水之间，绽放过无数辉煌，生活过无数杰出人物。年龄稍长，我才发现：史书中，一件又一件的大事发生在河东；传说中，一个又一个神一般的华夏先祖出现在河东；史实中，一位又一位的名将能臣从河东走来；诗篇中，一个又一个的优秀诗人从河东奏出华章。他们峨冠博带，清癯高雅，用谋略智慧和超人才华，在中国的历史文化图景中，为河东占得一席之地。如此云蒸霞蔚般的文化气象，让我对河东、对家乡生出深厚兴趣。

这套"典藏古河东丛书"邀我作序。遍览各位学者、作家的大作，我对运城的历史文化有了更深入的了解。

华夏民族的早期历史，实际是由黄河与黄土交融积淀而成的，是一部民间传说、史实记载和考古发掘相互印证的历史。河东是早期民间传说最多的地方，司马迁《史记·五帝本纪》中提到的五帝事迹，多数都能在运城这片土地上找到佐证。尧都平阳（初都蒲坂），舜都蒲坂，禹都安邑，均为史家所公认。黄帝蚩尤之战、嫘祖养蚕、尧天舜日、舜耕历山、大禹治水、后稷教民稼穑，在别的地方也许只是传说，带着浓重的神话色彩，而在河东人看来都是有据可依、有迹可循的。运城大量的史前文化遗址，从另一方面证明了运城人的判断。也许你不能想象，这片仅一万四千平方公里的土地上，全国文物保护单位竟多达一百零三处，比许多省还多，位列全国地级市第一，其中新、旧石器时代遗址埋藏之丰富、排列之密集，被考古学家们视为史前文化考古发掘的宝地。为探寻运城的地下文化宝藏，中国田野考古发掘第一人李济先生来过这里，新中国考古发掘的标志性人物裴文中、苏秉琦、贾兰坡来过这里，参加夏商周断代工程的二百多位专家学者大部分都来过这里。西侯度、匼河、西阴、荆村、西王村、东下冯等文化遗址，都证明这里是中华民族的重要发祥地，这里的历史根须扎得格外深，枝叶散得格外开，结出的果实格外硕壮。

中条山下碧波荡漾的盐湖，同样是运城人的骄傲。白花花的池盐，不仅衍生出带着咸味儿的盐文化，还诞生了盐运之城——运城。

山西地域文化中有两个值得关注的生僻字：一个是醯（音西），一个是盬（音古）。山西人常被称作老醯儿，也自称老醯儿，但没人这样称呼运城人，运城人也从不这样称呼自己。醯即醋，运城人身上少有醋味儿，若把醯字拿来让运城人认，大部分人都弄不清读音。盬是个与醯同样生僻的字，但运城人妇孺皆识，不光能准确地读出音，还能解释字义，甚至能讲出此字的典故，"猗顿用盬盐起"，这句出自司马迁《史记·货殖列传》的话，相当多的运城人都能脱口而出。因为古色古香的盬街，是运城人休闲购物的好去处。盐池神庙里供奉的三位大神，是只有运城人才信奉的神灵。一酸一咸，两种截然不同的味道，不光滋润着不同的味蕾，也养育了两种不同的文化。作为山西的一部分，运城的文化更接近关中和中原，民俗风情、人文地理就不说了，连方言也是中原官话，语言学界称之为中原官话汾河片。

如此丰沛的源头，奔腾出波涛汹涌的历史文化长河，从春秋战国，到唐宋元明清，一路流淌不绝，汹涌澎湃。春秋战国，有白手起家的商业奇才猗顿，有集诸子大成的思想家荀况。汉代，有忠勇神武的武圣关羽。魏晋南北朝，有中国地图学之祖裴秀、才高气傲的大学者郭璞，有书圣王羲之的老师卫夫人。隋代，有杰出的外交家裴矩、诗人薛道衡。至唐代，河东的杰出人才，如繁星般数不胜数，璀璨夺目，小小的一个闻喜裴柏村，出过十七位宰相，连清代大学者顾炎武也千里跋涉，来到闻喜登陇而望；猗氏张氏祖孙三代同为宰辅，后人张彦远为中国画论之祖，世人称猗氏张家"三相盛门，四朝雅望"；唐代的河东还是一个诗的国度，自《诗经·魏风》中的"坎坎伐檀兮"在中条山下唱响，千百年间，河东弦歌不辍，至唐朝蔚为大观。龙门王氏的两位诗人，叔祖王绩诗风"如鸾凤群飞，忽逢野鹿"；侄孙王勃为"初唐四杰"之首，一句"落霞与孤鹜齐飞，秋水共长天一色"，奇思壮阔，语惊四座。王之涣篇篇皆名作，句句皆绝响，"欲穷千里目，更上一层楼"一联，足以让他跻身唐代一流诗人行列。蒲州诗人王维，诗中有画，画中有诗，田园诗的境界让人无限神往。更让人称道的是位列"唐宋八大家"的柳河东柳宗元，有他在，唐代河东文人骚客们可称得上诗文俱佳。此外，大历十才子之一的卢纶，以《二十四诗品》名世的司空图，同样为唐代河东灿烂的诗歌星空增添了光彩。至宋代，涑水先生司马光一部《资治通鉴》，与《史记》双峰并峙。元代，元曲四大家之一的关汉卿，一曲《窦娥冤》凄婉了整个元朝。明代，理学家、河东派代表人物薛瑄用理与气，辨析出天地万物之理。清代，

"戊戌六君子"之一、闻喜人杨深秀则在变法图强中，彰显出中国读书人的气节。

如此一一数来，仍不足以道尽运城历史文化底蕴的深厚，因篇幅原因，就此打住。

本丛书围绕习近平总书记 2017 年和 2020 年两次视察山西时提到的运城历史文化内容，遴选十一个主题，旨在传承弘扬河东的优秀文化传统，增强文化自信，为社会发展助力。

参与丛书写作的十一位作者，都是山西省的知名学者、作家，我读罢他们的作品，能感受到他们深厚的学术和文学功力，获益匪浅。

从这套丛书中，我读出了神之奇，人之本，天之伦，地之道，武将之勇猛，文人之风雅，仿佛看到河东先祖先贤神采奕奕，从大河岸畔、田野深处朝我走来。

好多年没回过老家了。不知读者读过这套丛书后感觉如何，反正我读后，又想念运城这片古老的土地了，说不定，因为这套丛书我会再回运城一次。

是为序。

目录

引　子

几乎所有的中国人，都知道关羽，都知道关羽是山西解州人；都知道他的青龙刀和赤兔马；都知道他和刘备、张飞的"桃园三结义"。

稍有一点历史知识的，也都知道他生活的时代，是中国漫长历史中的一个混乱的年代，是一千八百多年前的东汉末年。

不管历史的烟云在关羽身上笼罩了多么浓厚的神秘色彩，我们仍然清楚地知道，他是一个真实的人。

他的生命历程，恰逢中国历史上风起云涌的峥嵘岁月。东汉末年，虽然只有几十年的时间，却英雄辈出，智士云集，龙争虎斗，风云际会，演出了一场场波澜壮阔的历史活剧，谱写了一曲曲豪气干云的英雄史诗。时势造英雄，英雄造时势，历史为关羽提供了一个大显身手的舞台，关羽也为这个前三国时代做出了巨大的贡献。没有这个时代，就没有关羽。同样，我们也不能想象没有关羽的东汉末年和之后的三国。没有关羽，前三国历史很可能在官渡之战时就有了另外的结局，也许就没有了后来的三国。同样，要不是这样的时代，关羽很可能就是一个耕读传家的农家子弟，就会在故乡度过他平庸的一生。那样，就根本不会有威震华夏的关羽，不会有忠义仁勇的关羽，也不会有不朽的关羽。关羽因时代而成就显赫声名，时代因关羽而显得丰富多彩。

关羽之所以成为关羽，时代因素和人生际遇是重要的条件。

他的忠义大节和英雄行为，是因为他自己的天生禀赋和家庭与环境的影响，是因为他有一颗为了天下苍生的忠义丹诚之心。东汉末年朝廷暗弱，军阀混战，百姓流离失所，在兵燹战火中煎熬挣扎。那时候天下大乱，各种政治势力分合不定，各个阵营的人物也都叛附不定。选择道义还是选择利益？出于忠诚还是出于野心？为天下计还是为私利谋？待人以诚还是处事以诈？……这些人生课题，那个时代的智能之士和英雄豪杰都交出了不同的答卷。而关羽和他的战友们做出的回答，体现了民族大义，充满了忠义精神。选择刘备，就是选择了艰难的人生道路；忠于汉室，就意味着奋斗和牺牲。关羽一生做人堂堂正正，做事磊磊落落，处世坦坦荡荡，报国以忠，为民以仁，待人以义，交友以诚，处事以信，对敌以勇，俯仰不愧天地，精诚可对苍生。

关羽之所以成为关羽，他自己的高尚品质和忠义精神是根本的原因。

不说个人遭际，无论事业成败，他的精神和品质，是中国人永远的向往。

他是中国人处事的标范，是中国人做人的楷模。泱泱五千年的华夏古国，怎么能没有这样的人？纵横千万里的华夏大地，怎么能没有这样的人？

马克思说过："每一个社会时代都需要有自己的伟大人物，如果没有这样的人物，它就要创造出这样的人物来。"(《1848年至1850年的法兰西阶级斗争》)

中华有幸，我们就拥有这样的人物。

关羽是华夏民族的必需，关羽也是时代的造就。

时间能够抹去很多，历史能够湮没很多。但是，在漫长的华夏史里，在一千八百多年的漫长岁月里，关羽的名字，人们不曾忘记，不会忘记。

关羽，一个与日月同辉的名字，一个与山川永存的名字。

统治阶级尊崇他，倚仗他来巩固自己的统治地位；普通百姓敬仰他，希望他保佑自己的平安生活；读书人钦佩他，把他作为道德追求的典范；官吏们敬畏他，把他当成官运亨通的保护神；军人依靠他引领自己建功立业，商贾盼望他指点自己的发财之道；出行的向他祈求一路顺风，居家的向他祈求家宅安宁……他从来没有离开过我们，我们也从来没有离开过他。在中国古代社会，只有他，得到了尊卑上下贫富贵贱者一致的认同、共同的尊敬和永远的崇拜。

他成为华夏民族的神祇，成为中国人民的图腾。

他成为与孔子齐名的中国圣人：一个"文圣"，一个"武圣"。

然而他是一个真实的人，一个曾经活生生的人，一个大义参天正气凛然的人，一个精忠贯日人格高标的人——一个大写的人。他身后的一切，或封号，或祭祀，或登峰造极的尊崇，或至诚至敬的膜拜，都是他人生的必然获得和五十九年生命经历的当之无愧的回报。

关羽——一个不朽的名字。

关羽——一个人的神话，一个被神化了的人。

上　篇

第一章　河东：英雄从最早叫“中国”的 地方诞生

　　经过了春秋战国长达几百年的国家分裂天下混乱，公元前 221 年，秦朝统一了全国。短短十五年后，汉朝又代替了秦朝。华夏古国经过漫长的历史演进，终于迎来了天下一统，从而实现了国家统一和领土完整的历史期待。天下苍生，终于可以过上基本平安有序的稳定生活。

　　三百多年后，到了东汉末年，社会又一次开始了剧烈的动荡，朝廷暗弱，军阀混战，天下大乱，历史开始了又一次的轮回。

　　统一的国家，面临再一次分裂。

　　天下的百姓，面临再一次在水深火热中挣扎。

　　历史，再一次期待天下一统，百姓平安。

　　这时候，东汉第十位皇帝刘志（桓帝）联合宦官，杀掉了跋扈将军梁冀，消除了外戚之患，却创造了中国第一个宦官时代，也就是东汉王朝走向末期的开始。这一年是延熹二年，159 年。

　　紧接这一年，延熹三年（160 年），六月二十四日，关羽在河东解县诞生了。

　　160 年，正是东汉末年刚刚发端的时刻。

　　英雄，与这个时代共同诞生。

　　中条之北，大河之东，今晋西南地区，古称河东。在祖国版图上，最容易看到黄河中游的那个近乎直角的折弯处，仿佛黄河母亲温暖臂弯呵护着这一块华夏腹地。这里黄河北来，太华南倚，西阻大河，东倚太行，独特的地理形貌和自然条件，使它成为人类历史和中华民族史前历程的重要驿站。黄帝与蚩尤会战于涿鹿（今运城），定历法的尧王建都于平阳（今临汾），耕历山的舜帝建都于蒲坂（今永济），凿龙门的大禹建都于安邑（今夏县），都在这一带。直到秦王朝统一了全国，天下分治三十六郡，这里正式命名为河东郡。

在关羽的始祖、谱系、家世、生平、后裔等个人纪传中，他的籍贯是最确定，是最没有争议的。撰写《三国志》的陈寿（233—297年），生于关羽逝世后十四年，原本是蜀国的观阁令史，是掌管文史档案方面的官员。以关羽在蜀国的显赫地位和崇高声望，加上陈寿自己所从事工作的特殊要求，对于关羽的身世不可能记错。他记载关羽的籍贯是：

> 关羽字云长，本字长生，河东解人也。
>
> ——《三国志·蜀书·关张马黄赵传》

关羽的家宅居于解县常平。那个时代的行政区划，郡县之下是乡、亭、里，里就是村子。十里为一亭，十亭为一乡。里之下还要分甲，十户为一甲。这就是当时的行政隶属关系。关羽的家乡，全称应该是河东郡解县常平乡下封亭（一说下冯亭——下冯亭时有时无，这里不细究）宝池里五甲，即今运城市盐湖区解州镇常平村。现在的常平家庙，即关羽祖上的住宅所在，源远流长，而遗址确凿，至今为乡人和关氏后裔确定不疑。

关羽的先祖，是夏王朝著名直臣大夫关龙逄，在历史上是第一个为民请命、不惜身殉的朝廷官员，深受正统儒家思想的推崇。忠于朝廷更忠于人民，是责任也是一种品质，关龙逄以自己的高尚行为，树立了"为谁当官，当一个什么样的官"的千古标范。他的精神影响深远，历朝历代那些为民请命的官员，其忧国忧民刚正不阿的风范都有他的影子。从夏至东汉，其间有两千多年时间，年代久远，漫长的岁月损毁湮灭了多少珍贵史料，关家家族

关羽家庙，今运城市盐湖区解州镇常平村

谱系很难准确有据。但有关关羽的碑铭书志，都是这样记载——关龙逄的墓冢在今安邑，与关羽祖籍相距不远，就在东边二十多里的社东村。他们属同一家族是有相当可信度的。

而在《新唐书》中记关羽后裔、唐德宗宰相关播时，说起关氏家世：

> 关氏出自夏大夫关龙逄之后，蜀前将军、汉寿亭侯羽，生侍中
> 兴。其后世居信都（在河北冀县）。裔孙播，相德宗。
>
> ——《新唐书·宰相世系下》

这样的记载，证明了官方史书的认可。明朝万历时期，当朝名臣也是后来的著名隐者陈省，曾作《鼎新武安王庙颜歌》，其中道："于时美髯万人敌，伟哉河东关云长。丹心不忝龙逄裔，骁雄未许马超行。"而明嘉靖年间山西道监察御史（后为知解州事）徐祚为重修关王庙碑记也肯定关羽是"夏忠臣龙逄之裔孙"。以这些著名官员和学者的严谨，不会是信口开河。从精神遗

传的角度看，关羽心系汉室，念天下苍生，与先祖心存一念，精神血脉是相通的。"以忠继忠，异代同心，渊源固有自也。"（清·张镇《解梁关帝志·谱系考辨》）说关龙逢是关羽的精神渊源，是有道理的。现在，关家多个分支的后裔所持的族谱，都记载关龙逢是关家的远祖。关羽是关龙逢的后裔，应该说是有根据的。

关羽的家庭，是一个耕读之家，属小康农户，也是书香门第。祖父关审，字问之，生于汉和帝永元二年（90 年），是个乡间知识分子，治《易》《春秋》之学，做过当地蒙师。东汉末年的混乱形势，使他绝意仕途，就在家宅不远五里处的石盘沟里，择地筑建茅舍，潜心学问，专心教子，因而又称石盘公。他于汉桓帝永寿三年（157 年）逝世，享年六十八岁。三年之后，关羽才出生，没有能领受祖父的教诲，但家学心传，关羽后来对祖父的学业还是有所继承和接受的。特别是祖父毕生专攻的《春秋》，关羽更是研习一生，手不释卷。父亲关毅，字道远，对关羽寄予厚望，要求严格，经常用始祖的忠烈之风激励他，给他传授《春秋》家学，使关羽从小就受到忠义思想的熏陶。春秋大义、忠义思想的种子，很早就植进了少年关羽的心田。祖辈父辈皆治《春秋》，这一点对关羽太重要了。一个人世界观的形成，青少年时期非常关键。关羽的家庭熏陶和幼年所学，加上始祖的血脉及精神遗传，还有河东历史文化大环境的浸润濡染，天造地设般地成为关羽忠义精神形成的必然条件。

关羽幼时很早开蒙，学书识字，年龄渐长，于汉灵帝熹平三年（174 年），他十五岁时，正式入村塾读书，学名改为关羽，字云长。正是这一年，他开始系统学习《春秋》，也开始练习武艺。作为一个农家子弟，关羽每天在村塾里读书，但农忙时间，还要下地劳作，开垄种地，修渠引水；读书空闲，也会去石盘沟里打柴，去解池担盐。劳作固然辛苦，却锻炼了关羽的筋骨，强健了关羽的体魄。在村塾里，业师胡先生还指导他演习武艺。乱世用武，关羽从小就知道这个道理，对那些刀枪剑戟、习武套路，也非常有兴趣，常常精心演练。这些，对他的成长和以后的人生道路是至关重要的，都为关羽后来的建功立业打下了良好的基础。

河东是我们华夏古国国家形态最早形成的地方，是中国社会早期尧天舜日的核心地带，也是最早叫作"中国"的地方。上古时期，尧帝令舜摄行天子之政。尧死后，三年之丧毕，舜请尧帝之子丹朱即位，自己离开。但诸侯朝觐不去见丹朱而去见舜，狱讼者不去找丹朱而去找舜，讴歌者不讴歌丹朱而讴歌舜。舜只好说:这是天意啊！"夫而后之中国践天子位焉，是为帝舜。"（司马迁《史记·五帝本纪》）"之中国践天子位"，而众所周知"舜都蒲坂"。蒲坂即河东，这一块地方即是中国。

舜都蒲坂禹都安邑，距离关羽的家乡都不足百里之遥。历史的积淀和文明的传承，形成了这里的人文环境，孕育了这里人们的文化人格，影响了这里人们的人文理想和人生观念。这一切，对关羽的影响是非常巨大的。这里在漫长的历史进程中，多少志士仁人忠君爱国的高风亮节和济世救民的侠肝义胆，都在营养和滋润着少年关羽正在成长的心灵。

在父亲和塾师的教育下，先祖关龙逄为民请命的故事常常激励着他，家乡的一些历史人物和故事他也耳熟能详。那些乡贤人物的崇高人格和忠烈精神，都曾无数次地让关羽热血沸腾，壮怀激烈。

夏朝是我国第一个奴隶制国家，是继尧舜之后大禹建立的世袭制国家，国都安邑。

夏朝最后一代国王，是大禹的第十七代孙夏桀。这个夏桀凶恶暴虐，专横荒淫，在王宫里建造了肉山酒池，日夜玩乐，而全国百姓们这时候正遭受着水旱荒灾，流离失所，民不聊生。关羽的先祖关龙逄，作为国家重要官员，为救民于水火，多次进谏，反而受到斥责和打击。后来国家又遭遇了一场很大的地震灾难，百姓的生活和生命都受到威胁。关龙逄又一次为民请命，据理力争。而夏桀这会儿制造了一种"炮烙"刑具，在一个铜柱上抹了油，下面燃烧炭火，强迫犯人赤脚在铜柱上行走，那当然就会滑下来活活烧死。夏桀见关龙逄又来进谏，不等他说话，就让他观摩"炮烙"施刑，企图把他吓住。为了国家利益，为了天下苍生，关龙逄不顾个人安危，义正词严地提出意见。结果，关龙逄竟被施以"炮烙"，惨烈殉身。

义所当为，毅然为之，为民请命，忠言进谏。在中国历史上，为天下苍生犯颜直谏而死的高级官员，关龙逄是第一个。

春秋时代，晋国国君晋献公宠爱后妃骊姬，要传位于骊姬生的儿子。为消除障碍，他们密谋杀掉了长子，二儿子重耳和三弟分别逃出国外。重耳这一逃，就在外漂泊了近二十年。重耳外逃时随行的人员中，有一位介子推，是重耳的家臣，曾受到过重耳的恩遇。他和其他随从官员一起，为了正义，为了国家，为了报答重耳过去的知遇之情，忠心耿耿地帮助和服侍重耳二十年，在最困难的时候，也没有离开过。他们流亡在卫国时，重耳连饿带病，奄奄待毙，但是他们找不到一点可以充饥的食物。在实在没有办法的情况下，为挽救重耳的生命，介子推避开众人，从自己的大腿上割了一块肉，熬成肉汤，献给了重耳，重耳才得以存活了下来。后来，重耳在秦国的帮助下，返回了晋国，当上了国君。但是，在他庆祝胜利大封功臣的时候，却忘记了介子推。介子推也没有计较什么，而是和母亲一起隐居家乡不远处的绵山，即现在万荣境内的孤山。经人提醒，国君重耳想起了这位共过患难的忠臣，想起了他的救命之恩，赶紧召见授封。而介子推认为，当年的一切都是自己作为部下的责任和本分，不应该享受什么特殊的回报，就躲了起来。国君派人在绵山放火，想逼他出来，他决然不出，竟和母亲一起被烧死在绵山上。那一天，是农历清明节的前一天。后人为纪念他，每年这一天都不会举火做饭，只吃些冷饭。这种纪念形式直到今天还在延续着，称为"寒食节"。介子推的家乡是今夏县裴介村，他的墓冢秦二世时代迁葬回故里，距关羽的家乡只有几十里的路程。

忠心救主，扶危济困，尽职尽责，不图回报。在中国历史上，这样的人物不会是唯一的，但介子推无疑是最典型的一位。

春秋时代末期，晋国已经名存实亡，晋国国土和权力实际是由赵、魏、韩、智四卿控制着，而实力最大的是智伯，智伯的封地在虞乡，首府是解梁城（今永济古城村）。智伯与其他三卿消灭并瓜分了弱小的范氏和中行氏，还不满足，又觊觎韩、魏、赵的封地，就找借口要三家各献出一百里土地。韩、魏两家无奈都答应了智伯的要求，而赵卿的首领赵襄子不屈服。智伯就胁迫韩、魏两家一起去进攻赵卿。赵襄子退守晋阳（今太原），智伯围城两年，水灌晋阳也没有得逞。后来，赵襄子反而联合了韩、魏，大举反攻，消灭了智伯，共分晋国。历史上著名的韩、魏、赵三家分晋，就是这一段故事。智伯有一个家臣叫豫让，原先曾做过范氏和中行氏的家臣。这两家的主子对待他都很一般，他也就以一般下属的态度回报主人。到了智伯处，智伯对豫让特别器重赏识，待之如国士。赵襄子杀害了智伯，还不解恨，还把智伯的头颅用漆涂了用作尿壶，又杀了智伯全族。豫让认为自己的主人遭到了失败，国破人亡，也就罢了，赵襄子这样辱尸灭族，就过分了。士可杀不可辱，他就决心为主人报仇，要刺杀赵襄子。豫让第一次刺杀赵襄子没有成功，被捉。赵襄子念及他是个义士，放了他。他不甘心，口吞火炭，面涂毒漆，改变了自己的声音和外貌，连他的妻子都认不出他来了。他以为这样赵襄子就不会再防备他，又一次去行刺，结果还是被认出，捉了起来。赵襄子责问他：智伯杀了范氏、中行氏，你不报仇，而跟随了智伯；如今我杀了智伯，你不但不投靠我，还要再三刺杀我为智伯报仇，是何道理？豫让回答：范氏、中行氏以凡人待我，我以凡人报之；智伯以国士待我，我以国士报之。竭忠尽义，舍身成仁，是部下的本分，你要再放了我，我还是会刺杀你的。赵襄子当然不会再放过他，下令斩了他。没想到豫让临刑前还提出了一个最后的要求，要赵襄子脱下一件衣服，让他挥剑砍三下，然后再死。赵襄子欣赏他的尽义之举，真的脱了件衣服给他。豫让叫道：智伯，我可以报答你的知遇之恩了！拔剑三跃，刺破了衣服，心满意足地伏剑而死。郭沫若有诗赞他："在昔有豫让，他是义侠儿。"豫让刺杀赵襄子的地方，在今太原晋源赤桥村，有豫让祠；在他的家乡，今永济东下村，有他的墓冢。距关羽的家乡，也是几十里的路程。

舍生取义，杀身成仁，知恩图报，以死相酬。在中国历史上，侠肝义胆到如此极致的臣子下属，豫让也当数第一。

……

也许，关羽是历史的有意造就。距离关羽家乡近在咫尺的这些历史人物，对于关羽来说，是先祖，是乡贤。关龙逄，是关羽的世祖，血缘的传承和精神的延续，自不必说；而介子推和豫让的故事，关羽当然从小就耳熟能详。他们的忠肝义胆和侠义行为，都是关羽的天然教科书；他们可歌可泣的感人事迹，当然都是关羽的精神营养。

关羽的《春秋》情结和忠义思想，就是在这样一个家庭，在这样一个人文环境里形成的。

关羽一天天地成长，已经成长为一个身强体健器宇轩昂的青年。十八岁那年，关羽娶妻胡玥，是他的塾师胡先生的女儿，可以想见先生对他的器重，也可以想见他在村塾中一定是出类拔萃的学生。一年后，关羽的妻子生了儿子关平。十九岁的关羽，已经开始了解到自己身处纷扰混乱的时代，已经耳闻目睹了一些朝廷昏庸暗弱和百姓疾苦的故事，立下了报国安民的远大志向。

这时候是光和二年（179 年），朝廷是东汉第十二任皇帝灵帝刘宏在位。桓帝和灵帝，就是后来刘备经常提起并"叹息痛恨"的两个皇帝（诸葛亮《前出师表》："先帝在时，每与臣论此事，未尝不叹息痛恨于桓、灵也。"），东汉其实就是在他们两个手上开始崩溃的。朝廷越发昏暗，官僚更加腐败，民变丛生，盗贼蜂起，百姓的生活更加水深火热。已经成为一个男子汉的关羽，向父母妻子表示，自己娶妻生子，算得上成家成年，也算得上对家庭有所交代。而他习文练武，心在天下，就要开始实现自己报国安民的抱负和理想。深明大义的家人支持了他的远大志向，同意他走出家乡，去闯荡外面的世界。尽管他们知道，外面的世界并不是一个很精彩的世界，而是充满了艰难和风险的世界。

关羽开始有意地去县城谋取机会。东汉时期，解县的县城在今临晋镇一带，距离关羽家乡常平六十多里。解县是秦朝设置的，西汉、东汉都沿袭秦制。春秋时期的解梁城，就在解县境内。当时和后世的官方和民间，也将解县俗称为"解梁县"。

这也许不是关羽第一次来到解县县城，但这一次，关羽与自己人生道路上的一个重要事件不期而遇。解县城里有一个豪绅恶霸，名叫吕熊，趁着社会混乱、官府腐败，就勾结官员，在当地胡作非为，欺男霸女。关羽在城里遇到了一位穷困老人，听他一番哭诉，才知道这位老人的女儿被恶霸吕熊强行霸占。关羽是个血性男儿，性情刚烈，疾恶如仇，又是极易冲动的年龄，怎能容忍如此恶行？就乘夜黑风高，破门而入，杀了恶霸吕熊，救出了被恶霸抢去的贫家女儿。顾不得回常平村里去向家人告知原委，关羽只有匆忙逃离县城，逃奔远方。

官府派出兵丁到他的家乡捉拿逃犯。他的父母为了不连累族人，只好把关羽的妻儿托付给其娘家，双双跳井身亡。事后乡亲们就以井为墓，在井上建了一座砖塔，以为纪念。

关羽家庙里的砖塔，为关羽父母的墓塔

如今，这座砖塔还保留在常平家庙里，是关羽故里的重要遗迹。

这一切，浓缩为现在解州关帝庙碑刻上的二十几个字："关圣于灵帝光和二年己未（179年），愤世嫉邪，杀豪伯而出奔。"

青年关羽，见不得恶霸横行，见不得欺负弱小。见到了，就挺身而出，就见义勇为，就要不计后果地去除暴安良。这是关羽大义人生的第一块基石，是他忠义思想的第一次实践，是他纵横天下济世救民的热身和预赛。

关羽逃离了家乡。他向着东汉末年波澜壮阔的历史舞台奔去，向着自己辉煌壮丽的人生际遇奔去。这一去关山重重，路途迢迢；这一去风雨飘摇，前程难料。然而，那不可预知的历史舞台天高海阔，可以任他横刀立马，纵横驰骋；那向往已久的人生际遇风起云涌，可以任他建功立业，叱咤风云。他是去完成时代交付他扶大厦之将倾的重大使命，他是去攀登历史赋予他实践春秋大义的人生高峰。

虽然去意已决，而回首告别河东大地，关羽也会是清泪潜潜，乡情依依。这里是生他养他的故乡，这里有父母妻儿父老乡亲。中条山的沟沟壑壑，留下他多少砍柴割草的足迹？盐硝池的坑坑洼洼，流过他多少背盐拉硝的汗水？在蒲坂古城，他曾多次瞻仰过尧天舜日的远古遗迹；在安邑故都，他曾多次领略过前贤义士的高风亮节。黄河曾洗濯过他劳作之后的尘土和疲惫，涑水曾滋润过他读书之后的焦渴和困倦。故乡的山，松涛阵阵，仿佛在深情地挽留自己的优秀儿子；故乡的河，波浪滔滔，却好像是殷切地鼓励自己的出征战士……

有道是穷家难舍，故土难离，而关羽毕竟是民族的关羽，毕竟是历史的关羽。为了实现报国救民的远大理想，为了伸张天地之间的春秋大义，他还是义无反顾地去了，奋不顾身地去了。

这一去，竟是永诀，竟是生死永别。

他再也没有能够回到故乡。

整整四十年后，故乡迎回的，只有他的英魂一缕。

第二章　涿州：结义在桃花盛开的季节

关羽逃离县城，仓皇奔走，昼伏夜行，终于潜出蒲津关，偷渡黄河，逃出了河东地境。回望河东，关羽有家难回，怅然若失，父母妻子已再难以相见。想到自己回去就要连累家人，想到自己报国安民的远大志向，关羽只有硬着心肠，继续走向自己的逃亡之路。

一路上，河东，河内，乡村，市镇；一路上，餐风，露宿，顶风，冒雨。每到一处，他要借宿投店，要借炊打尖，有时候得替人做工扛活，有时候还会贩卖粮蔬时鲜。漫长的逃亡路，他要靠双手的辛勤劳作维持生活需要，要用自己的智慧应对各种困难，锻炼自己的生活能力，丰富自己的社会经验。这一路逃亡，居无定所，颠沛流离，备受艰辛，很快就过去了五年时光。

这是栉风沐雨的五年，是辛劳奔波的五年；也是经历世事的五年，是经受磨炼的五年。

五年里，已经成年的关羽，已经继承家学、熟读《春秋》的关羽，经过一路上的体验民情、观察社会，对于天下无处不在的黑暗和混乱，对于普通百姓在乱世中的艰难疾苦，已经有了相当深的认识和体会。关羽逃亡的路途，正是黄河南北军阀割据互相残杀最为严重的地区，情况比河东地区还要糟糕得多。老百姓的境况比河东地区也还要凄惨得多，关羽更是感同身受。

朝廷的情况也不断传来。宦官们把持朝政，国家大事已经完全被宦官"十常侍"控制。朝廷重臣如有不满和反对，都会受到"十常侍"的迫害。朝廷官员无力反抗宦官，只好故伎重演，推举外戚出头，与宦官对抗。一直以来外戚和宦官互相倾轧交替把控朝政的局面，不断上演，反复折腾。国事日非，民变蜂起，黄巾起义此起彼伏。天下更加混乱，百姓更要遭殃。而一路走来，他看见一个个地方大员颟顸昏庸，花天酒地，心里哪里还有什么朝廷百姓？他听到一个个方面将领拥兵自重，居心叵测，用尽心机明抢暗夺争占地盘，扩大势力范围，企图偏霸一方，甚至觊觎着王朝宝座。

熟读《春秋》的关羽，不会不想到几百年前的春秋时代。

在那个遥远的春秋时代，泱泱天下，到处是侵略和争战，到处是分裂和内乱。几乎在所有的诸侯国里，每年都在发生或酝酿着内乱和政变，都在发生或酝酿着吞并和侵略。不论是王族之间的争斗，还是臣属对国君的反叛，都已毫无公理和正义可言，一切都是为了私欲和享乐，为了利益和霸权。为了私利，什么国家统一，什么社会稳定，什么亲情伦理，什么百姓疾苦，一切都不顾了。任何形式的内乱和侵略都是要流血的，真正的受害者是无辜的广大民众。漫长的年月里，广大民众都在血泊中苦苦地挣扎。春秋无义战，这样的情形，竟然几乎延续了那个时代几百年时间。

关羽逃亡一路看在眼里的，几乎是春秋时代的翻版。

当然，关羽还可能会想到孔子，想到那个为了修复社会秩序四方奔走又孜孜不倦著书立说的哲人。通过流浪生活的磨炼，通过对底层人民生活状况的了解，他对孔子的理想主义有了切身体会。孔老夫子要通过文化的传承，把克己复礼、实现大同世界的政治理想和社会宏愿，寄希望于后人，寄希望于后人的文化接受和努力实践。对此，他真正地有了深入理解和深刻认识。

熟读《春秋》的关羽，心里不会不联想到身逢乱世的自己。

乱世用武，学得满身武艺的关羽，一种浩然之气涌上胸臆间：匡扶朝廷，济世救民，大丈夫此时不挺身而出，更待何时？

他谋求的不是个人私欲，不是为了自己讨个"出身"，求个一官半职。他一身武艺，在当时的混乱时势中，跟着谁也是一员好将，都能早早地成为军界明星，名满天下；都能早早地实现军前美酒，帐下美人，封妻荫子，光宗耀祖；当然也就用不着忍饥挨饿，衣衫褴褛，顶风冒雪，在兵燹战火中奔波流浪。江湖漫漫，路途迢迢，多少个日日夜夜，他食不甘味，夜不能寐。从青少年时期接受儒家思想的教育到秉承春秋大义的世界观形成，使他牢固树立了尊奉王朝、维护正统、国家大同的社会观念。汉朝在他的心目中，推翻暴秦而立国，剪除逆莽而振兴，版图辽阔，人口最众，是堂堂大国，是泱泱古国，四方蛮夷，不可侵犯，人民便在大国王朝的荫庇下安居乐业。如今天下大乱，朝廷暗弱，诸侯林立，眼看着就要重蹈春秋战国时代长期混战的覆辙。关羽生逢乱世，有高远的志向，有满身的武艺，岂能只顾自己一己之私？他痛苦，他愤懑，他茫然，但他知道只靠自己的力量无法改变这样的历史局面，无法拯救水深火热中的人民。他也知道自己出身平民，身份微贱，在特别讲究出身和身份的社会现实中，难以凝聚和号召更多的人来实现匡扶汉室济世救民的壮举。他得要寻找一位志同道合的领袖人物来高举义旗，他将终生追随一位以匡扶汉室为奋斗目标的领袖人物，出生入死，无怨无悔，献出自己的一切。

志存高远，而心怀天下。

这是关羽对自己人生的设计，是对自己人生道路的选择。从古到今，每一个头脑清醒的人，在人生的起步阶段，都要面对这样的选择，都要审时度势做出选择。走一条随波逐流从容舒适的路，还是走一条披荆斩棘艰苦备尝的路？出于"修身齐家治国平天下"的济世救民的远大志向，出于历史的需要，关羽选择了后者。

实际上，这是历史选择了关羽。

这一年，已经是光和七年，184年，关羽二十四岁。

他已经走过了千里路程，来到幽州地界。

和全国所有的地方一样，这里也是民不聊生，满目凄凉。他的心情，照旧是沉重与愤懑。

他不知道，一个千载难逢的历史机遇正在等待着他。他的人生道路，正面临着一个重大的历史性的选择：选择崇高，选择正义，实现个人价值，攀登生命高峰，点燃人间希望，成就历史辉煌的人生机遇，就在目前。他的人生，仿佛黄河进入壶口，到了激流澎湃的地方。

这个地方在涿郡。

这时候，涿郡正是遍地桃花含苞欲放的季节。

命中注定，关羽在涿郡，在这个桃花含苞欲放的季节要遇到一个人。许多事实都已证明而且将要继续证明，有时候遇到一个人，就会改变自己的一生，就会成就自己的一生。

这个人就是刘备。

刘备是汉王室的宗族。他的祖上是中山靖王刘胜，是西汉王朝第四任皇帝汉景帝刘启的儿子。根据"嫡长子继位，其余封王，依次递减，代代递减"的宗法制度，刘胜的儿子封侯，封地在涿郡，后来因为犯了某种过错，被降为平民，这一支派的子孙就都留在涿郡。他的祖父曾在涿郡做过官吏，而父亲早丧。到刘备成年的时候，已经到了织席卖草鞋奉养守寡母亲的光景，已经到了社会底层。但刘备是一个非常有志向的人，毕竟宗室之家出身，那

涿州三义宫大门

见识自是不同常人。他小时候也曾师从于著名的大儒，系统学习过儒家经典，同学中也有后来成了朝廷著名将领或者地方首领的人物。刘备读书不求甚解，不是寻章摘句，只是领略大意。他要学的是经天纬地的大学问，他要做的是胸怀天下的大英雄。朝廷的暗弱，宦官的专权，外戚的专横，官员的腐败，都使他更关注和痛恨。"远贤臣，亲小人"的桓帝、灵帝，造成了国将不国天下大乱的局面，是他耿耿于怀终生痛惜的事。看到黄巾之乱遍地燎原，看到朝廷镇抚无方，看到各地军阀割据各行其是，刘备立下大志，要招募军队，发展势力，复兴汉室，统一国家。当时正是朝廷号召地方自行招兵扑灭黄巾之乱的时候，刘备以自己的社会影响和号召力，打起匡扶汉室报国安民的义旗，取得了当地富户的帮助和支持，正在招兵买马，招募四方乡勇，组织了一支小有规模的军队。

刘备宽仁厚德，善待民众，深得当地百姓拥护；刘备善于团结部下同道，喜欢结交豪侠，有着很强的号召力，许多商贾富户也衷心支持他的义举，为他的事业提供金财粮秣，青壮年也争相参加他的队伍；刘备有着很强的组织能力，也有着百折不回的意志，遇到困难和挫折不屈不挠。刘备雄才大略，目光远大，有英雄之气和领袖之风。世人对刘备的评价是很高的：

> 先主（即刘备）之弘毅宽厚，知人待士，盖有高祖（刘邦）之风，英雄之器焉。……机权干略，不逮魏武（曹操），是以基宇亦狭。然折而不挠，终不为下者。
>
> ——《三国志·蜀书·先主传》

关羽就在这时候来到刘备的身边，遇到了自己思慕已久、寻觅已久的大英雄。

苍天厚爱，关羽遇到的思慕已久、寻觅已久的大英雄，不只是一位刘备，还有一位张飞。张飞也是涿郡人，是一位立志扶汉安民的英雄，一位武艺高强的英雄。

三个人英雄聚首，风云际会，在涿州至今流传着"一龙分二虎"的传奇故事。关羽来到涿州，先见到的是张飞。原来张飞是街镇上的屠户，干着杀猪卖肉的营生，力大无穷，性格豪爽。有一日张飞要外出访亲，便把半扇猪肉用绳索吊在井内，又搬来一块巨石掩盖井口，声言若是有人前来买肉，只要能搬开那块巨石，就可以把肉拿去，不取分文。刚好这天关羽来到这里，听得街上人们津津乐道这桩奇事，便分开众人，轻而易举地搬开了那块大石头，提起半扇猪肉走了。张飞访亲回来，见到井口巨石搬开了，吊在井里的猪肉也不见了，向街坊们打听备细，才知道世间还有比自己力气更大的人，于是便去街镇上寻找。这时候关羽已然到了涿县县城，见到张飞追来，以为是来索要猪肉，便交手格斗，难分胜负。正僵持撕扯着，忽然来了一个身材伟岸仪表不俗的人，两手分别拉住关张二人，将他们轻轻分开。关张两个见到这样的人物，便十分拜服。原来，这个人就是刘备。看来，刘备并不是我们印象中的一介文士，他的力气似乎比关羽、张飞还要大。

"一龙分二虎"，这传奇故事流传千年，还有许多文字记载和相关遗迹。

传说只是传说，但传说也是真实的影子。

三义宫内桃园三结义碑亭

三人相会，关张二人听刘备一番慷慨诉说，纵论天下大势，抒发雄心大志，畅叙救民情怀，便觉英雄相惜，志趣相投，只恨相见太晚。共同的社会理想，共同的伟大事业，共同的人生大义，把三个人骨肉般地连接在一起。他们立下誓约，以复兴汉室为理想和目标，以刘备为旗帜和领袖，以关张为手足，在国事日颓天下大乱的历史关头，开创英雄造时势的大功业，开创为百姓谋太平的大功业！

他们的结义，不是要弄个小团伙，而是要干一番大事业。他们的结义，不是为了一己之私，而是为了扶汉救民，扶持正义，是为了实现儒家向往的政治理想和社会宏愿。为此，他们志同道合，奋斗终生，不离不弃，患难与共，生死不渝，甚至不惜身殉。

一种义同生死的友情典范，在中国历史上诞生了。刘、关、张三兄弟成了友好的人际关系样板，成了人生天地间意气相投生死与共的理想境界。《三国演义》开篇明义，就说刘关张三人在张飞家的桃园结拜为异姓兄弟。他们在桃花盛开的桃园里祭拜天地，焚香盟誓：

念刘备、关羽、张飞，虽然异姓，既结为兄弟，则同心协力，救困扶危；上报国家，下安黎庶；不求同年同月同日生，只愿同年同月同日死。皇天后土，实鉴此心，背义忘恩，天人共戮！
——《三国演义》第一回"宴桃园豪杰三结义"

这一天，全中国的桃花都为他们轰然绽放。

从这一天起，桃花就荣幸地进入了中国历史，就不分季节地在中国人民的心中永远地鲜艳。

面对高远的天空和广袤的大地，面对千疮百孔的国家和千千万万挣扎在水深火热中的天下苍生，他们深深地俯下身躯，磕下他们高贵的头颅。

电视剧《三国演义》里，在此处有一段唱词：

这一拜春风得意遇知音

桃花也含笑映祭台

这一拜报国安邦志慷慨

建功立业展雄才……

这一拜忠肝义胆

患难相随誓不分开

这一拜生死不改

天地日月壮我情怀

这时，关羽已二十四岁，可能还大刘备一岁，也可能是同岁。据当时"论尊不论齿""拜德不拜寿"的风尚，关张尊刘备为大，关羽次之，张飞为三。

"桃园结义"虽然不见于正史，但我们可以看到正史中非同一般的记载：

先主与二人寝则同床，恩若兄弟。

吾受刘将军厚恩，誓以共死，不可背之。

——《三国志·蜀书·关张马黄赵传》

王（刘备）与君侯（关羽），譬犹一体，同休等戚，祸福共之。

——《三国志·蜀书·霍王向张杨费传》

关羽与备，义为君臣，恩犹父子，羽死不能兴兵报敌，于终始之分不足。

——《三国志·魏书·程郭董刘蒋刘传》

根据这些记载，和当时多有结盟的风气，以及刘关张三人终生相守的兄弟情谊，说他们有着某种形式的盟誓，应当说不是空穴来风。一千八百多年前的这一个传奇般的已经进入中国人民心史的事件，应该是真实发生过的。

桃园三结义，已经成为中国民间的共同认定，几乎所有的中国人都不怀疑桃园三结义的故事。它已经深入到社会各个阶层，成为人们永远的敬仰。

它也深入到我们的日常生活和人际交流中，连"桃园"也成为"三"的代词：喝酒划拳，吆喝"三"，就用"桃园"代替。

于是三人"寝则同床，恩若兄弟"。兄弟情，君臣义，把他们鱼水交融般地紧密联系在一起。

关羽和张飞对刘备非常尊重和敬爱，他们把刘备当成自己的兄长，也是自己终生追随的领袖。他们开始在涿郡组织义军，招兵买马，打造兵器，教授武艺，训练部队。刘备是统帅，是旗帜，是他们济世救民事业的领导核心，而关羽和张飞就是刘备的左膀右臂，是刘备麾下的部属和战士，是刘备鞍前马后的助手和辅佐。不论遇到什么艰难、什么危险，关张都冲在前面，为刘备排忧解困，冲锋陷阵。

甚至，在刘备召集会议或者聚众演说的时候，关羽和张飞都在两旁肃然侍立。他们以自己的行动，树立刘备的领袖形象和地位。

先主（刘备）于乡里合徒众，而（关）羽与张飞为之御侮……

而稠人广坐，侍立终日，随先主周旋，不避艰险。

——《三国志·蜀书·关张马黄赵传》

龙虎风云，英雄际会。志向已经明确，领袖已经确立，报国安邦，建功立业，扶大厦之将倾，救苍生于水火！他们出身底层，白手起家，但他们心在国家，情牵百姓，不避艰险，就要在东汉末年的历史舞台上，演出一场场波澜壮阔的时代活剧。

我们能够肯定的是，他们将要走过的每一步路程，他们将要到达的每一处地方，都会散发出一阵阵桃花的清香，丝丝缕缕，沁人心脾，氤氲在天地间，经久不散。

第三章　徐州：艰难坎坷的奋斗之路

桃园兄弟，迈开步伐，开始踏上艰难坎坷的奋斗之路。

这时候，朝廷中宦官与外戚士大夫集团已经到了大决战的生死关头。经过反复较量，宦官们杀害了外戚士大夫集团的首领大将军何进，激起了多数官员的义愤。士大夫集团借着为何进报仇的机会，师出有名，全面反击，杀掉了皇宫的所有宦官，连一般小宦官也不放过，彻底根绝了宦官之害。宫廷中没有了宦官，这在漫长的宫廷史上还是第一次，也标志着中国第一个宦官时代正式结束。然而，宦官的覆灭并不是东汉王朝的振兴。被征召进京的董卓纵兵掳掠，淫乱宫廷，废黜皇帝，另立新君，将皇帝和朝政全部牢牢地控制在自己的手中。逃亡各地的朝廷将领和地方军队借着兴兵勤王的名义，扩充势力，发展军力，割据一方，天下更加混乱。

这时候黄巾起义方兴未艾，各地响应者众多，发展迅速，很快天下大乱。朝廷的武装力量应对不暇，社会秩序已经失去有效控制。朝廷只好诏令地方自行征兵，组织地方军队，镇压起义活动。而多数地方官员趁机扩充军队，名义上是响应朝廷讨伐黄巾起义军，平定叛乱，而实际上是为自己扩大地盘，割据一方。

镇压叛乱，平定天下，很有号召力。刘备就是这时候带领自己的队伍，投奔了州郡的地方部队，参加了镇压黄巾起义军的战斗，开始了他们长达几十年的军事生涯。关羽和张飞武艺高强，刘备也有一定武艺并具有相当强的战术谋略能力，一出手便显示出不凡气概，很快在匆匆组织起来的地方军队里脱颖而出。他们这样一支人数不多的小小队伍，渐渐有了一定的影响，成了小有名气的地方武装。由于平叛有功，他们陆续被任命为安喜、下密、高唐几个县级的官员。后来，经过刘备的同学兼上级公孙瓒的举荐，刘备担任了平原相。当时的行政区划，郡县和少数封国并行，封国的属地大致和一个郡相当，平原相即是平原封国（今山东平原县）的行政首脑。但封国比郡县的政治地位要高，封国的相由朝廷直接任命，直接对朝廷负责，是朝廷的直属官员。关羽和张飞被任命为别部司马，属于中下级军职，分别带领部分军队。

刘备势力薄弱，将不过关张，兵不过数千，占据一个封国的地盘，也就无法进行大的发展，只有依附别的更大的军事力量，以俟机会，慢慢寻找发展机遇。

在此期间，与平原国相邻的北海国（今山东昌乐县），遭到了黄巾残余势力的侵扰，百姓纷纷逃亡。北海相孔融，是孔子十九世孙，年少便有贤名。孔融四岁的时候，与哥哥们一起吃梨，就懂得把大一些的梨子让给哥哥，自己吃小一些的。这个故事流布很广，很多人都知道，刘关张弟兄们应该也知道。孔融担任北海相，甚得民心，在社会上威望很高，称之"孔北海"。刘备、关羽熟读《春秋》，敬仰孔子，对从小知书达礼的孔融，自然也有几分钦敬。北海国危急，孔融派人突出重围，来平原国请刘备发兵救援。当时刘备屈沉下僚，寂寂无名，看到颇具名望的孔融遇到危难，竟能想到请自己去救援，非常感动，想道：孔北海知世间有刘备邪！一种勇于任事的自豪感与责任感油然而生，遂派关羽领兵三千，前去救助。关羽这一次的军事行动，既是执行任务，也是对孔融钦敬之意的表达。关羽自然踊跃向前，奋勇杀敌。很快，关羽就杀退了敌军，斩杀敌首，解了北海之围，百姓终得平安。这是刘备集团早期的一次重要行动，说明刘备弟兄已经在社会上有了良好声望，也有了一定的知名度。同时，刘备、关羽不顾自己兵少势弱，尽力救援孔融，也是他们敬仰孔子，维护孔子后裔、深明春秋大义的表现。

刘关张弟兄驰援北海救助孔融，获得了匡扶正义解危济困的良好声誉，得到了社会的盛赞。不久，又一个官职更大地位更重要的人物，也来向他们求助，这个人物就是徐州牧陶谦。

在平息黄巾军的混战中，出身大官僚家庭的曹操也率领部队屡立战功，已经成为兖州牧，是朝廷的封疆大员、一方诸侯，控制了兖州（今山东济宁一带）偌大地盘。他的父亲曹嵩，这时候已经告老还乡，在老家谯县（今安徽亳州）居住。儿子曹操成了一方霸主，他就带领一家老少去兖州投奔儿子休养避乱。在路过徐州地界的时候，陶谦为了交好曹操，特派部下将领带兵护卫。没有想到，陶谦部下的这个将领看到曹嵩一家财货辎重甚多，顿起不良之念，杀了曹嵩和他的妻小，掳掠了全部财物，逃得不知去向。曹操闻讯，也不问青红皂白，立刻发兵征讨徐州，要报杀父之仇，实际上是要趁此机会吞并徐州。曹操是一个残忍暴虐刻毒的人，一时消灭不了陶谦，难以解恨，就把满腹积愤，发泄在百姓身上，一路大肆屠杀民众：

坑杀男女数万口于泗水，水为不流……诸县，皆屠之，鸡犬亦尽，墟邑无复行人。

——《三国志·魏书·荀彧荀攸贾诩传》，裴松之注引《曹瞒传》

尸身堵住了河道，河水都流不动了，路无行人，鸡犬不留。这样的行径令人发指。陶谦的军队抵挡不住曹操大军的进攻，就派人向刘备求救。

曹操的势力，当然比围困北海的黄巾残余势力强大得多。但是，曹兵到处屠杀百姓，血流成河，这种行径对于一贯仁爱百姓的刘备关羽来说，是不可接受的，是难以容忍的。他们顾不得自己势单力薄，义所当为，便奋不顾身，立刻率领全部人马，又从公孙瓒处借来了战将赵云，一起赴汤蹈火，驰援徐州。有了他们和青州、北海等地方部队的增援，加上徐州部队的奋力抵抗，又有吕布势力在曹操后方骚扰，曹操不能迅速攻破徐州，只好退兵了。

为了报答刘备的救援之恩，陶谦为刘备补充了兵力，给予他们军械粮秣的供应，并表封刘备为豫州牧。当时朝廷已对各地失去控制，各地诸侯常有这样用"表"的方式，建议任用官员。这还是尊重朝廷的意思，但也只是一种形式上的尊重。这样的豫州牧，当然没有实际意义，但刘备名义上终于有了一个和各地诸侯相应级别的官职，政治地位有了很大的跨越，也就有了更大的发展空间。这样，刘备集团就离开了平原国，来到徐州属地小沛（今江苏沛县东）驻扎，和陶谦一起保卫徐州。

关羽随刘备转战徐州，参加了多次战斗。在这些战斗中，不管是友军还是敌军，都不再是黄巾残余那些乌合之众游兵散勇，而是州一级的战斗部队。这对关羽的作战能力和个人武艺，都是很好的实战锻炼和提升机会。关羽已经不是一个郡县的低级别军官，他成了一位武艺高强，并具有相当丰富战斗经验的州一级的部队将领。当然张飞、赵云也一样。刘备集团的军事力量，已经今非昔比。

不久，陶谦病危。在那个混乱时世，陶谦是一位名副其实的州牧，是真正的一路诸侯，也是一位颇有社会声望的朝廷官员。他对刘备兄弟有感恩之心，也对刘关张的仁爱百姓和雄才大略有充分认识。在自己临终前夕，他没有把徐州像别人那样交给自己的儿子或亲信，而是明确地交代："非刘备不能安此州也。"这是对朝廷，也是对社会最负责任的政治交代，是对地方百姓最负责任的一种合理安排，是心怀天下心存汉室体恤人民的体现。在当时的情势下，这样的高风亮节是不多见的。陶谦死后，他的部属遵照他的遗愿，迎接刘备兄弟主持徐州政务。在徐州官员的强烈拥戴下，为了完成陶谦守土安民的临终嘱托，刘备担任了徐州牧，也成为名副其实的封疆大员一路诸侯了。

关羽对这件事的印象太深刻了。是忠于朝廷还是包藏政治野心，是仁爱百姓还是暴虐残忍，是心怀天下还是只怀一己之私，陶谦做出了正确的选择，刘备也做出了正确的选择。关羽在他们的影响下，政治素养提高了，人生的价值观也更明确了。他为自己遇见刘备这样一位领袖和兄长，感到由衷的欣慰。他为自己投身到这样的正义事业中，感到了由衷的欣慰。

曹操的屠杀人民和刘备的仁爱百姓成为鲜明的对比，朝廷暗弱、国家分裂、军阀混战、百姓遭殃的社会现实，是关羽形成自己政治理想和社会宏愿的思想基础，是关羽学习儒家学说，并与自己的人生奋斗结合起来的重要因素。应该说，关羽一生追求春秋大义的忠义思想，在这个时候已经基本成熟。

只凭着陶谦的一番临终遗言，出身平民的刘关张兄弟，轻易获取了徐州这一块战略要地，这在当时盛行门阀士族制度的政治环境里，是很多出身名门望族的政治人物相当不认同的事。很快，徐州就遭到了袁术的侵犯。袁术出身四世三公的贵族之家，当时驻扎在远离京畿的扬州，看到刘备轻而易举得到了战略重地徐州，就产生了觊觎之心，立刻发兵攻打刘备。刘备率军抵抗袁术，两军相持于淮阴（今江苏淮阴）。袁术暗地勾结夺得了兖州的吕布，使吕布乘机背后偷袭，夺取了徐州。刘备审时度势，只好与吕布讲和，把徐州牧让给了吕布，和吕布共同抵御袁术。而刘备的部队重新驻扎到小沛，局面又倒回陶谦时代。刘备兄弟的事业，遇到了一次大挫折。

和吕布合作的时间是难以长久的。由于刘备在徐州已经有了相当高的人望，原属徐州的一些官员和兵士纷纷投奔刘备，很快刘备旗下的部队就有了较大的发展，这是吕布不能容忍的。吕布就带兵攻打小沛。刘备的力量尚不足以抵挡吕布，加上袁术的威胁，刘备部队节节溃败，败退到了梁国（今河南商丘）一带。

就在这时候，曹操大军开始征讨吕布。

此前不久，曹操迎接了汉献帝，迁都许县（今河南许昌），表面上是保卫皇帝，实际上开始走上了"挟天子以令诸侯"之路。为了利用刘备对抗袁术，他曾表刘备为镇东将军，封宜城侯。刘备退败梁国，走投无路，吕布成为他们和曹操共同的敌人。在这样的情况下，他们依附了曹操，共同征讨吕布，志在夺回徐州。

吕布是个势利小人，反复无常，见利忘义，受过刘备的帮助又恩将仇报，已经多次袭击刘备，给刘备造成过非常重大的打击。他和袁术都是刘备集团早期的主要敌人。这次围攻徐州，刘关张兄弟当然是冲锋在前，奋勇杀敌。吕布现在的地盘，就是刘备集团经营过的地盘。他们熟悉地理，对吕布的军事布局也十分了解。曹操的势力加上刘备的力量，汉末第一勇将吕布终于走到了尽头。

吕布看到突围无望，就派部将秦宜禄到曹营联系投降事宜。关羽知道了，想到了秦宜禄已经遗弃的妻子杜氏，就向曹操要求，战争胜利后娶杜氏为妾。曹操表示同意。后来在徐州首府下邳城将要被攻破的时候，关羽把这个要求又向曹操提出了一次。

刘备和吕布合作期间，关羽对吕布部将秦宜禄的情况是了解的。这个秦宜禄，是个首鼠两端的人物，却娶了个美丽的妻子杜氏，关羽也见到过。吕布和袁术勾结期间，吕布派秦宜禄去袁术那里进行过外交联络。当时袁术要自立皇帝，需要吕布这样的勇将来扶助自己，对吕布派来的使者秦宜禄也予以拉拢，就将汉宗室之女配给他为妻。那个时代是十分讲究门阀观念的，秦宜禄就抛弃了杜氏，另攀高门：

> 宜禄，为吕布使诣袁术，术妻以汉宗室女。其前妻杜氏留下邳。
>
> ——《三国志·魏书·明帝纪》，裴松之注引《魏氏春秋》

"其前妻"，正史也确凿无疑地记载了杜氏的身份。

曹操见关羽连续几次要求娶杜氏，猜想这个杜氏可能格外漂亮。破城后，曹操派人把杜氏先行接去，一见果然是美丽超凡，于是就自己霸占了——

> 曹公与刘备围吕布于下邳，关羽启公，布使秦宜禄行求救，乞娶其妻，公许之。临破，又屡启于公。公疑其有异色，先遣迎看，因自留之。
>
> ——《三国志·蜀书·关张马黄赵传》，裴松之注引《蜀记》

后世有人妄说关羽其实也好色，说的就是这件事。

攻打徐州的时候，关羽的妻子胡氏还在家乡解州。这时候是建安三年（198年），关羽三十八岁。离开家乡，离开妻子，已经二十年了。就是说，关羽跟随刘备东征西战，已经过了二十年单身生活。

关羽也是血肉之躯，也与常人一样有着七情六欲，长期戎马倥偬，也需要女性的温暖与体贴。一个正值壮年而妻子二十年不在身边的男子，需要女性的抚慰和正常的家庭生活，这是无可非议的；以那个时代的婚姻制度和道德观念，即使关羽的妻子在身边，再娶一个年轻的妾，也是无可非议的。征讨吕布的战争，统帅是曹操，关羽当时是部属。部属向统帅请求把一个寡居的女人许配给自己，是正当的要求，也是符合程序的。而曹操已答应了关羽，却先派人把杜氏迎到自己住处，看到确实漂亮，就自己留下了，这才叫好色。对于这种行径，关羽没有说什么，心里的鄙视，那是自不待言的。

凭借一位杜氏说关羽好色，是无稽之谈，是没有根据的。

很快，徐州被攻破，吕布被处死，徐州战役取得完全的胜利。曹操当然不肯把徐州交给刘备，而是让他们兄弟随着自己的得胜之军，一起回到首都许都（今河南许昌），正式到朝廷工作，也得以受到皇帝的任用。刘备任职左将军，是高级别的军事将领了。关羽、张飞也任职中郎将，成为朝廷任命的中级军官。从涿郡聚义兴兵到这时候，他们已经奋斗了十五年的光阴了。

但是，他们面前的道路，仍然是曲折的，是艰难坎坷的。

十五年来，关羽受到了战争的锻炼，也受到了政治的锻炼。对于各地军阀，特别是名为汉相、实为汉贼的曹操，他都有了深刻的认识。这些手握军权的野心家，没有一个是为了维护国家一统和朝廷利益，没有一个是为了天下苍生过上安宁的日子。他们只有个人的野心和集团利益，他们之间的争斗，也像春秋时代一样，没有什么正义可言。而最大的野心家是曹操，对汉王朝威胁最大的也是曹操。当年曾经刺杀过董卓的曹操，这时也与董卓一样，挟天子以令诸侯，以朝廷、皇帝的名义号令全国。而对于朝廷和皇帝，则颐指气使，独霸朝纲，唯我独尊，把朝廷和皇帝玩弄于股掌之上。关羽认为，在黄巾起义已经平息的形势下，如果曹操能够以复兴汉室为己任，汉王朝是有望振兴的；如果各地大员和军阀能够以天下太平为己任，天下也是可以太平的。然而事与愿违，情势恰恰相反。纵观天下，真正以振兴汉室安定天下为己任的，只是自己的领袖和兄长刘备。只有刘备，念念不忘的是振兴朝廷，拯救苍生，天下太平。

在许都期间，他们亲眼看到曹操祸乱朝纲、任意妄为的恶劣行径。他们对曹操的面目和野心，也是越来越清楚了。汉室倾颓，天下不得安宁的真正原因，就是曹操在逐步地实施篡汉的阴谋。朝廷中忠于皇室的大臣遵奉密诏，秘密结盟，等待机会讨贼除逆。刘备也加入了他们的秘密组织，决心为扶汉除逆贡献自己的力量。关羽看到了希望，也以自己有着这样一个政治领袖而欣慰。王室复兴，天下太平，正是春秋大义，正是孔子的政治理想和社会宏愿。而摆在关羽面前的历史课题，与六七百年前摆在孔子面前的历史课题，是完全一样的了。

关羽认为，要回答这个历史课题，答案是唯一的：就是追随刘备，消灭曹操和各地军阀。

在许都期间，他们兄弟曾随同皇帝在许田围猎。同行的曹操，竟然要过皇帝专用的弓箭，射中了一只鹿。多数随行的官员以为是皇帝射中的，便欢呼祝贺，而曹操竟自己骑马赶在皇帝的马前，欣然接受。这是一种非常严重

许田射猎处，在今许昌市郊外

的僭越行为，是一种大不敬的行为，是根本不把皇帝放在眼里的公然挑战，是要犯上作乱妄图取而代之的公开宣言，是一次篡政夺权的预演和试验。在场的朝臣们敢怒不敢言，而更多的人则是曹操的同伙和部下，都是曹操的同谋。只有关羽，一个大义参天的人，一个义所当为便要毅然为之的人，勃然大怒，拍马挥刀，就要上前杀掉曹操。

这是正义对于邪恶的宣战，是为国为民为天下讨贼檄文的实际行动版！

更具政治经验和谋略的刘备制止了他。现场曹操人多势众，即使杀了曹操，难保自身无虞，更重要的是，难保皇帝的安全。

> 初，刘备在许，与曹公共猎。猎中，众散，羽劝备杀公，备不从。及在夏口，飘飘江渚，羽怒曰："往日猎中，若从羽言，可无今日之困。"
>
> ——《三国志·蜀书·关张马黄赵传》，裴松之注引《蜀记》

一个可能改变政治局面和历史走向的英雄壮举没有实现。我们不能不说刘备是深谋远虑，也不能不承认当时杀掉曹操的条件是不太具备。但是，我们也不得不为关羽这一次失之交臂的历史行动深深叹息，也不得不为关羽这一次启而未动的历史行为深深感动。其实，以关羽那样一个成熟的将领，一个有着丰富战斗经验的将领，岂能不知自己采取行动之后的危险和后果？面对权臣明显的无礼表现和篡位苗头，他只是难以掩饰和按捺正义的激愤和冲动，只想着为国杀贼以实现历史责任而顾不得自己的安危罢了。

怀着许田杀贼行动未能实施的深深遗憾，他们只好继续在曹操手下虚与委蛇。曹操是一个大政治家，对他们的政治态度不可能没有觉察和判断，只是出于对刘备皇叔身份和社会名望有所顾忌，才没有对他们过早下手。刘备当然也是个大政治家，他每天在园中种植浇灌菜蔬，以掩饰自己的政治企图。有一天，曹操单独约请了刘备，青梅煮酒，议论天下英雄。曹操有意试探，刘备故作茫然。数遍各地军阀，都不为曹操属意。曹操突然出击，声称："天下英雄，唯使君与操耳！"直刺刘备要害。刘备突遭袭击，事变仓促，难以应对，举止失措，被吓得丢掉了手中的筷子，也就暴露了内心的真实和惊慌。这当儿正好空中响起一声巨雷，刘备从容捡起筷子，说道：这雷声好怕人，把筷子也震掉了。这才应付过去，才使曹操没有顿起杀心。

> 于时正当雷震，备因谓操曰："圣人云'迅雷风烈必变'，良有以也。一震之威，乃可至于此也？"
> ——《三国志·蜀书·先主传》，裴松之注引《华阳国志》

曹操对他们的警惕与防范，刘备、关羽、张飞三人在曹操手下的险恶处境，可以想见。

而关羽对于曹操的认识，当然也在不断地深化。他们只能积蓄力量，等待时机。

终于，他们等到了一个机会。袁术称帝失败，要经过徐州去河北投奔袁绍。刘备在徐州很有民望，地理也熟悉，曹操便命刘备带兵截击。

至此，在许都，在曹操的控制下，他们度过了大约半年时间。

离开了许都，再次赶赴徐州前线，和屡次破坏他们经营徐州的仇敌袁术狭路相逢。这是历史给予他们的复仇机会。他们经过激烈战斗，终于击退袁术的军队，阻挡了袁术军队北上的道路。袁术的部队退回寿春（今安徽寿县），走投无路，袁术就死在寿春了。

拦截了袁术部队，徐州没有受到乱军侵犯，保全了徐州百姓的一方平安。战事结束后，刘备把一起执行任务的曹军将领打发回许都，自己脱离曹营，重新驻扎在徐州。徐州这时候已经由曹操任命了新的刺史车胄，车胄当然会秉承曹操旨意，多方抵制刘备集团。最后，刘备设计杀了车胄，完全控制了徐州。这标志着刘备集团彻底和曹操决裂，公开打起了扶汉抗曹的旗帜。

为了防备曹操来攻打徐州，他们对徐州的防务进行了严密的部署。徐州的州治是下邳，刘备委派关羽守下邳，自己同张飞等仍驻军小沛。

先主之袭杀徐州刺史车胄，使羽守下邳城，行太守事。

——《三国志·蜀书·关张马黄赵传》

行太守事，就是担任了下邳的主官。关羽跟随刘备，先后担任别部司马、中郎将，直到这时，成了一个州刺史部州治的太守，成为上马管军下马管民的行政首脑。太守，即使相对于朝廷，也是重量级的官员。这是关羽第一次担任高级别的军政大员，是他由职业军人向主持军事和行政的官员过渡，是他成为刘备集团第一个文武兼具、独当一面的领袖级人物的最初实践。

在当时，刘备集团只有关羽一个人能挑起这样的担子，能够担当这样的重任。

这已经是他们第三次进驻徐州，但并不能说他们就在徐州站稳了脚跟。

在消灭了吕布和袁术以后，在曹操的眼中，刘备集团成为距离最近的重大隐患：

夫刘备，人杰也，今不击，必为后患。

——《三国志·魏书·武帝纪》

建安五年，即公元 200 年正月，曹操集中优势兵力，发起攻击刘备的战役。这时刘备屯小沛，关羽驻守下邳。小沛是徐州周边的战略要地，和下邳成掎角之势，互为战略呼应，是最好的军事布局。但他们的力量与曹操比起来，毕竟太悬殊了。在曹军强大的攻势下，小沛很快就被曹兵攻克，刘备的军队溃败，张飞等部属失散，互相不知下落。而关羽在下邳，被曹操重兵包围，失去了抵抗力量。

关羽面临着有生以来第一个重大难题：刘备的二位夫人，由他保护着；而刘备是死是活，没有一点消息。拼死突围呢，二位夫人就会失去保护，就会遭到乱兵侵犯，这对于刘备的政治尊严和社会影响，是非常不利的（二位夫人即甘夫人和糜夫人，都是刘备在小沛时期娶纳的，史书有载）；杀身成仁吧，刘备这时全无消息，倘若活着，他以后的扶汉大业还要自己冲锋陷阵，全力辅助。桃园结拜，不求同年同月同日生，但求同年同月同日死。此时去死，就是违背誓言嘛！

战不能战，走不能走，死也不能死。历史上有多少英雄人物，都会遇到这样的艰难选择：死，有时比活着更轻松容易一些。

为了刘备，为了他们共同的伟大事业，关羽只好选择更难一些的。为了保全二位夫人并维护二位夫人的尊严，关羽只好放弃抵抗，暂时归属曹操。根据史书记载，关羽当时面临的情景是毋庸置疑的：

> 曹公东征先主，先主败绩。曹公尽收其众，虏先主妻子，并禽
> 关羽以归。
>
> ——《三国志·蜀书·先主传》

他们又一次丢失了徐州。这一次离开了徐州，他们再也没有能够回来。

徐州，一言难尽的徐州，标志着他们奋斗的艰难与事业的坎坷。

他们的身后，已经经历了许许多多的艰难和坎坷；他们的面前，还有更多的艰难和坎坷在等待着他们。

这是关羽面对的又一次重要的人生选择，是一次生和死的选择。"活着，还是死去"这个哈姆雷特式的问题，早在一千八百多年之前就摆在关羽的面前。以关羽的气节和性格，比较容易的是选择死去，但他最后还是选择了活着。这是他艰难的选择，也是伟大的精神牺牲。这种牺牲，比肉体牺牲更为痛苦，但关羽承受了、担当了。为了事业的领袖，为了历史的责任，为了自己的人生理想。

说明白点，关羽是战场被俘，暂时归附曹营。那时候天下群雄并起，归属不定，离附不定，大家都还是汉朝朝廷的臣属。各集团内部，并非君臣关系；各集团之间，也不是国家与国家的关系。每一个将领，今天追随这个，明天追随那个，都是正常的事，理论上算不得失节和叛变。何况，他的投曹

土山关帝庙，为关羽与曹操"约三事"的地方

是有条件的，是有约定的，就是在得到刘备的消息时就会离开。这是在刘备生死未卜特定环境下的无奈之举。这一点在后世人们的心目中，都是非常理解的：

> 帝（关羽）之于操，岂诚降之哉！彼方屈于世，又未知昭烈（刘备）之奔亡如何。姑委屈，以行其权。
>
> ——清·张镇：《解梁关帝志》"三约辨"

更何况，他在曹营里无时不在探听刘备的消息，随时都在准备去投奔刘备。这已是历史证明了的。他在曹营，只是临时栖身。他的心，仍在追随着刘备。

身在曹营，心存汉室。

第四章　许都：身在曹营心在汉

建安五年（200 年）正月，关羽保护着二位嫂嫂，随着曹操的大军，来到了许县，这时候称作许都（今河南许昌）。

相对于上一次来许都，这次关羽的心情和处境有天壤之别。

上一次来许都，他们是曹操的盟军，一起为征讨曹操的宿敌，也是他们的宿敌吕布，刚刚经历了一场徐州战役。他们是得胜之军，为消灭吕布立下了功勋。虽然曹操没有把徐州交给他们，但让他们来到朝廷，得到了皇帝的封赏和礼遇。他们也不是曹操的部属，只是和曹操同朝为官，一起辅佐皇上。曹操有政治野心，但还没有开始进行篡汉的实际行动；曹操对他们有所防范，但也还没有公开迫害他们。

这一次，情况就大不一样了。他们占据徐州，袭杀车胄，已经和曹操公开决裂。曹操大军攻破徐州，他们失败了，兄弟失散。他自己是败军之将，是曹军的俘虏。在许都，关羽孤单一人，举目无亲，茫然无助，心情忐忑。

此心何依？此身何属？

这是关羽一生最为心绪烦乱焦虑不安的时候，是心境最为苍凉的时候。

刘关张兄弟失去了徐州，也失散了彼此。桃园结义以来，三兄弟在一起已经十六个年头了，从来没有像现在这样相互不知下落，生死未知。不管以前有过多少危险、多少困难，他们都是同患难，共承担。失败了，他们互相安慰，互相鼓励，决不颓唐气馁。胜利了，他们一起兴奋，一起痛饮，一

许昌市春秋楼，关羽在许昌时的住所

起欢呼雀跃。不管在什么情况下，三个人的心并不孤单，三个人的精神不会寂寞。现在，关羽头一次陷入了巨大的精神孤寂和恐惧中。一个死都不怕的英雄铁汉，怕的是什么？怕自己的孤单，更怕那两个兄弟有什么不敢想象的遭遇。

一种难以描述的寂寞感和孤独感，折磨着他的身心。

但是，尽管寂寞、孤独，他的心却并不空虚。他的心，被自己的兄长和领袖刘备占据着，被三弟张飞占据着，还被另一位亲密战友赵云占据着。十多年来，刘备匡扶汉室的忠心，至诚待人的心胸，宽仁厚德的品德，以人为本的理念，坚韧不拔的毅力，知人待士的作风，还有永不言弃的志向，总是在影响着他，让他心生钦敬：与这样一位兄长和领袖共同开创伟大事业，此生何幸！张飞，一位多么率直粗犷暴烈又不失可爱的小弟，勇猛豪放又有着几分天真的小弟。和这个比自己小着七八岁的弟弟一起，每次带兵破敌，他总是冲锋在前，总是和自己一样，永远是兄长的护卫。有这样的兄弟，此生何幸！还有武艺高强、有胆有识的赵云，一个很早就和他们走到一起的战将，处事那么谨慎精细，打仗又是那么勇猛无畏。他和桃园兄弟三个，肝胆相照，惺惺相惜，食则同桌，寝则同席。可惜的是，赵云迟了一步，没有出现在涿郡那个三月的桃园，否则，桃园三结义，也许是桃园四结义了。当然，经过这么多年出生入死共同战斗，桃园兄弟三人，已经把赵云当作四弟了。

关羽还在时时牵挂着那些一直辅佐兄长的谋士们，牵挂着那些一直忠心耿耿地追随兄长的官吏们。他们还在尘世吗？要是他们有了什么三长两短，关羽一个人活着，还有什么意思呢？如果他们还在尘世，他们能在哪里呢？他们是不是正冻饿交加、危机四伏呢？什么时候才会有他们的消息呢？

许都的正月，处处弥漫着新春的喜庆，关羽的心空落落的，只有回忆起兄弟和同事们的时候，心里才会有一些暖意。当然，在许都，他还是要做一些具体事务的。

每天，他要安排和监督老仆和使女们，照顾好二位嫂嫂的饮食起居；他要派出亲信干员，去打听和探访兄弟们的下落。

许都的日子，度日如年。

曹操是一个深谙招揽英雄之法的政治家。

曹操有识人之明，也有爱才之心。他麾下的张辽、徐晃等著名将领，都是从敌方阵营招降过来的，而且都被委以重任。他们也都为曹操做出了重要贡献。曹营里虽然人才济济，战将众多，但关羽这样武艺高强、忠义声名满天下的一流战将，曹操还是极想收为己用、引为知己的。关羽到了曹营，曹操"壮羽为人"，对关羽非常赏识和器重，立即给予他一般部属根本不可能得到的礼遇和厚待：

曹公禽（擒）羽以归，拜为偏将军，礼之甚厚。

——《三国志·蜀书·关张马黄赵传》

在当时，偏将军可不是一般军官。马超当年在西凉，西凉军首脑是其父马腾，实际领军打仗的就是马超，他的职务就是偏将军。后来曹操和袁绍的官渡之战，由于袁绍部将张郃倒戈，军力较弱的曹操反而取得胜利。张郃投奔曹营，立了首功，曹操给予张郃的官职，就是偏将军。再后来，东吴水军都督周瑜，担任了孙刘联军的总司令，率领五万部队与曹操几十万人马鏖战赤壁，火烧战船，打败了不可一世的曹操大军，取得了完全的胜利。赤壁之战，成了中国战争史上著名的以少胜多的光辉战例。事后孙权论功行赏，给周瑜封的官职，也是偏将军。可见偏将军是高级别的职务，是有很高的政治地位的。

拜关羽为偏将军，政治待遇不可谓不高。

"礼之甚厚"，我们更可以想见：曹操想拉拢关羽，想把关羽收为己用，那肯定是要给予关公十分优厚的待遇。《三国演义》的描写和其他野史的记载，更是"三日一小宴，五日一大宴"；"上马赠金，下马赠银"；"拨给宅府"；"送美女十人"；"以客礼待，延之上座"；后来又赠袍赠马……可谓极尽收买拉拢之能事。

高官厚禄，金钱美女，一般俗人，早已心满意足、喜出望外。何况曹操已经给予的，与刘备所能给予的，肯定是云泥之别。刘备一介寒士，已沦为"引车卖浆者流"，能给予关羽的，会有什么？奔波了十六年，到头来脚下无寸土之地，行动无安身之所，前途很难预料，眼下还落个兵马溃逃、兄弟离散的结局，消息全无，生死两茫茫。要说物质享受，要说名誉地位，要说所受到的欣赏、器重和厚待，曹操给予的已是无与伦比。在一般情况下，关羽终其一生也不过如此。还要什么？还能怎么样？

但曹操待人，用心奸诈，虽然对关羽不是小恩小惠，却绝无真诚。而刘备待人，宽仁厚德，至情至义，其诚心可对天日。更重要的是，对汉室朝廷，对国家一统，对人间大义，对苍生百姓——谁公谁私？谁忠谁奸？谁心忧天下？谁居心篡逆？谁配是关羽的同志和兄弟？谁配为关羽的领袖与旗帜？

这是铁的原则，关羽的心坚如磐石。他不否认曹操对待自己的优厚待遇，也不否认曹操对待自己还是有着不同别人的一些诚意。但是，从刘还是从曹，关系大是大非，关乎人生大义。关羽是不能被收买的，是不会被拉拢的。

以曹操政治家的目光，对关羽忠于汉室的立场，对关羽和刘备的亲密关系，不会没有基本衡量。他只是在刘备生死未卜、消息全无的情况下，在关羽独力难支、茫然无助的特殊情境下，企图用荣誉满足和物质待遇，来软化和收买关羽的心。这一套惯用的手段，拉拢了多少英雄豪杰，招揽了多少敌军降将。但对于关羽，能不能奏效，他心里是没有把握的。

他派关羽的朋友张辽去试探，"试以情问之"，让张辽用故友之情去打动关羽，希望他能够留在曹营。张辽是山西马邑（今山西忻州）人，和关羽算是同乡。当初张辽在吕布麾下，曾和关羽是一个阵营的战友。两人彼此互相欣赏，关系比较密切。吕布失败后，张辽投降了曹操，受到了重用，在曹营有很高的地位。由他来试探关羽，再合适不过，是能够让关羽说出心里话的。

面对张辽的询问，关羽的回答是：

> 吾极知曹公待我厚，然吾受刘将军厚恩，誓以共死，不可背之。吾终不留，吾要当立效以报曹公乃去。
>
> ——《三国志·蜀书·关张马黄赵传》

曹操给予我的优厚待遇，我的心里自然明白。但刘备是我的领袖和兄长，那是有着同生共死盟约的，不管在什么情况下都是不可背盟的。最终我是不会留在曹营的。但曹操对我的优厚待遇，一定要予以报答。等我为曹操立功报效之后，我才会走的。

大义要循，不留；小恩也要报，报了才走。这就是胸怀坦荡的关羽，这就是诚可对天的关羽，这就是来得明白也会去得明白的关羽。他不会隐瞒自己的政治态度，不会隐瞒自己有机会就要离开曹营的决心。

我们知道，关羽从小就喜读《春秋》，后来在行军打仗之暇也手不释卷：

羽好《左氏传》，讽诵略皆上口。

——《三国志·蜀书·关张马黄赵传》，裴松之注引《江表传》

《左氏传》即《左传》，是春秋末年左丘明据《春秋》而作的编年体史书，实际上就是孔子《春秋》的通俗版，是以事实解释《春秋》的著作。读《左传》就是读《春秋》。关羽喜读《春秋》，手不释卷，这在古代名将中也是十分独特的，这正是他恪守信义始终不渝的精神来源。他扶汉兴刘的政治信念，是对春秋大义的自觉追求；他凛然不屈的高贵品质，是追求春秋大义的必然结果。

张辽向曹操汇报了关羽的答复，"曹公义之"，连敌人也被折服，表示钦佩，这才是真正的人品，这才是真正的人格。

"立效以报曹公乃去"。不管受到曹操多少优厚待遇，都是要回报给你的。而自己呢？"终不留""乃去"。无论如何，是要离开的。只要有了刘备的消息，就要去寻找的。

说得明白，也会做得明白。

是去是留，这又是一次人生的选择。无论何时何地，一般情况下，人们面临的重大选择，无非是"义""利"二字。选择"利"，当然会有优裕的物质生活，会有优越的名誉地位。选择"义"，更多的可能则是曲折坎坷，艰难险阻，甚至牺牲生命。关羽没有犹豫，没有迟疑，没有患得患失，没有权衡再三。他的选择是明确的，他的态度是果决的。

"身在曹营心在汉"，关羽为我们中国政治语言的宝库，增加了一句千古不朽的珍藏。

明白了关羽的果决态度，曹操能够采取的办法，只有不给关羽报效自己的机会，只有把关羽当作贵宾极力款待，来尽可能地拖延滞留关羽的时间。也许他是想，只要关羽和刘备张飞们隔离得久了，他们的感情或许就会慢慢地淡漠下来。他不知道，桃花的清香，是永远也不会消散的。

当然，曹操还要尽可能地向关羽封锁刘备的消息。实际的情况是，直到此时，也真的没有刘备的任何消息。

对曹操来说，没有刘备的消息，就是最好的消息。

"立效以报曹公"，关羽还是等到了机会。

在消灭了袁术、吕布势力，击溃了刘备集团后，曹操在北方的敌人，就只有袁绍了。那时候诸侯割据，军阀混战，兼并势力，扩大地盘，到了最后，北方偌大地区就只有曹操和袁绍了。他们的目标，就是消灭对方，控制朝廷。袁绍占据冀、幽、并、青四州之地，实力要比曹操强大多了，就率先挑起了讨伐曹操的战役。

这年四月，袁绍派出大将军颜良，侵犯东郡（在曹操控制的兖州境内），兵围白马（今河南滑县）。曹操带兵去解救，开始了著名的官渡（今河南中牟县）之战。颜良是河北名将，武艺超强，连续击败曹营多名大将，曹军难以抵敌。曹操本来是要滞留关羽，不会轻易给关羽立功机会，但这时前线胶着，军情危急，只好请关羽和张辽作为先锋，一起抵抗颜良。关羽立功心切，很快就来到前线，投入战斗。在箭雨纷飞的战场，关羽纵马突入敌阵，奋力拼杀。

　　　羽望见良麾盖，策马刺良于万众之中，斩其首还，绍诸将莫能
　　当者，遂解白马围。
　　　　　　　　　　　　　　　　　——《三国志·蜀书·关张马黄赵传》

于万众军中，取敌上将之首，如探囊取物，关羽的神勇无敌，史册铭载。一代名将，千古武圣，身手果然不凡。

关羽班师回朝，朝廷封其为汉寿亭侯。这当然是曹操举荐的，是更难得的爵位。那个时代，封侯拜将，就算是功成名就，应该算是军人的最高追求了。东汉王朝的爵位，依次为关内侯、亭侯、乡侯、县侯、都侯。关羽的亭侯，级别只是四等，但毕竟是朝廷的封赠。他心向汉室，朝廷的任何封赠，不论大小，都是朝廷的知遇，关羽还是很在意的。曹操看到关羽破敌斩将，当然对关羽就更加敬重，更加礼遇和厚待了。但是，金山银海、宝马香车、

封官晋爵、名利地位，都拴不住关羽那颗时刻思念刘备的心，都拴不住关羽早已飞走的心。

离开许都，摆脱了许都的消息封锁，他在白马前线，很快就探听到了刘备的消息。原来，刘备在半年前徐州失散后，辗转流落，暂时归附了袁绍，现在正客居袁绍的帐下，也随在袁绍征讨曹操的大军之中。

关羽立刻陷入十分尴尬的处境。解白马之围，斩了袁绍的得意爱将颜良。袁绍及其部下，对自己一定恨之入骨，视为仇雠。在这种情形下，自己能不能到袁绍那里去寻找刘备呢？

去还是不去？敢去还是不敢去？又是一次不得不面对的选择：去袁绍处，一定对自己不利，说不定还会有生命危险。但是，好不容易得到了兄长的消息，怎么能不去呢？他没有犹豫，立即做出决定，安排二位嫂嫂和亲兵们，做好启程的准备。去袁绍处，回归刘备，危险是一定的，但要去回归刘备，就顾不得这些。不知刘备在其处，便斩其将；得知刘备在其处，便奔其地。会不会受到报复？会不会被袁绍处置？会不会断送了生命？关羽在所不计。

他的选择，很快就用自己的行动予以证明。

关羽脱离曹操，回归刘备，史书中记载非常简单：

羽尽封其所赐，拜书告辞，而奔先主于袁军。

——《三国志·蜀书·关张马黄赵传》

虽然简单，但"封其所赐，拜书告辞"，已经把关羽大义昭然、光明磊落的行为写得很清楚了。关羽临行前，"挂印封金"，把曹操赠予的全部财物，包括曹操举荐给予的将军印信，封存上缴。大义在胸，大志在胸，哪里还在乎这些身外之物？拜书告辞，则是理正而礼周，而且告知意图，是要去回归刘备，即投奔袁绍处，亦即曹操的敌对营垒。做事明白，心无私藏，事无不可对人言。致曹操的告别书，正史不载，清代学者卢湛编汇的《关圣帝君圣迹图志》记有全文。书信的来源和可靠性，我们当然不能完全肯定，但也难以完全否定，因为根据关羽后来的实际表现，这非常可能是真实的：

羽闻主忧臣辱，主辱则臣死。曩所以不死者，欲得故主之音问耳。今故主已在河北，此心飞越，神已先驰。惟明公幸少矜之。千里追寻，当不计利害，谋生死也。子女玉帛之贶，勒之寸丹。他日幸以旗鼓相当，当退避三舍，意亦如重耳之报秦穆者乎。羽谢。

被俘之时，没有舍身赴死，只是没有得到大哥刘备的生死消息。如果他死了，我当然要追随于地下。如果他没有死，我便不能独自死去，违背了同年同月同日死的盟约。如今已知故主在河北，一颗心早已飞越到他的身边。身虽在此，心驰神往，精神早已去追随他了。虽然千里之遥，路途艰险，但我不会计较利害，不会考虑自己有没有生命危险。你赠予的金钱美女和优厚待遇，我都会记在心里。以后若有机会，作为敌我双方在阵前相遇——一个要篡汉，一个要扶汉，当然最后必定要兵戎相见——我当主动退却三舍（每舍为三十里），表示仿效重耳对秦穆公那样，以表达对你的报答和谢意。

义正而辞严。

一封辞曹书，百十个字，写尽了自己与刘备的兄弟之情，写明了对曹操的根本立场，写出了辞曹寻刘不避艰险的坚决态度。

面对关羽的告辞，曹操能拖就拖，故意不会见、不回复，也不放行。关羽当面告辞不得，只好又写了第二封信：

窃以日在天之上，心在人之内。日在天之上，普照万方；心在人之内，以表丹诚。丹诚者，信义也。羽昔受降之日，有言曰：主亡则死，主存则归。新受曹公之宠顾，久蒙刘主之恩光。丞相新恩，刘公旧义。恩有所报，义无所断。今主之耗，羽已知。望形立相，觅迹求功。刺颜良于白马，诛文丑（袁绍另一大将，为关羽斩杀，但正史无明确记载）于南陂，丞相之恩，满有所报。每留所赐之物，尽在府库封缄。伏望台慈附垂鉴照。

——《关圣帝君圣迹图志》

日在天上普照万方，心在人内以表丹诚。主亡则死主存则归，恩有所报义无所断。句句碧血，字字千钧。什么叫精忠贯日？什么叫大义参天？什么是富贵不能淫？什么是威武不能屈？且读这字字句句，直叫人五内沸腾，血脉偾张，热泪盈眶。关羽，你写的不是一封辞曹之书，而是一篇仰天俯地的内心独白！你披肝沥胆，剖腹推心，明扶汉之壮志，抒济世之正气，诉人间之真情，吐满腔之大义。读了它，叫人不能不联想到他的战友诸葛亮的《出师表》；读了它，叫人不能不高唱后世忠烈文天祥的《正气歌》。关羽辞曹书，就是万世《出师表》，就是人间《正气歌》！

面对人生的岔道口，面对义的召唤和利的诱惑，关羽又一次作出了正确的选择，又一次对这道人生难题作出了正确的解答。名山利海，他不屑一顾；高官厚禄，他视同敝屣。行春秋大义，扶汉室将倾，是他的历史责任，是他的终生追求。曹操的那些花样手段和险恶用心，怎么能蒙蔽他的双眼，怎么能动摇他的意志？

这次选择影响了历史，因而它就是历史性的。

为了人间大道和春秋大义，在需要牺牲的关头，历史选择了关羽。关羽选择了自己。

关羽走出许都，曹营的将领们肯定是不愿意放虎归山，听之任之的。

左右欲追之，曹公曰："彼各为其主，勿追也。"

——《三国志·蜀书·关张马黄赵传》

对关羽的行为，却不遣追而成其义，曹操也算是一个政治家。但真正的原因，当初徐州擒获关羽，是有约定的。曹操同意有了刘备消息就可以让关羽回归刘备的。在关羽斩杀颜良，解白马围，报答了曹操的优厚待遇后，再要强留关羽就没有道理了，就会在天下人面前失信了。对曹操这样的人，只求目的，不择手段，失信不失信倒在其次。但关羽的大义凛然，实在是让曹操折服、感佩、震撼了。他已经无法再做出追赶关羽的决定。否则，他该怎样面对大义凛然的关羽呢？

建安五年（200年）五月下旬，关羽决然走上了回归刘备的千里路程，走上了自己选择的人生道路。

关羽终于离开了曹营，离开了许都。

许昌城外灞陵桥，相传是关羽辞别曹操的地方

从正月至五月，关羽在曹营滞留了五个月的时间。在关羽的人生经历中，这一段时间一言难尽，是历尽了内心煎熬的日子。

在当时的历史背景和实际情况下，关羽暂归曹营是可以理解的，甚至可以说是正常的应对策略。在刘备心里，在刘备集团所有成员的心里，都没有产生什么负面影响。相反，通过这一段特殊经历，关羽提升了自己忠义思想的精神高度，也表现了恩怨分明心地坦荡的磊落性格。不论在当时还是在以后的漫长岁月中，不论是当时的敌我阵营，还是后来的学者论者，也都没有什么非议和歧见。

但是，到了言论自由而放任、网络便捷而随意的今天，关羽在曹营的这一段经历，就受到了苛责甚至恶意攻击，被完全否定为不忠不义的投降行为。某种书籍中说："从这一段历史观察，关羽表现为反复无常，从古至今，都不会为旁观者高看，何义之有！"这样的言论是不负责任的。

事实上，徐州战役失败，下邳被围，关羽作为一员勇将，自己还是有能力突围的，后来在万众之中斩杀颜良就是明证。但是，因为肩负保护刘备夫人的职责，关羽就不能只顾自己突围了。"虏先主妻子，并禽关羽以归。"史书记载是明确的，关羽和刘备夫人是同时被俘的。关羽无奈归附曹操，主要原因应该是为了保护刘备的夫人。

刘备一生颠沛流离，夫人死了不止一位。这一次被虏的夫人，是甘夫人和糜夫人，她们都是刘备在小沛时期纳娶的。正是由于关羽的保护，二位夫人才保住了皇叔夫人的尊严，后来又被关羽保护回归刘备。甘夫人，在关羽的保护下回归刘备后，经过几年的奔波，终于在刘备投奔刘表驻扎新野时生了阿斗，就是后主刘禅，这才延续了四十二年汉朝的国祚。甘夫人在曹操南征荆州时，和儿子阿斗一起，"赖赵云保护，得免于难"（《三国志·蜀书·二主妃子传第四》）。刘备集团在赤壁之战时取得荆州，并确立江陵（南郡治所）为荆州州治之后，甘夫人逝世，即安葬在江陵。"后卒，葬于南郡。"（同上）刘备在西蜀称帝，追谥甘夫人为皇思夫人，并把她的遗骨迁葬于成都。不论是追谥的名号，还是迁葬的行动，都表明刘备对这位同甘苦共患难的妻子情感颇深。甘夫人的灵柩迁回成都，刘备已经逝世，追谥昭烈皇帝。丞相诸葛亮正式上疏，朝廷追谥甘夫人为昭烈皇后，与刘备合葬。刘备一生夫人不算少，只有她，与刘备是同一个谥号。这是后话。

根据后来这些情况，可见关羽当初保护刘备夫人的意义，是十分重大的。

在曹营的五个月时间，关羽没有变节，没有投降。他的忠诚和信义，是不容否定的。

回归刘备，《三国演义》里详细描写了关羽"千里走单骑""过五关斩六将"的曲折故事，把关羽千里迢迢河北寻兄，一路上过关斩将千难万险表现得淋漓尽致。这在全中国妇孺皆知，是我们十分熟悉的，也是我们经常津津乐道的。后来的各种文艺作品，这一段故事都是脍炙人口的艺术描写内容。

京剧《珠帘寨》李克用有一段唱，说的就是关羽历经曲折，在古城和张飞相会的故事。张飞怪罪关羽降曹，并带曹将蔡阳前来侵犯古城，声言只有关羽斩了蔡阳，才肯相信关羽：

　　　　昔日有个三大贤，
　　　　刘关张结义在桃园。
　　　　弟兄们徐州曾失散，
　　　　古城相逢又团圆。
　　　　关二爷马上呼三弟，
　　　　张翼德在城楼怒发冲冠。
　　　　耳边厢又听人呐喊，
　　　　老蔡阳的人马来到了古城边。
　　　　城楼上助你三通鼓，
　　　　十面旌旗壮壮威严。
　　　　哗啦啦打罢了头通鼓，
　　　　关二爷提刀跨雕鞍。
　　　　哗啦啦打罢了二通鼓，
　　　　人有精神马又欢。
　　　　哗啦啦打罢了三通鼓，
　　　　蔡阳的人头落在马前。
　　　　一来是老儿命该丧，
　　　　二来弟兄得团圆。

　　但是我们又不得不说，这一段动人心魄的故事，历史上并没有正式记载。从许都到河北，常规的路线沿途应是尉氏、开封、封丘、长垣、滑县，而不是《三国演义》里描写的那样忽东忽西，曲折迂回。关羽也不应该那样在五个关隘之间折来返去地奔波。"出五关斩六将，古城壕里斩蔡阳。"那六将是虚构人名还是真有其人，是否为关羽斩杀，也无一点记载。

更重要的是，曹操这时候正和袁绍两军对峙，大本营许都的东南侧翼汝南（今河南驻马店汝南区）一带，有地方武装扰乱。袁绍得知有这样一股可以利用的力量，就委派刘备去汝南联络。刘备已经离开袁绍大营，关羽要去投奔刘备，就不应向北去袁绍的驻地阳武（今河南原阳），而是要向东南去刘备所在的汝南。

> 曹公与袁绍相距于官渡，汝南黄巾刘辟等叛曹公应绍。绍遣先
> 主将兵与辟等略许下。关羽亡归先主。
>
> ——《三国志·蜀书·先主传》

同时，蔡阳不是来追关羽的，是奉命征讨刘备的，也是被刘备所杀的。不管这时候关羽是否已经和刘备会合，都不能确定是关羽杀了蔡阳。

> 绍遣先主（刘备）将本兵复至汝南，与贼龚都等合，众数千人。
> 曹公遣蔡阳击之，为先主所杀。
>
> ——《三国志·蜀书·先主传》

看来，关羽千里寻兄的路线，千折百回，艰难坎坷，到底是向北之后得到刘备消息再折返东南，还是直接就去了东南，已经很难详细考证、准确记述了。毫无疑义的事实是，关羽脱离了曹营，走了；扔下高官厚禄，扔下名爵地位，扔下金钱美女，义无反顾地走了。

栉风沐雨，历艰履险，关羽终于到达汝南。离散半年，兄弟相聚，定然百感交集，定然相拥而泣，定然是一个令人鼻酸、感人肺腑的场面。史书没有记载，我们可以想见，不必再诉诸笔墨。

历史没留下细节，历史也不计较细节。

历史重视的是——大节。

第五章　新野：开创新局面的战略准备

桃园兄弟徐州失散，天各一方，彼此音信全无。半年多的时间，多少个日日夜夜，他们彼此思念，心理煎熬；多少个日日夜夜，他们六神无主，精神折磨。现在，孤寂而焦虑的日子终于过去了。关羽和张飞，有了刘备的准确信息，都会像水流千转一样，终归大海：山重水复，关羽从曹营赶来；曲折迂回，张飞从芒砀山赶来；还有其他几位部属，也一个个千折百回，从不同的地方赶来。赵云一直和刘备在一起，在袁绍营中周旋奔波，率领部曲一直在保护着刘备。兄弟们终于团聚了，部属们终于会合了。由于刘备不同寻常的号召力，由于兄弟和部属们坚定不移的信念，他们重新集聚在刘备的旗帜下，为着匡扶汉室的理想，再一次走到一起了。尽管这时候他们的队伍已经七零八落，兵力已经只剩下数千人马。但幸运的是，他们团队的核心成员，并没有什么损失。

从一方诸侯，成了一支游击部队，他们的事业遭遇到空前的挫折。没有了自己的地盘，就没有了发展的根基。而且，他们面临的局势，也是非常严峻的。

他们相聚的地方汝南，是曹操的属地，有重兵驻守。这个地方不是可以长久栖息的立足之地。汝南距离曹操的大本营许都不远，曹军随时都可能派出精锐部队来剿灭他们。只是曹操和袁绍的战争正在胶着阶段，一时还顾及不到这里。

他们必须寻找一块立足的地方。

返回河北，继续投靠袁绍吗？

东汉末年军阀割据时期，论地盘和势力，当数袁绍优势最大。而袁家又是"四世五公"，一门四代就有五个人担任过宰相级官员，可谓世代受朝廷厚恩和重任。刘备曾把匡扶汉室的希望，寄托在袁绍身上。徐州失散，刘备和赵云一起，率少数随从逃奔河北，投靠了袁绍，也受到袁绍的热情接纳。但是，在袁绍那里的几个月时间，刘备发现袁绍并没有扶汉之志，并不以朝廷天下为念，也是一个拥兵自重的野心家。同时刘备还看到，袁绍还是一个颟顸昏庸的人，根本没有统一天下的政治远见，也没有团结部属选贤任能的胸怀和智慧。因为关羽杀了颜良，刘备在袁绍军中受到猜忌，就运用自己的政治智慧，借着到汝南联合地方武装扰乱许都侧翼的机会，才脱离了袁绍。既然袁绍不是心怀天下匡扶汉室的人物，现在他们再去投靠袁绍，已经没有什么政治上的意义。何况关羽杀了颜良，很难保证袁绍有不咎既往的度量，能够和他们毫无芥蒂地合作抗曹。要是这样，去投靠袁绍，就会让他们弟兄陷入难以自保的境地。更现实的情况是，曹操和袁绍的战争已经全面铺开，汝南通向河北的地方已经被曹军周密布防，他们即使要去袁绍的统治区，也是十分困难的了。

经过一番审时度势，刘备最后决定，就近去投靠荆州刘表。

刘表，时为荆州牧，也是汉室宗亲，在荆州已经经营多年，在东汉政坛和社会上有着一定的影响力。他拥有荆州的广大地盘，是当时一股重要政治力量。之前北方地区军阀混战，吕布、袁术、张绣、公孙瓒、曹操、袁绍，多少年来天下没有平静的日子，而荆州基本没有受到侵犯，没有什么战事。北方的一些智能之士为逃避战火兵燹，纷纷来到荆州避乱，多数投到刘表的部下，荆州一时也很强盛。现在，刘备只好又把匡扶汉室的希望，寄托在刘表身上。刘表和刘备同是朝廷宗室，他知道刘备信义著于四海，有良好的社会形象，就热情地接纳了刘备的队伍，给予他们很好的礼遇，和刘备也互相称兄道弟。荆州境内辖有南阳郡、南郡、江夏郡、武陵郡、长沙郡、桂阳郡、零陵郡七郡之地，幅员广阔，只是南阳郡的部分地盘和郡治宛城（今河南南阳）这时被曹操势力占据。荆州的首府是襄阳，襄阳面对着南阳敌军的直接威胁，没有战略缓冲地带。刘备集团虽然兵力薄弱，但有着关张赵几位一流的将领，其军事能力当然是不容小视的。刘表就拨给刘备一定的兵力，供应他们军械粮秣，让他们驻扎在新野。新野即今河南新野县，在襄阳的北部，和南阳接壤，是荆州最北方的前沿阵地。把刘备安置在新野，其用意当然就是利用刘备的军事影响和实力，来预备抗拒曹操可能的进犯。

从此，刘备集团成为荆州地面一支重要军事力量，成为荆州边防部队，成为抵制曹操进犯的前线兵团。虽然仍旧是依附别人，但刘备集团毕竟有了一个立足之地，有了一个休养生息发展自己的机会。而关羽，从此也与荆州结下了不解之缘。相对于刘备集团所有的领导成员来说，只有他，再没有离开过荆州。他在荆州书写了自己的人生辉煌，也书写了自己的历史悲剧。

驻扎新野，一驻就是七八年。

这七八年，曹操和袁绍在黄河以北广大区域逐鹿中原，荆州地面相对平静。刘备集团在新野，也很少有什么战事。其间也有过一两次规模较小的战斗，新野军团都取得了胜利。在相对平静的日子里，刘备集团招兵买马，扩大军事势力，加强训练，养精蓄锐；他们团结当地士族，礼聘人才，广结民心，深得人民拥护，渐渐又成气候。

这是多年戎马倥偬的他们，好容易得到的一段较长时间休养生息的机会。

二十年来也只有在新野居住的这段时间，关羽的生活才算安定下来。他终于有机会派人去家乡解县，打听亲人的消息。解县虽说是敌军的属地，但曹操和袁绍两军主要战场在冀州青州一带，洛阳河东一带相对平静一些，而荆州还不曾被曹操视作敌对的一方，百姓的迁徙和走动还比较自由，关羽派去家乡的人就相对安全。很快，家乡的情况就清楚了：关羽这才知道，二十年前自己以一时血气之勇，愤世嫉邪，见义勇为，杀了恶霸解救贫苦百姓，竟连累父母跳井身亡；也知道了自己的妻子带着儿子，在岳父的庇护下，东躲西藏艰难度日，所幸现在仍然健在，儿子也长大成人了。这消息是巨大的悲怆，也是莫大的欣慰。

关羽的妻子和儿子来到了关羽身边。二十个寒暑天各一方，他们终于团聚了，终于生活在一起了。儿子关平，已经是二十岁的男儿，身强体健，也学得了一些武艺。关羽就亲自指导他学习兵法，努力习武，参加军事训练。关羽对关平教育严格，摸爬滚打，骑马射箭，硬是把一个细皮嫩肉的白面少年，训练成为一个刀马娴熟的武将。很快，关平就成长为一个青年将领了。他一直跟随着父亲，是父亲的帐下亲军，后来也受到了战争的锻炼，成为关羽的得力部将。之后几年里，关羽夫人又生了儿子关兴、女儿关银屏（在《三国志平话》《三国演义》及一些野史笔记里，传说关羽还有一个儿子关索，但说法很不统一，难以确定，此处存疑）。关羽的家庭，是一个儿女双全的美满家庭。

空闲时间，关羽竟还有雅兴弄几笔粉墨丹青。关羽出身耕读之家，征战之暇除了熟读《左氏春秋》，还练就一笔很好的书法绘画，特别是画竹，技法竟然成就很高。据传关羽最著名的作品有两幅。一幅为风竹，描摹竹枝竹叶在风中摇曳之状，仔细观摩，能够发现参差的竹叶组成了一首五言诗，在画中暗藏着：

不谢东君意，丹青独立名。
莫嫌孤叶淡，终久不凋零。

另一幅为雨竹，画着竹枝竹叶在雨中飘零之状，细看去，依稀也有暗藏的诗句：

大业修不然，鼎足势如许。
英雄泪难禁，点点枝头雨。

据说，这两幅作品，是当初羁留许昌时，身在曹营，郁郁不乐，每日画竹消遣。得知刘备下落，拜书辞曹，还把两幅图画留给了曹操，以表心迹。另有说法是，关羽在新野期间，家乡的夫人胡氏得知关羽生活已经安定下来，而且有着很高的社会声望，就派儿子关平去探望父亲。临行时，胡氏在山上采撷了杏梅和竹枝，让儿子带给关羽。关羽见到这些杏梅和竹枝，明白胡氏对自己忠贞不渝的爱情，心中漾起难以平息的波澜，当下画了两幅风竹雨竹，并藏了两首诗，暗寓自己对妻子的思念之情。这以后才派人去解县接来了胡氏，在新野团聚。两种说法，其诗意就是两种解释，我们也难以确定。不过风竹雨竹的笔迹后来都被刻在石碑上，现在都有实物留存，千古不朽了。

对二儿子关兴，关羽的教育也一样严格。后来关兴在蜀汉担任高级职务，也许都得益于少年时期的训练。为教育儿女，关羽曾写了十二个篆字作为他们的座右铭：

读好书，说好话，行好事，做好人。

在相对平静的日子，在举家团圆的日子，关羽的心情是惬意的。读书作画，教育儿女，也是很自然的事。千古儒将，马上神勇，马下呢？自然是会这样儒雅地生活。

四五年后，刘备司令部迁移到樊城。樊城在汉江北岸，与襄阳一江之隔，而且城池坚固。在樊城屯兵期间，关羽主持操练水军，积累了丰富的水上作战经验，部下也有了一支训练有素的水军部队。在以后的对敌作战中，关羽的水军发挥了重要作用。而关羽本人，陆上乘马，江上乘船，成了水陆作战都十分娴熟的将军。

新野汉桑城，相传为关羽栽植的桑树

更为重要的是，刘备集团的领导层也利用了这个相对安宁的机会，认真分析过去的成败得失，总结经验教训，考虑制定正确的政治路线和军事路线。

论起民望，他们的领袖刘备，在当时是首屈一指的。他宽仁厚德，诚信待人，深得人心，有着高度的社会威望。徐州牧陶谦在临终的时候，嘱托要把属地让给他，说"非刘备不能安此州也"（《三国志·蜀书·先主传》）。后来被袁术吕布之辈逼迫投靠曹操，曹操"厚遇之，……礼之愈重，出则同舆，坐则同席"，还承认"天下英雄，唯使君与操耳"（《三国志·蜀书·先主传》）。再后来脱离曹操，徐州失败，走投无路时去投奔袁绍，"绍遣将道路奉迎，身去邺二百里，与先主相见"（《三国志·蜀书·先主传》）。曹操部下第一智将程昱和第一谋士郭嘉，都认为"刘备有雄才而甚得众心"（《三国志·魏书·武帝纪》；《三国志·魏书·程郭董刘蒋刘传》裴松之注）。放眼天下群雄，只有刘备最忠于汉献帝，只有他不怕牺牲参加了谋刺曹操的正义行动，在政坛和民间都有巨大的号召力。论起作战能力，刘备部下的关羽、张飞和赵云，都是天下著名的"万人之敌"（《三国志·蜀书·关张马黄赵传》），时人誉之为"熊虎之将"（《三国志·吴书·周瑜鲁肃吕蒙传》）。当然他们起点低，起步迟，力量弱，但有时也发展到几万人的势力，也曾拥有过徐州那样大的地盘。但是，他们屡战屡败，十几年南征北战东讨西杀，也还是没有自己的根据地，没有拓展自己的发展空间。作为集团首脑，刘备是困惑的；作为这个集团的主要骨干，关羽也是不解的。他们在寻找解答这个问题的历史机遇。

就在新野驻扎期间，历史为他们提供了一个解决这个重大问题的人物，一个战略规划家。当然这不是历史的恩赐，而是他们高举匡扶汉室济世救民正义旗帜的感召力决定的。建安十二年（207年），他们了解到，距他们驻地不远的隆中，隐居着一位有经天纬地之才、扶汉济民之志的天下奇才——诸葛亮，孔明先生。

　　亮躬耕陇亩，好为《梁甫吟》，身长八尺，每自比于管仲、乐毅，时人莫之许也。惟博陵崔州平、颖川徐庶元直与亮友善，谓为信然。

——《三国志·蜀书·诸葛亮传》

刘备访世事于司马德操。德操曰："儒生俗士，岂识时务？识时务者在乎俊杰。此间有伏龙、凤雏。"备问为谁，曰："诸葛孔明、庞士元也。"

——同上，裴松之注引《襄阳记》

孔明当时只有二十七岁，比刘关张都小得多，几乎是他们的晚辈，但他们听到人们对孔明的评价和介绍，立刻就意识到这是苍天的赐予，是历史的机遇。天下正处于混乱时期，聪明的人，明哲保身的人，都选择了隐于山林，以待天下平静，孔明也不例外。但是，刘备的事业和抱负，是多么需要这样的人才啊。这一点，刘备是有充分认识的，关羽也是有着一定认识的。他们决定亲顾茅庐，登门礼聘。

由是先主乃诣亮，凡三往，乃见。

——《三国志·蜀书·诸葛亮传》

一连两次，诸葛亮都没有露面，而正是这样，才又使他们加深了对这个人才的理解。性格粗鲁的张飞早已不耐其烦了；以关羽的性格，也是心中不快了。但凭着对刘备政治见识的信任，为了配合刘备的人才战略，为了扶汉事业的最终实现，关羽还是耐心地说服了张飞，随同刘备一次次地登门拜访。跨过了一个年度，第二年的正月，他们顶风冒雪，才与诸葛亮实现了历史性的会见，完成了"三顾茅庐"这一意义重大的战略举措。

应该说，关羽雄才大略，兼资文武，是刘备集团的副统帅，地位仅次于刘备，性格也是很自负的。而且他也知道，有了这样一位战略规划家，以通常的领袖集团的设置，一般要排名在武将之前。也就是说，新来的这一位人物，在刘备集团的地位将要高于自己和张飞、赵云。今后自己和张飞、赵云都要听从这个比他们年轻得多的军师的号令。但是，他知道自己不可能是一个文职谋士，谋划方略，不是自己所长。而他们共同的事业，是多么需要这样一位谋划方略的军师啊！他胸怀天下，志在扶汉大业，为了这个远大的政治理想，什么名利地位，什么排名先后，都可以置之度外，关羽还有什么可计较的！礼聘诸葛亮这样一位军事政治谋划专家，来参加自己的队伍，来协助自己的事业，关羽是很赞成的，是很欢迎的。只要能为匡扶汉室大业贡献力量，只要能聚齐在扶汉济民的旗帜下，聚齐在刘备的旗帜下，都是自己的同志，关羽都会引为知己的。

刘备和关羽张飞第三次拜访，终于见到了诸葛亮。在他们这次会见中，诸葛亮提出了自己对当时天下大势的正确分析，也为刘备提出了"占领荆、益，联吴抗曹，两路北伐，统一天下"的战略设计，这就是历史上有名的"隆中对策"：

> 今操已拥百万之众，挟天子而令诸侯，此诚不可与争锋。孙权据有江东，已历三世，国险而民附，贤能为之用，此可以为援而不可图也。
>
> 荆州北据汉、沔，利尽南海，东连吴会，西通巴蜀，此用武之国，而其主不能守，此殆天所以资将军……益州险塞，沃野千里，天府之土，高祖因之以成帝业。刘璋暗弱，张鲁在北，民殷国富而不知存恤，智能之士思得明君。将军既帝室之胄，信义著于四海，总揽英雄，思贤若渴，若跨有荆、益，……外结好孙权，内修政理；天下有变，则命一上将将荆州之军以向宛、洛，将军身率益州之众出于秦川，百姓孰敢不箪食壶浆以迎将军者乎？诚如是，则霸业可成，汉室可兴矣。
>
> ——《三国志·蜀书·诸葛亮传》

"隆中对"是历史上的著名事件，稍有历史知识的人都对它的内容耳熟能详，我们就不必用现代语言复述了。

这是中外古今著名的战略规划，是英雄开辟伟业的光辉典范，是政治创作的最优秀的作品，是创建新的历史局面的建设蓝图。它的意义，不亚于西汉开创基业时，萧何为刘邦制定的"约法三章"；也不亚于后来抗元复汉时，朱升为朱元璋提议的"高筑墙，广积粮，缓称王"的明朝建国纲领。它对于刘备延续汉朝国祚开创天下太平伟大理想的实现，起到了根本性的作用。因为有了它，中国的历史就有了"三国、两晋，南北朝"；没有它，中国历史就得改写，就成了另外的样子。"隆中对策"改变了历史进程，为刘关张等等英雄人物伸张人间正义，建造了大展身手的平台。刘备集团经过十多年在黑暗中的摸索，终于有了一条正确的政治路线和军事路线，有了自己的战略目标和行动纲领，有了发展的方向。虽然他们现在还相当困难，但只要有了正确的目标和路线，没有人就可以有人，没有地盘就可以有地盘。对于刘关张弟兄来说，他们虽然还走在泥泞坎坷的道路上，但前面终于出现了曙光。

三顾茅庐，是刘关张三人的集体行动。诸葛亮纵论天下大势，关羽也当然在场。刘备得到了诸葛亮，他当然是高兴的；诸葛亮的"隆中对策"，也使他顿开茅塞，使他看到了希望，看到了胜利的前景。当时，大家都受到了极大的鼓舞，都憧憬着扶汉事业的远大前程。而他，而且也许只有他，已经对其中"命一上将将荆州之军以向宛、洛"的战略设想有所预感。也许他已经开始意识到，一个重大的历史使命，将要落在自己的肩头上。

对于历史的责任，关羽作好了勇于担当的准备。后来的历史事实，证明了关羽的预感是正确的。

诸葛亮到了刘备旗下，成为关羽他们的同志和战友。一开始，关羽、张飞和诸葛亮还有一个短暂的磨合时期。诸葛亮通晓天下大势，有战略思想，刘备自然是要经常和他沟通交流，遇到问题自然也是先咨询诸葛亮，先和诸葛亮商讨研究。这样，刘备和诸葛亮的关系，显得比与关张两人的关系都要密切了。关张两个，心里怪不是滋味的。

（刘备）于是与亮情好日密，关羽、张飞等不悦，先主解之曰：

"孤之有孔明，犹鱼之有水也。愿诸君勿复言。"羽、飞乃止。

——《三国志·蜀书·诸葛亮传》

见到最高领导与新来的同事关系密切，自己就不高兴，不愉快，就嫉妒，就猜忌，这当然是器量不大的表现，是私心杂念；当然不利于团结，不利于调动本阵营的积极因素，不利于共同的革命事业。这样的记载是真实的吗？就算历史学家的记录没有曲解和误会，记载是真实的，我们只要对关羽和张飞的"不悦"稍加分析，就可以明白，无非就是这样两个原因：其一，关羽和张飞是老资格，是事业草创时期的老战友，是桃园结义的兄弟。二十多年跟随刘备出生入死之后，新来了一个诸葛亮，只是个二十七岁的青年，比大家小一辈，而刘备竟"情好日密"，关羽和张飞感情上有些不是滋味，应当是可以理解的。其二，诸葛亮躬耕陇亩，是个青年农民，没有过军事实践，也不是什么将门之后科班出身；又刚刚参加他们的队伍，还没有表现出什么才能，只发表了一番战略设想，是不是一个"空头政治家"或者"空头军事家"，还有待实践证明。刘备这样全力依靠，把自己扶汉大业的希望完全寄托在这样一个青年身上，是正确的选择，还是错用了纸上谈兵的人物？阅历广博政治成熟军事经验十分丰富的关羽和张飞，心中有这样的疑虑，因而"不悦"，更是应当理解的。关羽、张飞与刘备"名为君臣，实为一体"，他们的共同事业和兄弟情谊，是不需要猜忌和嫉妒新近参加创业队伍的后辈青年的。刘备"解之"了几句话，他们就"乃止"了，可见他们的"不悦"是很浅层次的，是没有什么大不了的，肯定是没有造成什么负面影响的，也肯定是没有影响团结和工作的。

这算是新野时期的一个小小插曲吧。

在新野驻扎的七年多时间里，关羽的军事领导能力大大增强，已经成为刘备集团可以独当一面的军事统帅。在随后的重大军事行动中，关羽都将要发挥重要的作用。

第六章　汉津：千钧一发，力挽狂澜于既倒

曹操和袁绍的决战，用了近八年的时间。在袁绍死后，曹操又和袁绍的儿子、外甥等中原逐鹿，先后攻占了青州、冀州、并州、幽州广袤地区，消灭了袁绍的残余势力，又乘胜北征乌丸，彻底扫平了北方，统一了半个中国。

稍做休整，曹操就把目光扫向了荆州。

建安十三年（208 年）七月，曹操亲率大军南下，征讨荆州。

刘备集团连续七八年的平静日子，终于到了不能再平静的时候。

当然，刘备并不是想要一直这样平静下去的人物。曹操在北方用兵，特别是远征乌丸，许都兵力薄弱，刘备曾建议刘表出兵攻击曹操的后方，但刘表并没有什么进取心，只求自保，就没有采纳刘备的建议。一个非常好的历史机遇，就这样白白丧失了。客居荆州，手无兵权，刘备纵然壮怀激烈，关羽等纵然摩拳擦掌，也只有望洋兴叹。现在，眼看曹操就要来进犯荆州，刘备集团上下同心，决心击退南侵的曹军，誓保荆州百姓一方平安。

刘备率军在新野前线坚决抵抗，多次打败曹军的前锋部队，取得了一定程度的局部胜利。可是，在这军情紧要之际，刘表病死了。

刘表有两个儿子，大儿子刘琦为江夏太守，领军驻扎夏口（今湖北武汉）。刘表的小儿子刘琮，是后妻蔡氏所生。刘表的晚年，荆州的事务实际上已被蔡氏家族控制。刘表病死，蔡氏家族对刘琦封锁消息，也对刘备封锁消息，暗中策划投降曹操。等刘备得知刘琮投降曹操的消息时，曹操大军已

经迫近。力量悬殊，形势紧迫，后方已无军资供应和战略支撑，刘备只好急忙从樊城撤军。路过刘表之墓，刘备隆重举行祭奠仪式，泪如泉涌，沉痛悼念。刘备对刘表的深情感动了三军兵士，也感动了荆州百姓。曹军每到一地，辄有屠城的劣迹，荆州军民十分惧怕，也十分抵触。他们留恋刘备的仁德，都愿意追随刘备，跟着刘备军队逃离的就有十万之众。而刘备只怕百姓们被曹军铁蹄践踏，不忍抛弃他们只顾自己行军，只好保护百姓携家带口慢慢行进，"日行十余里"，甘与赴义之士同生共死。

当然会有参谋人员向刘备建议，立即放弃百姓，轻骑突进，占据江陵，才有可能和曹操继续对抗。刘备回答：我当然知道形势非常危险，但成大事者，全在人心。现在百姓愿意跟随我，我怎么能忍心丢弃他们呢？

对百姓一片仁爱之心，是刘备和关羽他们基本的政治品质。

后人评论：刘备虽颠沛险难而信义愈明，势逼事危而言不失道。吊唁刘表墓葬而感念厚遇，情感三军；不弃百姓而缓慢行军，甘与同败。这样的人，怎么能不成大事呢？

关羽一生追随刘备，不离不弃，就是这样的原因。因为，关羽也同样是这样的人。

他们撤退的目的地是南郡治所——战略重地江陵，也是荆州粮秣军械储存最丰的城池。退到江陵，他们可以据城坚守，可以和曹军长期对峙。大军撤退时，为了军事配合，互相策应，需要派出一员将领分兵行进，在江陵会合。这当然需要一位具有独立作战能力，又能够策应全局的将领来承担这样的重担。让谁来完成这样艰巨的任务呢？当然是关羽。

张飞性格勇猛粗率，善于阵前拼杀，但不善于谋划全局；赵云精细又有胆识，需要担任保卫司令部的重任；诸葛亮还处于军事实习阶段，又是文职人员；其他几位部属，能力和威望更不足任。在刘备集团里，只有关羽能独当一面，担当这样的重担。刘备决定，由关羽率领一支部队提前从水路进军，去安排大军的去路，构筑全面抵御曹军的阵地。

每天只能行军十多里的刘备部队，在逃亡的路上缓慢行进。而曹操为一举解决刘备的武装，派出精兵强将，率五千轻骑，全是曹营中的精锐，日夜紧追。

······授（文）聘兵，使与曹纯追讨刘备于长坂。
　　——《三国志·魏书·二李臧文吕许典二庞阎传》

（曹）纯所督虎豹骑，皆天下骁锐。
　　——《三国志·魏书·诸夏侯曹传》，裴松之注引《魏书》

　　文聘原是刘表麾下的大将，不久前随刘表的二儿子刘琮投降了曹操，曹操非常器重他，给他安排了显赫的官职，委以重任。他熟悉刘备的部队，更熟悉荆州地理，对刘备撤退的路线了如指掌。曹纯呢，是曹操的本家，曹营第一勇将曹仁的弟弟，是曹营精锐虎豹骑的首领。派出这样两位将领率军追赶刘备，曹操用兵，也确实是知人善任，也下足了本钱。

　　曹军行军神速，日行三百，到了当阳地境，追至长坂坡，终于追上了刘备撤退的队伍。刘备麾下的军士，全都分散开来保护撤退的百姓，一时难以集结起来组织有效抵抗，很快就被曹操的大军冲散，四散溃逃。司令部成员和家人妻小，也只有仓皇奔走，只留张飞率二十骑断后。曹军追至当阳河上，张飞据水断桥，怒目圆睁，虎须戟指，挥舞着他那著名的丈八蛇矛，大喝一声："我是燕人张益德！谁敢来与我决一死战！"这一声吼如同巨雷，吓得曹军畏葸迟疑，不敢向前。

当阳城外"张翼德横矛处"碑亭

先主闻曹公卒至，弃妻子走，使飞将二十骑拒后。飞据水断桥，瞋目横矛曰："身是张益德也，可来共决死！"敌皆无敢近者，故遂得免。

——《三国志·蜀书·关张马黄赵传》

二十骑吓得曹操大军不敢向前，张飞不愧是一流名将，不愧是刘备和关羽的结义兄弟。

赵云保护着刘备夫人，抱着尚在襁褓中的刘禅，陷入敌阵。有人告知刘备，赵云逃跑了，可能已经向曹军投降了。刘备气得把手中的短刀扔向他，说：赵云绝对不会背叛我去投降敌人！刘备对赵云太了解了，对赵云的忠诚是特别信任的。过了一会儿，果然看见赵云血染征袍，杀出敌阵，保护着夫人幼主，回归自己的阵营。

当阳长坂坡遗址，赵云塑像

及先主为曹公所追于当阳长坂，弃妻子南走，云身抱弱子，即后主也，保护甘夫人，即后主母也，皆得免难。

——《三国志·蜀书·关张马黄赵传》

但是，尽管有张飞和赵云拼死搏杀，迟滞了曹军追击的速度和气势，但毕竟寡不敌众，难以抵挡曹操的千军万马。曹军的精锐骁骑穷追不舍，随后掩杀。刘备司令部的成员和家属，眼看就要被曹军追上，陷入灭顶之灾。

刘备集团，到了最危险的时候。

刘备一生的事业，也到了生死存亡的危急关头。

虽说刘备起事以来，一直败多胜少，但他屡败屡战，百折不挠，每一次都是在非常危难的时候，勉力支撑，终能化险为夷，卷土重来。但是，这一次，实在是到了山穷水尽的地步，很难逃出生天了。

这时候，别说扶汉大业，就是刘备和他团队的核心成员们的生命，都很有可能即将终结。

要真的是这样，那就太可惜了：刚加入他们队伍的诸葛亮，军事谋划战争方略的才能还来不及施展，他为刘备集团规划的政治路线和军事路线，还没来得及实施，就会和刘备团队的核心成员们，一起牺牲在乱军之中。扶汉大业和三国历史，在还没有正式展开前，就很有可能在这个时候止步。中国历史上一场波澜壮阔的较量、忠诚信义与阴谋险恶的较量，就会付之阙如。

那是多么令人遗憾的历史缺失！那会造成多么巨大的历史空白！

岌岌可危，千钧一发。就在刘备他们几近绝望的时候，救兵天降！一支精锐的部队，在最紧急的时刻，来接应他们了！

关羽率领水军，原定的撤退路线是和刘备大军在江陵会合。但关羽已经是非常成熟的将领，他指挥水军的船队顺流而下，还派出了小股侦察部队，不断打探刘备大军撤退的进度情况。刘备大军和曹军在当阳遭遇，关羽就断定原定的在江陵会合的目标是难以实现了，而救援刘备败退之军是当务之急。只有解救了刘备和团队的核心成员，他们的抗曹扶汉大业才会继续。至于江陵重镇，相比之下就显得不那么重要了。只要刘备和团队的核心力量还存在，他们以后还会有机会占据江陵，还会有机会取得更大的地盘，直至夺取天下，重整汉室江山。这时候他的水军船队全部到达汉津渡口（今湖北沙洋境内），关羽当机立断，命令船队停泊在汉津，留下少数部队看守船只，自己率领多数部队上岸，接应刘备的逃亡队伍。刘备司令部带领少数随从仓皇奔逃，曹军轻骑部队紧紧追赶。突然迎面碰上了关羽的接应部队，曹军的追击部队遇到了强有力的阻击。关羽部队训练有素，水陆皆优，有备而来，是一支生力军，战斗力非常强悍。双方军队狭路相逢，关羽身先士卒，奋力拼杀，立刻就阻挡了曹军轻骑的冲击。曹军见到关羽，都知道他是万马军中取上将之首级如探囊取物，都知他的神勇天下无敌，只好放弃追击刘备，改变了方向，直接向着江陵而去。江陵的战略地位，曹操当然是了解的。追不到刘备，他不会再丢掉攻占江陵的机会。

蒲剧《汉津口》剧照

刘备败军，这才得以摆脱曹兵的追击，立刻在关羽的掩护下向汉津撤退。被冲散的刘备部属，得知关羽的水军来接应，也陆续向汉津聚拢。他们全部上了关羽的船队，总算到了安全的地方。

十分庆幸的是，危难过后，桃园三兄弟都还在，诸葛亮、赵云等核心成员，他们的家属和阿斗，都还在。是关羽，挽救了刘备集团的领导核心和骨干力量。

再大的磨难和挫折，只要领导核心和骨干力量还在，只要桃园三兄弟还在，就有希望。

好容易把刘备从危急中解救出来，大家在船上惊魂甫定，关羽这时候没有安慰大哥，反而向大哥发了脾气。

及至夏口，飘飘江渚，羽怒曰："往日猎中，若从羽言，可无今日之困。"备曰："是时亦为国家惜之耳；若天道辅正，安知此不为福耶？"

——《三国志·蜀书·关张马黄赵传》，裴松之注引《蜀记》

看到刘备的满面沧桑和憔悴，看到战友们的疲累和狼狈，看到嫂夫人和阿斗小侄儿的饥饿难挨，关羽爆发了一阵怒气："要是当初围猎时让我杀了曹操，哪里会有今天的困窘呢？"是抱怨刘备当初阻拦刺杀曹操？还是抱怨刘备不忍丢弃百姓缓慢行军？反正是不愿意看到刘备沦落到这样的境况，反正是抱怨刘备太不心疼自己了。这是最心疼刘备的人，和刘备关系最密切的人，才会在这样的时刻，这样激动地表达最真挚的感情。

关羽的脾气，是一个亲兄弟向亲哥哥发的脾气。在场的张飞赵云和诸葛亮是会理解的，在场的所有同僚都是会理解的。

关羽的船队载着刘备和司令部成员，载着所有陆续聚拢归队的军士，向夏口（今湖北汉口）转移。江夏太守是刘表的大儿子刘琦，是抗曹派，和刘备兄弟、诸葛亮、赵云等关系密切，是不愿意屈服于曹操的。夏口城防坚固，尚有近万兵力，也能够为刘备提供一个安全防御的阵地，一个可以喘息休整的营垒，一个在将来有望卷土重来的根基。

荆州撤退，是一次关乎刘备集团生死存亡的战斗，是一次同样决定刘备集团前途命运的战斗。在面临全军覆没的情势下，如果没有关羽这支战略方面军，没有关羽这一位水陆皆优、能够独当一面的统帅级将领，后果不堪设想。这也是一次刘备集团遭到严重失败和打击而终于脱离险境的战斗。这次战斗，刘备惶惶然如漏网之鱼，尊刘抑曹的文学作品和民间故事不多提及，要提及也只是津津乐道张飞喝断当阳桥、赵云大战长坂坡的优秀战术表现，而关羽在战略上的重要作用，没有被人们予以应有的重视。

实际情况是，这次战斗是靠了关羽重大的战略贡献，才避免了刘备集团的彻底败亡。是关羽挽狂澜于既倒，力撑危局，挽救了领导核心和团队骨干，挽救了扶汉力量和扶汉大业。

要成功接应狼狈溃逃的主力部队，又要经营好退却部队的安置，还要随即进入阵地进入抵抗状态，没有行军布阵谋划全局的统帅之才，是不可能的。这样的人物能是谁呢？当然只有关羽。

如果没有关羽，没有关羽的全部素质、能力和努力，这一仗，刘备集团就失去了一切。如果没有关羽，刘备集团这一次就不存在了，他们的抗曹扶汉事业，也就夭折了。因为有关羽，刘备的败军才得以摆脱曹兵的追击。刘备的队伍溃散了，刘备遭遇到前所未有的失败，但他司令部的核心成员还在，那位为他们进行战略规划的诸葛军师还在。刘备的家属还在，甘夫人和阿斗还在。这个阿斗实在是个重要人物，如果这时候阿斗死了，以后的三国鼎立，蜀地四十三年延续汉朝国祚的历史，就不存在了。

乱云飞渡，沧海横流，关羽，就是中流砥柱。

汉津口接应，是关羽在刘备集团生存阶段的重大贡献。

关羽，多亏有你！

关羽这年四十八，正是男儿建功时。

第七章　赤壁：鏖战乌林，华容道上未放曹

　　曹军几千骁锐紧紧追赶刘备，志在必得，满以为就要得手，突然遭遇到关羽部队的顽强抵抗，眼看着刘备和他的团队核心成员得到接应，渐行渐远。关羽的神勇无敌，曹营上下又都是非常了解的，匹马斩颜良大家都还记忆犹新，心理上的畏惧油然而生，追击的势头一下子就疲软下来。相对而言，刘备只不过是一股小小的势力，曹操南征的目标是侵占荆州。于是曹军前锋立刻改变方向，直指南郡的郡治江陵。

　　此后两个月，曹操在荆州全境陆续接收了南郡、武陵、长沙、桂阳、零陵等郡县，任用官员，安置降吏，布防军事，安抚百姓，完成了政权交替，"与民更始"，荆州广袤地域完全成了曹氏天下。人们熟悉的勇将黄忠，原本是刘表手下的中郎将，在长沙辅佐刘表侄儿驻守攸县，随刘琮集体投降曹操，升职为裨将军，仍旧在长沙驻防。其他几个州，有留用荆州旧官吏的，也有重新任用曹氏嫡系的。刘表统治了二十多年的荆州，轻易地到了曹操手上。占领北方几个州，曹操从挟天子以令诸侯算起，用了十几年；而占领荆州，只用了两个月，简直可以说是唾手可得。

　　人口众多、仓廪丰盈、人才济济、交通便利的荆州，落到了曹操手上。

　　事实证明，诸葛亮当初对荆州的局势，对徒有虚名的刘表，认识是十分准确的：

荆州北据汉、沔，利尽南海，东连吴会，西通巴蜀，此用武之
国，而其主不能守，此殆天所以资将军……

——《三国志·蜀书·诸葛亮传》

"其主不能守"，说得太对了。刘表的社会声望相当高，但实际上优柔寡
断，缺乏真正的治世能力。当然投降曹操并不是刘表的意愿，他毕竟是汉室
苗裔，不会轻易地把荆州这样一块地盘拱手相让给曹操。刘表临终时，曾表
示要刘备继任荆州之主。和陶谦让徐州一样，刘表的心里还是有着家国意识
的。但他的后妻蔡氏家族控制了荆州的军政要害，他死得也十分仓促，已经
没有能力完成他的意愿了。他不是一个有政治远见的人：刘备来到荆州八年，
他没有给予刘备应有的机会。他只能是一个历史的过客。

因了关羽挽救了败局，刘备司令部核心成员和多数军士得以逃脱，得以
喘息休整，向着刘琦驻守的江夏安全撤退。这时候，他们得到了一个扭转局
面的契机。

一位举足轻重的人物，在危急混乱的关头，来到了他们的面前。关羽保
护着刘备一行，在向夏口撤退的路上，与东吴的重要官员鲁肃不期而遇。

鲁肃在三国时期，是一个重要的政治家和战略家，是对诸葛亮"联吴
抗曹"战略方针最认同的人物。鲁肃实际上是有备而来，是专程来与刘备联
系以求合作的。因为鲁肃对曹操的战略意图，观察得十分清楚。曹操得到
了荆州，下一步的目标，当然就是要图谋东吴了。在刘表死后，他本来是以
吊丧之名，赶往荆州观察形势。但是在半路上，他就得到了刘琮投降曹操的
消息，只好联系退败路途中的刘备。见到喘息方定的刘备，也就见到了早
已闻名的诸葛亮。这样，影响历史进程的两位战略家会面了。鲁肃和诸葛
亮对当前的形势和应变方略，达成了战略共识，提出了联合抗曹的意向和
设想。而同样具有了战略意识的刘备当机立断，立即派诸葛亮去东吴面见
孙权。

刘备集团的首席武职关羽完成了重要战略任务，现在轮到首席文职诸葛
亮去驰骋疆场了。关羽知道，诸葛亮的任务比自己也并不轻松。应该说，这

时候关羽的战略意识，也已经得到很大提高了。

诸葛亮到了东吴，见到了东吴年轻的领袖孙权。

孙权和诸葛亮基本上是同龄人，他们都比刘备和关羽小二十岁的样子。孙权从哥哥孙策手中接过接力棒，虽然已经七八年，但他和手下的官员们还没有完全磨合好。在对付曹操的问题上，是降是战，众官员态度很不统一。孙权自己，当然不愿意把父兄的基业交给曹操，但又没有把握战胜曹操的几十万大军，也就犹疑不定，一时委决不下。诸葛亮雄辩地向孙权和东吴的官员分析了当时的形势：曹操连年征战袁绍，军力疲惫；南征荆州，没有遇到抵抗，但千里跋涉远道而来，更是强弩之末；北方的军人，水土不服，不适应江南气候，多有疾病，又都不习水战；新降的荆州水军，军心还不稳定。现在关羽麾下有一万多精锐部队，刘琦的江夏部队也有万人，都统一由刘备指挥。如果东吴和刘备两家联合抗曹，更具优势，打败曹操是极可能的，曹操的势力必然会退回汉水以北。那时候，天下就成鼎足之势，再用不着惧怕曹操了。

听了诸葛亮的分析，孙权十分认同，终于下定了决心：

> 权大悦，即遣周瑜、程普、鲁肃等水军三万，随亮诣先主，并
> 力拒曹公。
>
> ——《三国志·蜀书·诸葛亮传》

首席文职诸葛亮的战略行动取得了成功。经过诸葛亮和周瑜、鲁肃等东吴抗曹派将领的共同努力，孙刘两家结成联盟，合兵一处，共同抗曹。

外交谈判，从来靠的是实力。诸葛亮的底气，还是在于关羽的一万精锐战士。没有关羽的一万多精锐，拿什么和东吴联合？

很快，两个月来已经对荆州全境实行了有效统治的曹操，开始正式向联军宣战，兵锋直指东吴广大地区。双方都在紧锣密鼓地进行决战的准备。值得注意的是，曹操是从水路进攻孙刘联军的。

如果从陆地进攻东吴，东吴就会依托长江，凭险据守，曹军将会处于不

利态势。荆州投降之后，曹操收编了荆州水军，船队数量比起东吴还占据优势，于是就忘乎所以，决定利用水军从长江顺流而下，这样东吴军队就会失去长江天险之利，曹军的胜算就会增大多了。

但是，曹操的进攻方略，只注意到瓦解东吴凭江据守的优势，忽视了刘备方面。

孙刘联军进行了更为周全的战略准备。周瑜为都督的三万水军开赴前线，司令部设在三江口（今湖北武汉）。决战战场，设计在赤壁（今湖北赤壁市）一带。两军对峙，战船就在江水中停泊，随时准备迎战曹操的水军主力。曹军的陆上部队，驻扎在长江北岸，而刘备的两万多部队，则在赤壁的对面乌林（今湖北洪湖市）安营扎寨，随时准备袭击曹营步骑。曹营猛将张辽、徐晃、程昱所属部队都编为船队，成为水面作战的主力。陆上部队的将领，主要是乐进、曹纯等人，正是在长坂坡追赶刘备司令部的轻骑骁锐。刘备终于得到了机会，要一雪长坂坡狼狈逃窜的前耻了。

孙刘联军由诸葛亮和周瑜、鲁肃共同进行战略谋划。曹营的北方军士多数晕船，他们将几艘大船连接一起，增强了稳定性，缓解了晕船的情况。联军方面看到了大船连接不易分散行动的弊端，决定采用火攻。火攻要有适当的天时和风向，冬天的风向多是西北风，但周瑜等人多年在汉水、长江流域生活，了解赤壁一带经常有冬月季节风向改变的情况，而诸葛亮又是熟悉天文地理的全才，知道这里应该有临时性地形风出现。他们做好了一切准备，只等东南风到来。

这一点，北方来的曹营将领，是难以想象的。

建安十三年（208年）十一月二十二日黄昏，孙刘联军终于等来了东风劲吹的时刻。中国历史上的一场著名战役"赤壁之战"打响了。这是一场波澜壮阔的战役，是一场大智大勇的生死较量。东吴将领黄盖事先诈降曹操，带领满载柴草的船只，当先攻入曹营，趁着敌军放松警惕，放火烧了曹军战船。周瑜的水军大部队风劲帆满，逆流而上，乘势掩杀。江风阵阵，风助火势，曹军的战船，陷入火海，樯橹灰飞烟灭。船上的水军军士，被烧得死伤大半，其余的跌入长江，在江水里淹死、冻死者，不计其数。

赤壁之战遗址

着了火的战船也殃及了岸上的陆军营寨，曹军陆军部队也四散奔走，狼狈逃窜。刘备集团的步骑部队和东吴船队，水陆并进，在长江北岸乌林，乘乱袭击曹军陆地部队。曹操和少数将领逃上江岸，陆军部队掩护着他们，向江陵方向逃窜。刘备、关羽、张飞和赵云，各自率军赶杀，紧追不舍，杀敌无数。曹军的断后部队乐进兵团和曹纯兵团，被刘备的追兵乘胜掩杀，溃不成军，损失惨重，基本上全军覆没，乐进、曹纯仅以身免。刘备集团也算是报了长坂之仇，得胜之军斗志更为昂扬。

在乌林江岸和曹军的生死搏斗中，关羽的左臂被流矢所中。一个武将，冲锋陷阵，不避艰险，在枪林箭雨之中，负伤是难免的。这应该不是关羽第一次负伤，也不会是他最后一次负伤。他没有顾及自己的箭伤，简单处理了伤口，很快就继续追击曹军的残兵败将。关羽是刘备集团军职最高的将领，在这样一场和曹操生死对决的战役中，战斗任务应该是最重要的，其对战争胜利的贡献也应该是最重大的。

只是这一次箭伤，在日后的战斗生涯中，还会对他有着重大的影响。

为了甩开后面的马队追击，仓皇逃窜的曹操急切间改变了逃跑方向，决定直接逃往襄阳。这一场战斗曹操失败得太惨了，他实际上已经是要放弃南征荆州的成果，只顾逃命了。他选择从华容道向北逃窜。华容道是沼泽地，泥泞淤积，芦草丛生，平时人迹罕至，更不用说军队通过了。后面的追兵发挥不了快马的优势，曹军则每人抱着一捆柴草，填平泥泞的沼泽道路，直接向着襄阳奔逃。

刘备率领自己的陆上部队紧紧追赶，但是，到了华容道的泥泞地段，他的骑兵部队就用不上了，步兵也没有像曹军那样准备茅草垫路，一直没有追上曹操。不过曹操的失败也是空前的，跟随他败逃回襄阳的文武官员和军士，只剩下三百余人了。

这是曹操的战斗生涯中最惨重的失败，南征的二十多万人马，对外号称八十万，已经所剩无几。而且，已经到手的荆州，几乎全部得而复失。曹军势力所达到的范围，也只好实行战略收缩，只剩下江陵这个战略据点，也是很难守住了，事实上也已经暗中交代守将曹仁，能守则守，如果难以坚守，就撤军退回襄阳。后来的情况是，曹军一年后放弃了江陵，势力范围向北退回五百里。从此，曹操就再也没有能力向南发展了，也没有力量逼迫进而消灭刘备集团了。

赤壁之战是我国历史上的一次重大战役，是战争史上以少胜多的光辉范例。关羽作为这次战役中的重要成员，率领着自己的主力部队，奋勇杀敌，战功卓著，贡献巨大。

但是，后世的小说家虚构了一个关羽华容道义释曹操的故事。这个故事让人们津津乐道，也众说纷纭，成了关羽的一个政治包袱。

这个故事说的就是鏖战乌林时候的事。

按《三国演义》的说法，诸葛亮早已算定曹操要从华容道逃走，就派关羽带领本部人马埋伏截杀。事先还提醒关羽说，不能因为过去与曹操有些交情而临阵纵敌，并立下了军令状。关羽率领伏兵在华容道上，果然就等着了曹操败军。曹军一路上损兵折将，遇到关羽时只剩几十骑人马，已经没有了战斗力。活捉曹操，已是轻而易举，如探囊取物了。曹操无奈，只好下马跪在关羽面前，哭诉求告，又提起当年在许都对关羽的诸多恩情。

关羽能无动于衷吗？

说起曹操对待关羽，确实优厚，但关羽在白马之役中，斩了颜良，已经还报了曹操的恩情。按事先约定的"立效以报曹公乃去"，已经私谊了断。日后关羽挂印封金，留书辞别，走上了千里寻兄的艰难道路，要去投奔曹操的敌对阵营。这时候袁绍的势力要比曹操大得多，中原逐鹿，鹿死谁手，形势还是很不明确的。放走关羽去投向袁绍，眼睁睁地看着敌人营垒将要增加一个强有力的对手，这实在是难以做到的，而曹操硬是没有派兵追赶。这样厚待关羽，英雄相惜，的确也是异乎寻常的，是很难想象的。

> 羽尽封其所赐，拜书告辞，而奔先主于袁军。左右欲追之，曹公曰："彼各为其主，勿追也。"
>
> ——《三国志·蜀书·关张马黄赵传》

曹操一生，奸诈阴毒，宁可负天下之人，绝不让天下人有负于己。对关羽，曹操可算是唯一例外。对于曹操这一行动，后世论者纷纷称赞，以为是曹操一生中少有的亮点。

以关羽知恩重义的性情，他的行动就是必然的了：

> 云长是个义重如山之人，想起当日曹操许多恩义，与后来五关斩将之事，如何不动心？又见曹军惶惶，皆欲垂泪，一发心中不忍。于是把马头勒回，谓众军曰："四散摆开。"这个分明是放曹操的意思。……云长回身时，曹操已与众将过去了。云长大喝一声，众军皆下马，哭拜于地。云长愈加不忍。正犹豫间，张辽纵马而至。云长见了，又动故旧之情。长叹一声，并皆放去。
>
> ——《三国演义·诸葛亮智算华容　关云长义释曹操》

关羽临阵前，立了军令状，捉不到曹操，要以军法从事。但，只要对自己有恩，哪怕是敌人，也要倾力酬报。违背军令，要被处死，要丢失性命，也在所不惜。在封建时代，这就是"义"的最高境界，关羽把"义"字做到了极致。

"拼将一死酬知己，致令千秋仰义名。"

当初许田射猎，曹操有僭越行为，关羽要杀曹操，是忠；今日华容埋伏，因曹操有旧时厚恩，关羽不杀曹操，是义。顺逆不分不为忠，恩怨不明不为义。曹操虽大奸大恶，得罪朝廷，得罪天下，而当初却能够不杀关羽，而且以国士待之，就是关羽的知己。不记旧恩，杀我知己，关羽这样的血性男子岂肯为之？即使为公义而灭私恩，为朝廷杀贼，为天下除凶，那也要请别人杀。别人杀，是大义；关羽杀，则不义。长期以来，封建社会的舆论界，对这件事就是这样评价，就是这样判断。

就是到了现代，还有许多人仍然是这样判断。在中国人的精神构成中，"义"的分量是太重要了。现代社会的观念形态，不可能一下子从根本上改变民众传统的精神坐标。

但是，这毕竟是一种民间立场；而且，我们毕竟到了现代。

关羽义释曹操事件，不可避免地由历史语境，进入了现代语境。而现代语境中的价值判断和是非标准，毕竟是有了新的尺度。人们对历史事件的判断和评价，不能总是停留在感情层面，而是会进行理性的政治的评判。一千八百多年前关羽义释曹操的大义行动，在现代国家政治、阶级立场的新尺度面前，就有了不同的评价，就有了许多非议。曹操是汉贼，是天下混乱局面形成的主要因素，是刘备集团的主要敌人。若能活捉曹操，则敌军瓦解，汉室可复兴，天下可一统，百姓即可从长期的战争中解放出来。关羽身为反曹势力中的一员，战斗中得遇敌酋，以一己私恩，误天下公义，敌我立场哪里去了？阶级立场哪里去了？对敌人的仁慈就是对百姓的犯罪，关羽不可避免地受到责难。民间立场也罢，百姓观点也罢，毕竟要服从时代的进步和政治的考量。大量的批判关羽战场纵敌的观点和文章，在各种媒体和出版物中不断出现。比如——

至于华容道义释曹操，更是以原则作交易，是将个人恩怨凌驾于国家根本利益之上的罪恶行为的典型。

——胡觉照:《异说三国》

关羽的大义行动，遭遇了时代的否定。

事实若是果真如此，关羽也确实难辞其咎。不管怎么说，在战场上故意放走敌军首领、国家大敌，用现在的价值观念来评判，用理性的而不是盲目的价值观念来判断，是不可原谅的，是难以置喙的。

但是，历史的真实并不是这样。

历史事实是，华容放曹事件，是不可能发生的。

赤壁战争相持阶段，曹军的大本营在江陵，水陆并进，前锋到了赤壁、乌林一带，水军和战船就停靠在长江北岸集结。孙、刘联军的大本营在三江口，也一样水陆并进，与曹军对峙。刘备自己，率领部队在最靠前的位置。

蒲剧《华容道》剧照

这时关羽的部队在哪里呢？

刘备集团的军事斗争，哪一次关羽不是战斗在最前面呢？但是这一次乌林战斗，关羽的部队被刘备委派在靠后一些的地方。因为刘备对联军部队只有五万兵力抗击曹兵很不放心，就作了两种准备，派关羽率领一支劲旅作为后方梯队。这样，和曹军在陆上决战，胜则可随后追击，若有所失利，则可备作退路，接应溃退的部队。关羽在此前撤离樊城的时候，率领一万兵力分兵撤退，在最需要的关头，他及时率兵在汉津口接应了刘备司令部，才不至于全军覆没。这一战役中关羽的战略策应能力，给刘备的印象是太深刻了。在赤壁之战这场实力悬殊胜负未卜的大战之前，保留关羽作为战略预备队，是非常必要的，也是能够理解的。

> ……（刘备）而心未许之能必破北军也，故差池在后，将二千
> 人与羽、飞俱，未肯系瑜，盖为进退之计也。
> ——《三国志·蜀书·先主传》，裴松之注引《江表传》

东吴部队火烧赤壁，停泊在江面上的曹军主力张辽兵团和程昱兵团，遭到了毁灭性失败，战船被烧毁，兵士不是被烧死就是被淹死。曹操被将领们保护上岸，随同岸上乐进兵团和曹纯兵团向江陵逃跑。东吴陆军和刘备的主力，都在乌林以东，由东而西尾随追赶。关羽的部队，距敌人最远。追击逃敌，他已经是后面的梯队了。他追杀曹军溃兵，杀得乐进、曹纯兵团几乎全军覆没。但追赶曹操，他没有赶在最前面。

历史典籍里，曹操败走华容道，是这样记载：

> 操引军从华容道步走，遇泥泞，道不通，天又大风，悉使羸兵
> 负草填之，骑乃得过。羸兵为人马所蹂藉。陷泥中，死者甚众。刘
> 备、周瑜水陆并进，追操至南郡。
> ——《资治通鉴·汉纪五十七》

公（曹操）船舰为备所烧，引军从华容道步归，遇泥泞，道不通，天又大风，悉使羸兵负草填之，骑乃得过。羸兵为人马所蹈藉，陷泥中，死者甚众。军即得出，公（曹操）大喜，诸将问之，公曰："刘备，吾俦也，但得计少晚；向使早放火，吾徒无类矣。"备寻亦放火而无所及。

——《三国志·魏书·武帝纪》，裴松之注引《山阳公载记》

华容道上几乎要追上曹操的，不是关羽，而是刘备。刘备战前的驻军位置在最前线，而且又善于陆战，追赶曹操败兵，他冲在最前头是符合当时条件的。他也想到了火烧丛林灌木，只是慢了一点，没有烧着曹操，被曹操侥幸逃脱。曹操知道后面的追兵是刘备，也坦率承认刘备的军事指挥能力与自己旗鼓相当，但敏捷度稍差：要是放火早一点，曹兵就全军覆没了。

曹操没有说到关羽的军事指挥能力，因为他知道后面的追兵不是关羽。

华容道上无关羽，义释曹操当然就不曾发生。

假如关羽当时在最前线，这样的事件能够发生吗？

历史当然不能假如，但我们可以依据关羽当时的思想、行动的表现予以分析。两个多月前，刘备被曹兵追赶至当阳，情况最危急的时刻，关羽带领水军万人前来接应。刘备得到关羽的支援，才不至于连同领导成员和家小一起死于乱军之中。上了关羽水军的战船，刘备才喘了口气，关羽就对他发了脾气。我们知道关羽对刘备是非常敬重的，平时刘备接待客众，关、张二人侍立身后，终日不倦。这次关羽为什么发了脾气呢？就是抱怨当初刘备没有让他杀了曹操！

这是我们见到关羽唯一一次抱怨刘备，关羽当时的激愤情绪可想而知。

关羽一直对当初没有杀了曹操耿耿于怀，念念于心，直到两个月前还是这种态度，他怎么会在面对敌酋时纵敌逃走呢？他为汉室杀贼的立场是坚定的，是敌是友的原则是明确的，一己私恩和公义孰重孰轻心里是非常清楚的。曹操对他待以厚恩，是政治手腕，是阴谋伎俩，关羽岂有不知？出于当时的价值观和义气观，关羽已经立功回报，而后决然离开。到如今两军阵前，怎么会做出这样完小义而损大义的事情呢？

否则，怎样解释后来他率正义之师北伐曹魏和威震华夏的巨大功勋呢？

曹操是走的华容道，但关羽却不曾放曹操——这才是历史的真实。

华容放曹，是艺术虚构，是小说家言。我们不能因此而责难关羽。

第八章　江陵：阻击强敌，奠定立足的根基

曹操二十万大军灰飞烟灭，曹操本人也狼狈逃窜，回到了襄阳。

赤壁之战前夕，为保证水陆大军全力以赴进攻孙刘联军，保证后方的战略支撑，曹操调动驻守襄阳的曹仁兵团进驻江陵。荆州毕竟是新降之地，尽管经过了两个月的接收政权和初步经营，并不能完全令人放心。曹仁是曹操的本家兄弟，是曹营第一勇将，曹仁率领的部队是曹营最具战斗力的兵团之一。调曹仁驻守江陵，曹操就可以放手去攻打孙刘联军，而绝无后顾之忧。看曹操的军事布局，用兵谋划，不愧是一流的军事家。

没有想到，一流军事家，在赤壁遭遇了一生中最大的败绩。

但是，赤壁之战还不能说已经结束，还不能说孙刘联军已经取得了完全的胜利。曹操遭遇火攻，战船全被烧毁，参战的兵力也几乎损失殆尽，但地盘还在，两月前南征荆州接收的几个郡，都还在曹军的手上。特别是南郡的郡治江陵，荆州地域最重要的战略基地，还在曹军的手上，而且是曹仁在守着。

只要江陵还在，曹操的势力范围，向南延伸过了长江，直到湖南最南端。曹军占领着江陵，原属荆州的地盘，就有了战略支撑和精神倚仗，就还是曹操的属地。什么时候曹操缓过劲来，再来一次挥兵南下，联军就不容易再来一次火烧战船了。这对于东吴和刘备集团，实在是太大的威胁。

保住江陵，曹操就为以后卷土重来做好了战略准备。拿不下江陵，孙刘

两家联合破曹并不算是彻底胜利。敌人还在他们的心口上插着一把尖刀。要真正打败曹操，关键就是要拿下江陵。

接下来，孙刘联军江陵战役很快就打响了。这是赤壁之战的继续，是孙刘联军的战略目标。孙刘联军，以周瑜为首的东吴军队主攻，刘备张飞带领一部分兵力协助，开始围攻江陵。

刘备的其他部队呢？按照战略规划家诸葛亮的设计，刘备集团的其他兵力，当然有自己的战略方向。

赤壁之战前，刘备撤退到夏口。对刘备来说，夏口只是个临时歇脚的地方，还不能算是立足之地。虽说得到了一时的安全，但肯定是不能长久的。更别说江夏只有一郡之地，地盘狭小，谈不上是什么发展基地。而且江夏和东吴紧邻，东吴和荆州原本又是宿敌。这样前有东吴，后有曹操，刘备集团是很难在这里站住脚的。为抵抗曹操横扫江南，孙刘两家联合对敌，东吴的水陆军队全部向西开赴前线，就要在江夏郡的地面上通过，集结驻扎。实际上，赤壁之战一开战，刘备集团，包括刘琦的队伍，已经没有了立足之地，没有自己的地盘了，都成为游击军团了。

漂泊多年的刘备集团，太需要一块自己的立足之地了。

一夜东风，一夜大火，曹军大败，曹操狼狈逃走。一个历史性的机会展现在刘备面前。原属荆州的地盘，特别是江南四郡，就成了丧家之犬。以诸葛亮的政治智慧和军事谋划能力，能放过这个千载难逢的机会吗？攻略江南四郡！

原本荆州的七个郡，南阳大部早已被曹操占领。曹操南征，取得了除江夏以外的荆州全境。赤壁决战，刘琦的江夏郡又成了东吴军队的行军通道和集结地。现在曹仁驻守着的江陵，是南郡郡治。其余四个郡，全在长江以南：武陵（今湖南常德）、长沙（今湖南长沙）、桂阳（今湖南郴州）、零陵（今湖南永州）。

江南四郡，虽说已经跟随刘琮集体投降了曹操，但毕竟只有两个月时间。曹操进行了有效统治，也只是军事层面的。从民心上说，刘表已经经营荆州二十年，自然不会完全依附曹操。而且曹操上欺天子，下压群臣，不断发动战争，动不动就屠城，残杀百姓，口碑相当差。现在，曹军吃了大败仗，远远地逃走了。刘备的部队来到面前，人心所向，民众拥护，攻略四郡是有很好的政治基础和群众基础的。刘备的谋划，又十分完整（当然不会没有诸葛亮的主意）：攻略四郡之前，先表刘琦为荆州刺史。刘表死了，长子刘琦子承父业，在荆州百姓中就更有号召力。

以刘琦为旗帜，诸葛亮统一指挥，攻取江南四郡的战斗，也打响了：

关羽就近攻取武陵和长沙。赵云挥兵远方，去进攻桂阳和零陵。

战略谋划当然很好，但实施起来，颇不容易。

原因是，江陵可不是轻易能够打下来的。江陵在曹军手中，江南四郡的守军，就还有一些底气，就还要观望江陵的战况，不会轻易地放弃抵抗。如果江陵被攻下，曹军的势力就跑到千里以外去了，江南四郡之地没有了依靠，就会很快瓦解了。

江陵的战事，一直继续胶着。火烧战船，孙刘联军的水军占了优势，占尽天时地利之便，又出其不意攻其不备，曹军的优势未曾发挥就快速失败。而这时候双方进行的江陵争夺战，曹兵的战斗力就绝不弱于联军。而且联军是攻城，曹军是守城，以逸待劳，优势更不在联军一方。

逃到襄阳的曹操，稍做喘息，又做出新的部署：派徐晃兵团立即进入江陵，协助曹仁守城，江陵的城防更加稳固了；委派乐进为襄阳驻军司令，作为江陵的战略后方，随时给予江陵军事援助和后勤供应。

夺取江陵，就不能像火烧赤壁那样一夜奏效。在刘备和周瑜包围江陵发动攻势的时候，曹军大后方不断派出部队赶来增援。来增援江陵的部队，都是没有参加赤壁之战的生力军，领军的将领也都是智勇双全的将军。一旦增援的部队赶到江陵城下，围攻江陵的联军部队，随时就会陷入腹背受敌的危险局面。

联军方面，需要派出得力战将，对曹军的增援部队进行阻击。谁来阻击曹军的增援部队呢？关羽。当然还是关羽。联军方面，只有关羽具有震慑曹军的声威。

刘备与周瑜围曹仁于江陵，别遣关羽绝北道。
——《三国志·魏书·二李臧文吕许典二庞阎传》

关羽在江陵以北，打了一场艰苦卓绝的阻击战。

曹军增援江陵的将军，是汝南太守李通。李通是曹营名将，名次仅在"五良将"之后。曹军五良将是谁？"时之良将，五子为先"：张辽、乐进、于禁、张郃、徐晃。排名紧随在这五位将军之后，李通的战斗力我们就知道了。如果还不清楚，在《三国志》魏书中，他的名字排在许褚、典韦之前，我们就更能了解他的厉害了。增援江陵，《三国演义》里没有描写；对这位李通将军，也写得简单，说他在后来的潼关之战中，被马超一枪刺死，多数读者就很不熟悉，感觉不到这个李通的分量。但是，真实的历史事实不是这样的。

这个李通可是不好对付：

（李）通率众击之，下马拔鹿角入围，且战且前，以迎仁军，勇冠诸将。

——《三国志·魏书·二李臧文吕许典二庞阎传》

看来，当时孙刘两家的战将，也只有关羽能抵挡了李通。

"下马拔鹿角入围，且战且前"，就是不断清除关羽部队设置的防御工事，拼死向前推进，攻势非常猛烈。刘备一方的部队，多数在江陵前线协助周瑜攻城，攻略江南四郡。关羽率领部队的兵力数量与敌兵的悬殊，面临的严峻形势，受到的重大压力，是难以想象的。但是，为了保证攻下江陵，把曹操的势力赶回汉水以北，为了保证大部队攻略江南四郡的顺利进行，关羽在江陵北部抵抗李通的增援部队，进行顽强的阻击，独撑危局，拼死搏杀，决不让敌人的援军前进一步。

面对关羽的顽强阻击，李通无论怎样拼死搏斗，总是无法攻破关羽的防线。江陵形势危急，急需增援，而自己的援军眼睁睁地看着，只能被关羽阻拦在半道上，就是不能及时赶到江陵城下。想到自己在曹营的显赫地位，实在是有负于曹仁的期望，有负于曹操的器重，不由得又羞又愤。没过多久，就在战事胶着的情势下，李通急火攻心，急怒交加，竟然死在军营里了。

（李）通道得病薨，时年四十二。

——《三国志·魏书·二李臧文吕许典二庞阎传》

李通终于未能实现增援江陵。正当壮年的曹营名将，死在了军营里。他虽然没有死在关羽的刀下，实际上也是战死在两军阵前的。

李通一死，曹军增援部队就更没有什么能作为的了。曹仁和徐晃盼不到救兵，实在难以抵挡孙刘两家的联合进攻，只好放弃江陵，撤兵逃离。

江陵，攻下了！是关羽的拼死阻击，才保证了联军攻占江陵，才算为赤壁之战画上了一个圆满的句号。

江陵这个举足轻重的战略要地，终于夺到了联军手中。占据了江陵，就拦截了曹操日后南下的道路。曹操以江陵为桥头堡，日后伺机横扫江南的图谋，由于江陵的失守，再也没有实现。

对刘备集团而言，更为重要的是，他们在关羽阻击曹军的战争空隙，抓住了这个难得的战略机遇期，攻略了江南四郡。

> 武陵太守金旋、长沙太守韩玄、桂阳太守赵范、零陵太守刘度皆降。
>
> ——《三国志·蜀书·先主传》

辗转流离、长期漂泊的刘备集团，终于有了立足之地，终于赢得了一块战略根据地。

直到这时，刘备集团才不是游击军团了，才不再依附别人，不再寄人篱下，才算是有了一份比较大的基业了。他们日后的发展壮大，都是从这一块根据地开始的。

这时候，刘备集团的发展，才算完成了立足阶段，真正成为一支独立的政治军事力量。三足鼎立，开始有了雏形。关羽在刘备集团取得立足之地的战略阶段，贡献是巨大的。

不久，刘表的大儿子刘琦病死，原来荆州的官员将吏，依附刘备的越来越多。庐江地方武装的首领雷绪，竟带领了三万军士来投刘备。刘备的阵营，

荆州区划图，赤壁之战后期，刘备取得江南四郡

立刻显得人多势众。大家推举刘备为荆州牧，正式成为荆州之主。现在，轮到刘备来经营荆州了。

刘备屯兵长江南岸的油江口，改原来的县名孱陵为公安（今湖北公安县），立为荆州州治。

为了容纳越来越多的军士，也为了直接和曹军对峙，刘备向孙权提出，借江陵城作为军事前沿。这时候，周瑜因攻打江陵时的箭伤复发，病死了。鲁肃成为东吴的首席军事大臣。鲁肃建议将江陵城借给刘备，共同抵御曹操，孙权同意了鲁肃的意见。江陵从此归属于刘备。

接着刘备就晋封创建基业的有功元勋，布局各方官员，对荆州地区实行有效统治：

任命诸葛亮为军师中郎将，驻扎临烝（今湖南衡阳），督零陵、桂阳、长沙三郡，调征税赋，以充军实，总揽行政管理和军需供应工作。

任命关羽为襄阳太守、荡寇将军，领军屯江陵。当然这时候襄阳还在曹军手里，襄阳太守只是个名义。但襄阳以前是荆州首府，任命关羽为襄阳太守，就是给予关羽最高的政治待遇。

任命张飞为征虏将军、宜都太守，以刘备集团在南郡西部实际控制的几个县为宜都郡，屯兵秭归。

任命赵云为偏将军、桂阳太守。

任命廖立为长沙太守。

任命郝普为零陵太守。

……

这样，刘备集团经营荆州，江山易手，气象为之一新。颠沛半生的刘备，终于扬眉吐气了。

后来，刘备的甘夫人，就是关羽从徐州保护到曹营，又从曹营保护到汝南和刘备团聚的那位甘夫人，也是赵云在当阳长坂坡拼死保护的甘夫人，患病逝去。孙权为加强和刘备的同盟，就把自己的妹妹嫁给刘备为妻。

孙刘两家的政治同盟，进入了蜜月期。

曹操当然要加强对孙刘同盟的防范，对于刘备集团，更是予以特别的重视，在他的势力范围最南端襄阳，安排了重兵把守，领兵大将竟派了三位第一流的将军：曹仁、徐晃和乐进。这三位将军在曹营军阶甚高，曹仁更是曹操麾下的第一战将，后来担任了曹军总司令（大将军）。曹操的主要战略方向是荆州，并把最强大的军事阵容安排在荆州前线，是把刘备当作最重要的敌手了。

刘备集团的其他成员，都在长江南岸驻扎，都在他们各自的属地。而长江北岸，只有关羽驻扎江陵，镇守边防，是抵御曹操的第一道防线。

只有关羽，具有震慑曹军的军事实力和声威。

关羽，是中流砥柱，是国之干城。

第九章　青泥：战略发展的坚强保证

刘备集团取得了江南四郡，有了一块面积颇大的立足之地；又从孙权手里借来了江陵重镇，由关羽驻扎镇守，边防巩固，百姓安居，生产发展，税赋充足。刘备集团的政治军事力量，得到了空前壮大，不再是曹操可以轻易征服的了。

两年间，他们在这里休养生息，操练军队，等待时机。当初，刘备兄弟三顾茅庐，诸葛亮在著名的《隆中对》里说起荆州："荆州北据汉、沔，利尽南海，东连吴会，西通巴蜀，此用武之国，而其主不能守，此殆天所以资将军。"这是建安十三年（208 年）正月的事。短短两年时间，荆州果然到了刘备的手中。

诸葛亮给予刘备的规划，第一步是"跨有荆、益"。现在占领了荆州，下一步呢？

益州啊！益州早就在他的规划中了，这就是历史上著名的"隆中对策"：

> 益州险塞，沃野千里，天府之土，高祖因之以成帝业。刘璋暗
> 弱，张鲁在北，民殷国富而不知存恤，智能之士思得明君。
>
> ——《三国志·蜀书·诸葛亮传》

有了立足之地，就可以图谋发展了。荆州疆域稳固，兵强马壮，民众

粮足，战备充分。刘备集团的下一步，当然就到了新的发展阶段——占领益州。益州距离荆州千里之遥，又是宗族刘璋在控制。刘备有什么机会，用什么名目和借口，去占领人家的益州呢？机会总是有的。

当初曹操赤壁大败，仓皇北逃，固然是孙刘联军火烧战船，歼灭了曹军的主力；另外的一个原因，还是顾虑后方。曹操平定了中原，但西北方向还是一块心病，关中、金城（今甘肃）方面的马超、韩遂，还是反对派。曹操南征荆州，刘琮立即投降，没有遇到抵抗，太顺利了。志得意满的曹操，没有听从谋士贾诩的正确意见，没有多用一些时间经营荆州，而是立即就开始征讨江东，果然就遭遇了灭顶之灾。赤壁失败，曹操不再企图进行战略僵持，急速北撤，担心的就是马超韩遂乘机进攻河东、洛阳。这是每一个军事家都要周密谋划的问题：保持稳固的后方，才能放胆去向前方进攻。回到许都大本营之后，曹仁、徐晃坚持了一年，放弃了江陵，收缩回襄阳。又休整了一年多，赤壁大败造成的混乱过去了，曹操就可以着手解决西北问题了。

建安十六年（211 年），曹操征讨马超、韩遂，两军在潼关对峙。马超骁勇，曹营诸将一时难敌。后来徐晃献计，偷渡蒲津渡，从潼关后方偷袭。马超首尾不能相顾，败回西凉。关中平定，曹操大军占领长安（今陕西西安），曹操留勇将夏侯渊驻守，继续征讨雍州、凉州残敌。同时，曹操又派遣司隶校尉钟繇领兵征讨汉中张鲁。

这个钟繇就是那个著名书法家。此人文武双全，而且颇有声威气势。别说张鲁吓慌了，隔着一郡之地的益州刘璋，也吓得慌了手脚，只怕曹军攻克汉中，顺势而下，益州就不保险了。益州最好的应对方法就是主动去讨伐张鲁，如果夺取了汉中，完全掌握了蜀道之险，曹操就不好来进犯益州了。刘璋的别驾张松建议刘璋，请刘备来帮忙：

> 刘豫州，使君之宗室而曹公之深仇也，善用兵，若使之讨鲁，鲁必破。
>
> 鲁破，则益州强，曹公虽来，无能为也。
>
> ——《三国志·蜀书·先主传》

刘璋采纳了张松的建议，决定邀请刘备从荆州率军来益州帮助征讨张鲁，并委派军议校尉法正去迎接刘备。这位法正是一个军政全才，经常叹息益州之主刘璋不是经营天下的英明之主，感觉在刘璋手下很难一展志向。有了这个机会，法正见到刘备，就向刘备私下献计：刘璋太懦弱，很难抵御曹操的进攻，只有刘备入川，伺机夺取益州，才能开创大业。

"智能之士思得明君"，实际情况又一次证明，诸葛亮在《隆中对》中的分析是多么正确。

"跨有荆、益"，本来就是诸葛亮给刘备制定的战略方针，只是等待时机。这时受到益州的主动邀请，师出有名，真是一个千载难逢的历史机遇。出兵益州，创造机会占领益州，就是他们发展自己的战略完成，是他们真正取得三国鼎立的基础，才算具备了联吴抗曹统一天下的基本条件。

当初逃出当阳险境，算是生存阶段；后来有了荆州四郡之地，是立足阶段。现在，刘备集团的事业，终于等来了发展阶段。这样师出有名的好机会，刘备当然不能放过。刘备安排诸葛亮、关羽、张飞、赵云驻守荆州，自己亲自带领庞统、黄忠、魏延等组成西征兵团，出兵益州。

庞统是当地著名智谋人士，和诸葛亮齐名，人称"凤雏"。当地舆论界的评价："卧龙，凤雏，得一人而得天下。"刘备得到荆州不久，庞统即来投奔。刘备任其为军师中郎将，和诸葛亮是同等职务，共同谋划政务军务。这次组建西征兵团，刘备自任总司令，庞统就是总参谋长了。

从守备荆州和西征益州投入的军事力量来看，守备荆州更重要一些。把诸葛亮和关羽张飞赵云几个大将都留在荆州，也就说明，荆州是根据地，是刘备集团的本钱。即使要发展，要夺取益州，也要先保住本钱。

诸葛亮安排关张赵几位，分兵驻守荆州各个重要战略要地。关羽仍然驻江陵，是对敌的最前线。

巩固后方，保护好根据地，才能图谋发展，这是基本的军事原则。刘备到了益州地境，会见了刘璋，双方相谈甚欢。刘璋给刘备西征兵团补充了兵力，供应军资粮秣。刘备率兵开赴北方前线，和张鲁对峙。

刘备和刘璋是同宗，从道义上讲，刘备不可能平白无故抢占益州。而刘璋父子经营益州，也是近二十年了。部属中虽然有不少像法正张松那样的人，但忠诚于刘璋的人当然也不会少。这些忠诚刘璋的部属，一直反对邀请刘备入川，认为防范刘备比防范张鲁更为重要。两种不同的意见矛盾越来越尖锐，益州的官员队伍产生了分裂和分化。刘璋又是个十分没有主意的人，没有把控这种局面的能力。益州表面平静的政治军事局面下，一场即将来临的如磐风雨正在孕育着。

　　在庞统的谋划下，刘备在等待时机，等待形势的变化，等待着形势朝着有利于自己的方向发展。

　　但是，就在这样的关键时刻，曹操为了报赤壁之仇，乘刘备远征益州，荆州守备力量减弱之机，派兵南侵，前锋直逼青泥（今湖北天门，也有说是钟祥）。这一次，曹操派出的是名将乐进。青泥距离孙权更近一些。孙权慌了手脚，急忙致信远在益州前线的刘备，请他带兵返回荆州解救危难。

　　刘备在益州，进退两难。好容易有了荆州一片根据地，怎么能够丢失呢？得赶紧回来，保住荆州要紧。同样，好容易有了一个进取益州的机会，怎么能够失去呢？如果失此良机，那是太可惜了。这是刘璋主动邀请刘备去益州的，益州方面意见纷纭。如果返回荆州，以后哪里还会有这么好的机会呀？人家还会再一次请你来益州吗？但是，不放弃这个机会，荆州就有得而复失的危险。

　　进退两难，顾此失彼。怎么办呢？还是保住根据地要紧。刘备只能很遗憾地决定，放弃进取益州的机会，做好返回荆州的准备。

　　如果抵挡了乐进大军，打退乐进的侵犯，荆州就没有危险了，刘备就可以不用从益州前线撤回了。抵挡乐进是不容易的，谁来抵挡呢？

　　还是关羽，仍然是关羽。在这个关键时刻，关羽又率军开赴最前线，与带兵南侵的乐进，相拒于江陵东北部的青泥。

　　当初阻击李通，说到李通的军事能力，排名仅在"五大将"之后。乐进呢？乐进的军事能力又是怎么样的呢？

　　乐进本人就是曹营五大将之一，排名第二，仅在张辽之后，智谋和武艺都是第一流的，克敌制胜，无坚不摧，是很不好对付的。曹操曾给朝廷上表称赞乐进和于禁、张辽：

> ……武力既弘，计略周备，质忠性一，守执节义，每临战攻，常为督率，奋强突固，无坚不陷……
>
> ——《三国志·魏书·张乐于张徐传》

乐进很厉害，"武力既弘，计略周备"，是说他武艺高强，也很善于计谋战略。在战斗中，"奋强突固，无坚不陷"，不论攻击还是坚守，都是无坚不摧，没有打不下来的战斗。抵挡这样的对手，当然需要关羽这样厉害的将领，需要关羽这样武艺谋略都很高强的将领。

双方在青泥反复较量，战斗自然是很激烈的。和当年李通比较，乐进的攻势更强，身先士卒，冲锋在前。关公据守阵地，英勇抵抗，顽强拼杀，阻拦了曹魏大军一次又一次进犯。同时，曹军将领文聘又来攻取关羽的军粮辎重，关羽分兵拒敌，让文聘也无机可乘。曹操的军队，始终不能靠近荆州。

关羽又一次化解了危机，化解了曹操乘机南下复仇的图谋。更重要的是，因为关羽的有力抵抗，荆州坚如磐石，刘备西征大军也就没有被迫撤军，没有返回荆州。西征军团继续坚持在益州前线，与张鲁对峙，与刘璋周旋，保证了攻略益州的战略行动。

作为一个将军，这些都堪称卓越的军事成就和巨大贡献。关羽，无愧于一个名将的称号。

就在关羽和乐进相拒青泥的时候，刘备向刘璋提出，要返回荆州。同时提出，要刘璋支援一些军需物资和兵士。

> ……曹公征孙权，权呼先主自救。先主遣使告璋曰："曹公征吴，吴忧危急。孙氏与孤本为唇齿，又乐进在青泥与关羽相拒，今不往就羽，进必大克，转侵州界，其忧有甚于（张）鲁。"
>
> ——《三国志·蜀书·先主传》

这时，刘璋受到部属的影响，开始防备并且刁难刘备。

（刘备）乃从璋求万兵及资实，欲以东行。璋但许兵四千，其余皆给半。

——《三国志·蜀书·先主传》

他给予刘备的兵士和军需，大大少于刘备的预期。

刘备是来帮助益州的，现在因为刘备离开荆州，曹操趁机进犯。刘备要撤军返回解救荆州之危，需要刘璋支持一些兵力。刘璋这样的行为，刘备和荆州将领们不可能不心生怨愤。嫌隙已生，刘璋听从部属建议，干脆杀了张松，并通告各地驻军，不得让刘备部队通过益州关隘。当初是张松向刘璋建议邀请刘备的，现在杀了张松，就是宣告与刘备决裂，就是向刘备示威。

既然刘璋翻脸了，刘备就不可能再友好下去了。荆州方面，关羽又抵挡了乐进的进犯，刘备也就不用再顾虑荆州的安全，当然就不必返回荆州。于是，荆州西征军团，就和益州的部队开始兵戎相见了。

建安十八年（213年），在进攻雒城（今四川广汉市）时，庞统中流矢牺牲。这个损失实在是太大了，刘备西进兵团陷入了极大的困境，只得让荆州留守部队赶去增援。

为了支援刘备，诸葛亮和张飞、赵云，率增援部队赶赴前线，去协助刘备攻取益州。坚守荆州的重任，落在了关羽一个人的肩上。

雒城，今四川广汉，刘备与刘璋两军对峙，
庞统牺牲的地方

保护荆州广袤的土地，责任就由关羽一人承担。这以后，面对着曹魏和东吴两大军事集团的巨大压力，面对曹操的虎视眈眈和孙权的暗中觊觎，关羽凭着自己高度的责任感和巨大的军事声威，独当一面。他加强军备，加固城防，整修工事，广积粮草，补充军械，打造战船，操练兵士，保证了荆州稳如泰山，坚如磐石。

　　关羽经营的荆州，是刘备攻略益州的军事大后方。他保证了前线的后勤供应、军事支持和心理支撑。他虽然在后方，但他的巨大贡献是显而易见的。

荆州古城北门，城外有得胜街，关羽战斗凯旋之地

　　建安十九年（214 年），刘备西征部队围攻成都，刘璋投降，益州战役取得了胜利。以优厚的待遇安置好刘璋，刘备自领益州牧，成为益州之主。刘备大宴部属士卒，用粮食布匹，换取城中有钱人的金银蜀锦，赏给有功将士。而后分封功臣，荆州方面的部下各有升赏，对原来益州的官吏更是优礼有加，特别尊重，合理安排重要职位。法正自然不用说了，地位仅次于诸葛亮，成为执掌军机事务的谋主。其他官员，不论是刘璋的姻亲或者昔日的亲

信，还是刘璋长期不予器重投闲置散的，都各得其所、尽其器能；有志之士，都看到了自己的前途有望，每个人的积极性都被调动起来。政通人和，官民相安，社会稳定，百业俱兴。益州形势一派大好。

获取荆州之后，益州发展战略谋划，得到实现。诸葛亮提出的"跨有荆、益"战略蓝图，终于完成了。

几年前，得到了荆州，刘备从新野边防军成了一路诸侯。

现在获取了益州，荆州、益州两州之地连成一片，刘备可以说成为一方霸主。刘备集团也名副其实地是一支不可轻视的政治军事力量了。

七年时间，皮包公司发展为小公司，小公司发展成为大公司。这才有了和曹魏对峙的蜀汉，这才有了以后的三国，才有了中国后来的那一段历史：三国，两晋，南北朝。刘备集团这样重大的发展，是益州前线和荆州后方共同奋斗才取得的。

关羽又一次为刘备集团的事业起到了中流砥柱的作用。千载难逢的发展机遇，是关羽在青泥的抗战，才保证了战略企图的实现。

军功章啊，有刘备、庞统、黄忠、魏延、诸葛亮、张飞、赵云们的一半，也有关羽的一半。

我们看到，从汉津接应到如今，在刘备集团的生存、立足、发展这三个阶段，关羽都发挥了非常巨大的作用，都建立了巨大的功勋。

关羽，不愧是一个英勇的战士，一个优秀的统帅。

第十章　荆州：身在荆州，心在益州

几年来，关羽独自承担镇守荆州大任，联东吴，拒曹操，加强防务，训练士兵，全力经营荆州，军事政务都大见成效：社会秩序稳定，人民安居乐业，经济发展，军资丰盈，为益州前线部队提供了充足的粮草辎重军需供应，成为前线部队的大后方。荆州坚如磐石，也是刘备西征益州的战略支撑和心理倚仗。益州的胜利消息不断传来，最后终于取得成功。这是刘备、庞统、诸葛亮等领导成员和全军将士们的巨大功勋，但也确实有着关羽的重要贡献。

刘备集团的主要领导成员都去了益州前线，只有关羽一个留在荆州，远离集团领导集体。他的心理重负，是可想而知的；听到战友们不断建立战功，他的精神生活也是寂寞的，也是不甘。但是，他清楚地知道自己的职责，非常明确自己的战略任务。他的工作，是本集团第一步战略任务的重要组成部分，与入蜀西征夺取益州是一致的，都是扶汉大业的战略准备。任务再艰巨，担子再沉重，心理再煎熬，精神再寂寞，关羽都任劳任怨，都努力地承担着自己的历史责任。

益州战役胜利了，西蜀的千里沃野，终于成为刘备集团的领地。刘备复领益州牧，大赏功臣，厥功至伟的诸葛亮、法正、张飞和关羽，各自得到了最高奖励：黄金五百斤，白银一千斤，铜钱五千万，蜀锦一千匹。没有参与益州战事的关羽，得到了最高级别的奖赏，是实至名归的。这是因为没有稳定的荆州根据地，益州前线的胜利是不可能的。

刘备身兼两个州的州牧，不可能同时具体管理两个州的军政事务。他任命关羽为"董督荆州事"。

无论军事政务，关羽都能胜任。刘备集团几个发展阶段，关羽都是刘备最倚重的集团领导成员。刘备为徐州牧，关羽是徐州州治下邳太守；刘备为荆州牧，关羽是襄阳太守。如今，刘备身为荆益两州首脑，就把其中的一个州全权委托关羽"董督"。这是刘备对关羽忠诚的信任，也是对关羽军政能力的信任。

刘备的事业，关羽承担了一半。

关羽当然不会把荆州当作个人的独立王国。他清楚，荆州是刘备集团疆域的一部分；他承担的董督荆州，是以刘备为旗帜的扶汉事业的一部分。而他自己，永远是刘备集团的一个成员。他在荆州所有的工作，都要服从刘备集团的整体利益。他身在荆州，心里还总是在想着益州，想着益州百废待兴的艰难。虽然相隔千里，关羽时时都在想念着自己的领袖和兄长，时时都在想着为刘备分忧解难，为他们的伟大事业做出自己更多的贡献。

当初应刘璋之邀，刘备领军进入西川，为的是支援益州，抵抗张鲁，也是为了防备曹军夺取汉中后，顺势而下，攻取益州。一年多时间后，双方产生矛盾又不可调和，刘备与刘璋反目，开始争夺战。耗时一年，牺牲了军师庞统，仍不能克。建安十九年（214年），诸葛亮留关羽守荆州，自己和张飞、赵云带领第二梯队支援刘备。第一梯队和第二梯队会合后，攻下了雒城，进而围攻成都。

刘璋反而向张鲁请求援兵，张鲁派出了刚刚投奔汉中不久的马超兵团，来增援刘璋。刘备和诸葛亮知道马超武艺高强，作战英勇，又是曹操的死敌，希望马超加入自己的队伍。于是派人去策反马超，动之以情，晓之以理。共同的对曹操的仇恨，把他们联结在一起；共同的抗曹扶汉的理想，把他们联结在一起。马超终于同意临阵反戈，加入刘备集团。马超带兵是去增援成都的，却投奔了刘备，对坚守成都的刘璋和益州的官员军士，是非常大的打击，使他们产生了极大的心理恐慌。刘备大军围攻成都几个月，久攻不下。马超加入了刘备阵营，仅仅七天，刘璋就迫于压力，决定开城投降。

刘备终于占领了益州。这样，刘备集团终于完成了"跨有荆、益"的"隆中战略"，有了讨伐曹魏复兴汉室的更大地盘和资本。

这个胜利来之不易，苦战四年之久，还损失了一个重要领导成员庞统。这么说来，这个胜利的意义有多么重大，马超的作用和功劳就随之显得多么重大。马超在成都，在刘备集团中的地位，当然是炙手可热。

关帝庙里的马超塑像

马超的出身，刘备集团所有的人员都无法攀比。刘备当年还是小小一个平原县令，关羽、张飞还是别部司马（相当于县武装部长）的时候，马超的父亲马腾已经是西北大军区的司令了，而马超是偏将军的军职，实际上已经是副司令了。赤壁之战后，曹操设计杀害了马腾，马超子承父职。三十五岁的马超率领西北部队为父亲报仇，气势勇猛，很快就攻下关中地区和首府长安，在潼关与曹操展开战斗，杀得曹操"割须弃袍"，差一点被马超刺死。曹操一生军事战斗中，失败最惨的有三次，都几乎丧命：与吕布濮阳之战一次，赤壁之战一次，再就是与马超潼关之战一次。

曹操提起马超的英勇，是非常害怕的。马超的谋略，当然比不过曹操，后来兵败溃逃，投奔汉中张鲁，在张鲁那里却很不得志，受到张鲁下属的排斥。在解救成都之围的战斗中，受到刘备的召唤，于是又投奔刘备。刘备虽说有左将军的头衔，但实际上一直在体制之外，手里并没有朝廷的兵，自己的发展也没有超过马超的实力，也没有像马超那样打过一场扬眉吐气的仗

（赤壁之战毕竟人家周瑜是总指挥）。刘备围攻成都，几个月久攻不下。见到马超参加了刘备队伍，刘璋就举城投降了。这样，马超在成都，就是身份高、功劳大，又非常年轻的官员了。

按综合条件，马超是刘备集团最耀眼的明星了。我们可以想象，马超的春风得意和居功自傲。他毕竟还很年轻，还是喜欢张扬的年龄。

事实上，刘备对马超自然是非常器重和优待的，而马超的优越感也就越来越膨胀，对刘备就不像其他的部下们那样恭敬，就有些放肆了。见到刘备，他不称呼"主公"，他叫"玄德兄"！

要叫玄德兄，刘备集团里只有关羽、张飞有资格。其余的部下都称"主公"。就连糜竺、糜芳这两位刘备的姻亲，虽然把妹子嫁给了刘备，也要称主公。你年纪不大的马超，就敢叫玄德兄？

当年车骑将军董承奉皇帝密诏，暗中策划要诛杀曹操。他的地下活动组织有七八个成员，其中有刘备，也有马超的父亲马腾。这样，马超的父亲和刘备就是亲密战友，就是早期的革命同志。马超比刘备小十六岁，应当是子侄辈。他常常"玄德兄"地叫来叫去，可见已经膨胀到什么程度。成都初定，益州的官员也才刚刚归附。刘备需要树立权威，又不能不持宽容客气的态度。马超这个愣头青尾巴翘到天上了，刘备不好说什么，诸葛亮也不好说什么。大家教训他不是，不教训也不是。不是资格不够，就是不便于做这样的工作。

别忘了，荆州还有一位关二爷呢。马超的倨傲表现，关羽通过种种渠道，很快就知道了。刘备是本集团的领导核心，是全国扶汉抗曹势力的旗帜和领袖。有部属对刘备不恭敬，关羽能允许吗？

刘备集团的大本营已移居益州，但关羽是这个团体的重要成员，虽然远镇荆州，相隔千里，但不会坐在荆州只管自己的事。刘备遇到的问题，这个团体遇到的问题，关羽都视为自己的事，都有责任为刘备分忧。马超在成都的超常表现，关羽知道了，就不能听之任之。他清楚这事刘备不好管：刘备是集团领袖，做人处事一直宽仁厚德，谦和忍让，总不能亲自找马超谈话，告诫马超以后要注意尊重自己吧？领袖身份不允许，真的把这当成个问题，去郑重其事一本正经地做思想工作，也会伤了马超的面皮，引起心中不快，影响积极性。诸葛亮也不好管，身份差一截，年龄也小一些，将相关系也不好处，他们以后还要密切合作经常打仗呢，不能产生一点芥蒂。张飞呢，性子急躁，做不来这样的事；赵云官衔更低，也就更不合适了。

谁来管这样的事，来做马超的工作呢？关羽决定亲自出马了。论资格，论武艺，论声望，论职务，论年龄，关羽都要高马超一头。虽然没有马超的家世身份，但朝廷封了侯，万马军中刺杀河北名将颜良如入无人之境，忠义声名满天下，得到了社会各阶层的敬仰，也有着良好的社会知名度。曹操提起马超，自嘲地笑笑："今日几为小贼所困乎！"而提起关羽，则是真诚地感叹："真义士也！"到了这时候，关羽不出马，还有谁能训诫马超那个"愤青"呢？

于是，关羽就给诸葛亮写信，表示入川的意愿：

听说马超归附了我们，非常欢迎。马超又年轻，本领又大，我没有机会认识——和他爸倒是认识，不知人才和谁相当？如果能入川与马超会面，再比试比试武艺，那就实在令人高兴，也荣幸之至。

> 羽闻马超来降，旧非故人，羽书与诸葛亮，问超人才谁可比类。亮知羽护前，乃答之曰："孟起（马超字）兼资文武，雄烈过人，一世之杰，黥、彭之徒，当与益德并驱争先，犹未及髯之绝伦逸群也。"羽美须髯，故亮谓之髯。羽省书大悦，以示宾客。
>
> ——《三国志·蜀书·关张马黄赵传》

这里说诸葛亮知道关羽"护前"，被解释为容不得别人排在自己前面，不能让别人超过自己的意思。这是不正确的，事实上马超的官位一直没有排在关羽的前面，关羽是用不着去"护"的。而在刘备集团的官员序列中，早期的糜竺、诸葛亮，益州新加入的法正、许靖，官位都在关羽之前，关羽也从来没有过什么"护前"。

在益州，诸葛亮正发愁马超的倨傲表现，关二爷来了信，太是时候了：

这就像来了一个尊神，谁不买这个账都不行。要压压马超的傲气，要让他懂得一点规矩，要让他知道自己的准确定位和斤两，平时不好做评议，不好戳破这层窗户纸。会议上说太正式，私下里议论不合适。借着给关羽复信，肯定了关羽在刘备阵营的至高地位，说关羽是"绝伦逸群"，谁也比不上，张飞都比不上，我们大家就更比不上，那马超当然也比不上。没有贬低马超，但给予了马超一个准确定位，你在这里并不是老子天下第一。关羽看了回信，十分高兴，不是高兴对自己的评价，而是高兴诸葛亮与自己的心照不宣，与自己的密切配合，不愧相互知己，相知至深。关羽这么大年纪了，早已经过了人世沧桑，早已领略了人生辉煌，"曾经沧海难为水，除却巫山不是云"了，什么样的赞扬没经过？什么样的恭维没听过？什么样的精神盛筵没有品尝过？诸葛亮一句"绝伦逸群"，关羽就那么高兴？而且还要"以示宾客"，让大家都知晓？以关羽的持重和矜持，以关羽的身份和地位，不至于这样轻薄，这样没分量吧？

　　要的就是侧面提醒或者说敲打一下马超，没有别的意思。

"绝伦逸群"匾，悬挂于解州关帝庙午门

　　甚至还可以这样判断，这一次首席文职和首席武职的书信往来，是一次侧面教育马超的双簧戏。马超是年轻一辈，武艺超群，天下闻名，对将来蜀汉事业意义重大。在老一辈革命家退出历史舞台以后，马超将与诸葛亮是最好的文武搭档。诸葛亮主政，马超主军，一个为相，一个为将，将是蜀汉第二代的栋梁之臣。这样关乎扶汉抗曹大业的大问题，关乎刘备集团扶汉事业后继有人前途命运的大问题，马超的优越感和傲气，就是必须要很好地解决了。如此看来，这场双簧戏很可能是诸葛亮的主意，借重关羽的崇高威望，不露声色地给马超一些颜色，让他收敛一下，把翘得太高的尾巴放下来。

当初，诸葛亮刚刚加入刘备阵营，关羽和诸葛亮有一个短暂的磨合时期。据陈寿《三国志》记载，刘备与诸葛亮的关系日益密切，关羽和张飞都曾表现"不悦"。这仅仅是一点小小的感情波澜，而且很快就解决了，是没有产生什么负面影响的。自从关羽汉津口接应败逃的刘备司令部，表现了极大的军事应变能力；诸葛亮成功联合东吴共同抗曹，表现了卓越的战争谋划水平，他们之间就是一种英雄相惜、相互钦敬、配合默契的将相关系了。刘备带兵入川，留诸葛亮和几个老资格将军驻守荆州，并明确诸葛亮是主要负责人，关羽和几个老革命没有什么"不悦"。诸葛亮坐镇荆州城，派关羽驻扎在前线应对曹兵；曹营名将乐进领兵进犯，仍是关羽根据诸葛亮的命令拼死抵抗，更没有表现什么"不悦"。这一次教育马超的政治双簧，也表现了关公与诸葛亮之间的互相尊崇和高度默契。关羽看信后"大悦"——由曾经的"不悦"到八年后的"大悦"，说明关公并不是后世论者所说的心胸狭窄器量狭小，而是心胸宽阔博大的。

马超，自然要懂事一些了。

不久，东吴无理索要荆州，而且派兵抢占了长沙、桂阳和零陵三郡。刘备只好放下益州的事，亲自带兵返回公安，任命关羽领军三万，准备武力夺回三郡属地。

这一次，他带的将领是张飞和新加入的马超。关羽有了一个当面教育马超的机会。

本来，关羽一见到马超，心里是有气的，是要教训一番马超的。但一贯宽仁厚德的刘备制止了他，说：人家兵败于曹操，又被杀害了全家，走投无路来投奔我们，还为我们立了功。你们因为人家称呼我的名字就要杀了人家，怎么向天下人解释呢？怎么表示我们爱护人才尊重人才呢？关羽和张飞商量，决定与张飞一起为马超做一次表率，教育他怎样谦虚谨慎，怎样尊重领导，怎样维护领导核心的权威。这天刘备召集的军事会议，要关羽、张飞、马超都来参加讨论。马超按时来到司令部，不见关羽和张飞，仔细一看，原来关羽和张飞站立在刘备的背后，为刘备"立直"，当护卫亲兵呢。

> 超因见备待之厚，与备言，常呼备字。关羽怒，请杀之。备曰："人穷来归我，卿等怒，以呼我字故而杀之，何以示于天下也！"张飞曰："如是，当示之以礼。"明日大会，请超入，羽、飞并杖刀立直。超顾座席，不见羽、飞，见其直也，乃大惊，遂一不复呼备字。
> ——《三国志·蜀书·关张马黄赵传》，裴松之注引《山阳公载记》

三十年前，关羽和张飞在涿州，就一直是这样："先主（刘备）于乡里合徒众，而（关）羽与张飞为之御侮……而稠人广坐，侍立终日，随先主周旋，不避艰险。"三十年后，关羽匹马斩颜良，张飞设谋擒严颜，都已经是天下闻名的将军。但他们仍然要肃立在刘备身后，为自己的领袖和兄长当护卫亲兵。他们三十年如一日，还在以自己的行动，维护着刘备的领袖形象和地位。

马超心里大吃一惊，立马感觉到关羽张飞行动的分量，神色立刻肃然起来。以后，他再不敢称呼刘备的名字了。关羽和诸葛亮、张飞一起，以自己的行动和智慧，不露声色地解决了这个难抓的刺猬，谈笑间皆大欢喜。

"骁雄未许马超行。"（明·陈省《鼎新武安王庙颜歌》）有关羽在，马超怎敢对刘备不尊？就是这个意思。

马超终于"乖"了，不仅不再叫"玄德兄"了，处事也开始学着低调了，开始谦虚谨慎了。

马超后来的地位一直很高，刘备称汉中王后，他晋封左将军，与关羽、张飞一样享受"假节"的待遇（赵云与黄忠则没有这种待遇）。关羽牺牲后，刘备称帝，当是出于对关羽的尊重和怀念，不设大将军，张飞为车骑将军，马超为骠骑将军。刘备一直保持着对马超的器重和厚待，后来还把马超的女儿配给自己的小儿子安平王刘理，为安平王妃，和马超成了两亲家了。这时候马超倒是可以把刘备叫"玄德兄"了，只是随着年龄的增长，他就老成得多了，不会像年轻时候那样不知天高地厚了。马超后来一直驻守蜀汉北部，把守"祖国的北大门"，功劳卓著，只可惜死得太早了，终年四十七岁。

不管功劳多大，声望多高，地位多重要，关羽永远都是刘备的部属和兄弟，终生要追随刘备，永远忠于刘备的抗曹扶汉事业。

忠义之人，永远做忠义之事。

第十一章　益阳：单刀赴会，任他刀丛剑树

关羽单独镇守荆州的这些年里，曹操无时无刻不想要报赤壁之仇，无时无刻不想要夺回得而复失的荆州。但是，面对荆州周密的军事准备，面对关羽巨大的军事威慑，面对关羽这样一个坚如磐石的战略存在，曹操实在无机可乘。他在派出乐进进犯青泥被打败之后，再也没有对荆州采取军事行动。几年来，曹操当然没有闲着，也没有因为赤壁之战的失利而一蹶不振。他时而东进合肥，攻打孙权的战略重地；时而西攻汉中，击溃了张鲁的地方武装。忽东忽西，千里奔波，不惜耗费军力，大跨度地进行战略方向调整，都取得了重大的军事胜利。他只是慑于关羽的声威，没有轻易挑衅荆州，没有就近从中间突破罢了。

荆州"东连吴会，西通巴蜀"，是中国南北之通衢，东西之枢纽，居水陆之要冲，是历代兵家必争之地。在诸葛亮的"隆中战略"规划里，荆州是刘备集团战略发展的第一步，而后以荆州为基地，向益州发展。经过几年奋斗，"跨有荆益"的目标终于实现。他的大本营，转移到了益州。

刘备把自己的一半江山，委托给了关羽。

关羽督董荆州，实际上就是代理州牧的意思。在刘备集团的领导成员中，关羽的实权最大，责任也最大。他肩头的担子，分量是最重的。

三分天下的局面已经形成，下一步，就是诸葛亮《隆中对》说的——

外结好孙权，内修政理；天下有变，则命一上将将荆州之军以向宛、洛，将军身率益州之众出于秦川，百姓孰敢不箪食壶浆以迎将军者乎？诚如是，则霸业可成，汉室可兴矣。

——《三国志·蜀书·诸葛亮传》

振兴汉室，已然遥遥在望。

关羽仿佛看到了汉室中兴、天下一统的光明前景，仿佛看到了社会有序百姓安宁的美好景象。他意气风发，斗志昂扬，决不辜负刘备的信任和期望，要殚精竭虑经营荆州，要枕戈待旦兵不卸甲，随时准备迎来"天下有变"的时机，兵锋直指宛、洛，两路进兵，北伐曹魏，复兴汉室！

令人叹息的是，随着时间的推移，形势的发展，"天下有变"的情况倒是出现了，只是不是朝着有利的方向"有变"，而是朝着不利的方向"有变"。

问题出现在同盟者之间，出现在东吴孙权集团。既无扶汉兴刘之心，也无统一天下之志，只想凭借长江天险偏安一方扩大地盘的东吴孙权集团，见到刘备占据了益州，势力日益壮大，阴暗心理就产生了。他们声言荆州是东吴当初借给刘备的，现在就要"讨回"荆州了。

"借荆州"，一时间成了一个问题，一个伪命题。

当初刘备借的，仅仅是长江北岸南郡的一部分地区，也就是这时候关羽驻扎的江陵，是与曹兵对峙的前沿。江陵就是江陵，并不是荆州，就像下邳并不是徐州全境一样。刘表时代，荆州州治是襄阳；赤壁之战后，刘备为荆州牧，州治在油口（公安）。刘备益州前线情势危急，调诸葛亮张飞赵云率军支援，驻守荆州的重担落在了关羽一个人的肩头。关羽成了荆州全境的军政首脑，他的驻地江陵就成为荆州州治。江陵成了荆州，东吴的说法，借江陵就变成借荆州。孙权如今索要的，就不仅仅是江陵一个城，竟是荆州全境，荆州所有的郡县。

赤壁之战的胜利果实，是东吴一家取得的吗？

七年前（208年），曹操举兵南进。他的进军意图，是明确的，也是公开下了战书的，声言要以八十万大军征讨孙权，扫平江南。实际上，曹操军队只有二十多万，但这二十多万东吴集团也是吃不消的。刘备本来就没有基业，是依附荆州刘表的，这时候更是失去了一切，也就再没有什么害怕失去的了。只有孙权，才真正害怕曹操进犯，害怕失去自己已历三代的江东广大地盘。孙权没有把握抵抗曹操，部下官员们都建议举国投降。孙权不甘心，就想依靠刘备，或者说是联合刘备一起反击曹操。是他主动派遣主战派官员鲁肃，去寻找刘备的。

> 权即遣肃行。到夏口，闻操已向荆州，晨夜兼道，比至南郡，而琮已降，备南走，肃径迎之，与备会于当阳长坂。肃宣权旨，论天下事势，致殷勤之意。
>
> ——《资治通鉴·汉纪五十七》

孙刘两家的联合，东吴方面是主动的，也是积极的。东吴集团中最具战略头脑和大局意识的将领是鲁肃，鲁肃最先提出联合刘备的建议，孙权给予首肯。东吴后来提起赤壁之战，好像是刘备沾了他们的光，实际情况不是这样。在这场战争的性质上，孙权处于劣势。孙权划江而治，以求偏霸一方，从来没有声明过要匡扶汉室讨伐汉贼。东吴官员要归附朝廷，取消割据，性质上说就是服从中央，投降的呼声根本压不下去，这还怎么抵抗曹操？刘备是汉室皇叔，高举着匡扶汉室的旗帜，是曹操的死敌，是扶汉抗曹的代表性人物。他的身份和政治态度，在全国具有极大的知名度，已经是全国军民的共识。不论敌方我方，在朝在野，江南江北，大家都是认可的。联合了刘备，就是打起了扶汉抗曹的旗帜，战争性质一下就由劣势转变为优势。江南军民同仇敌忾，才能凝聚人心努力抗战。孙刘联军集结的兵力，一共五万，其中东吴三万，刘备也有二万：关羽的一万，刘琦的一万，都由刘备指挥全力参战。周瑜的部队，主要是水军；刘备的部队，主要是陆军。水陆并进，才取得赤壁之战的胜利。

这是正史有明确记载的——

《三国志》中的曹操传记这样记载这场战争："公至赤壁，与备战，不利。

于是大疫，吏士多死者，乃引军还。"——曹操是"与备战"，作战对象就是刘备，连东吴都不提。

《三国志》中的刘备传记的记载是："权遣周瑜、程普等水军数万，与先主（刘备）并力，与曹公战于赤壁，大破之，焚其舟船。先主（刘备）与吴军水陆并进，追到南郡，时又疾疫，北军多死，曹公引归。"——东吴是和刘备并力作战。

《诸葛亮传》则记为："时权拥兵在柴桑，观望成败，亮说权曰……权大悦，即遣周瑜、程普、鲁肃等水军三万，随亮诣先主，并力拒曹公。曹公败于赤壁，引军归邺。"——是东吴派兵与刘备并力抗曹。

《三国志》中的周瑜传记也记作："备与瑜等复共追，曹公留曹仁等守江陵城，径自北归。"——是共同追击敌人，而且刘备仿佛还是主要位置。

都说是东吴军队与刘备并力，都没有说赤壁抗曹主要靠的是东吴。

即使就战争力量的主导方面而论，也不能说孙权是主，刘备为副。若真要分主次——

据关羽传记，是这样说："孙权遣兵佐先主（刘备）拒曹公，曹公引军退归。"

据诸葛亮传记，也是这样说："权既宿服仰备，又睹亮奇雅，甚敬重之，即遣兵三万人以助备。备得用与武帝交战，大破其军，乘胜克捷，江南悉平。"

一个"佐"字，一个"助"字，明确了刘备为主，东吴为副，孙权是佐助刘备的。

就连《吴志》记载赤壁之战，干脆也说破曹兵的是刘备：

> 按《吴志》，刘备先破公（曹操）军，然后权（孙权）攻合肥。
> ——《三国志·魏书·武帝纪》，裴松之注引孙盛《异同评》

《吴志》是东吴人写的志书，它明明白白承认赤壁之战是刘备破曹兵。

平心而论，公正的说法应该是这样：面对曹操这个共同的敌人，孙权和刘备两家联合作战，共同破敌。

合则互利，合作共赢，谈不上谁沾谁的光。问题出在胜利果实的占有上。

赤壁之战前，刘表儿子刘琮投降了曹操，荆州就是属于曹操的了。当然，刘表的大儿子刘琦并不投降，曹操势力也没有侵犯得了他。他是江夏太守，江夏郡这一片地盘还是他坚守着，而且成了为刘备提供战略回旋的立足之地。这是赤壁之战前的实际情况和战略态势。各自实际的有效统治范围，界线划分也是明确的。

赤壁战争的决战那一天，火烧战船，曹军大败，曹操引军从华容道败走，一下子就退败几百里，留下曹仁、徐晃守江陵，乐进守襄阳，"引军北还"。周瑜的大军渡江屯北岸，围攻江陵，决心夺取这一个战略要地。刘备当然不能与周瑜争夺江陵，而是带领部分兵力帮助周瑜攻江陵，关羽则在江陵之北阻击曹军增援部队。其余的部队，在诸葛亮的带领下，乘机去攻略长江之南的四个郡，曹军守将全都开城投降：

先主表刘琦为荆州刺史，又南征四郡……琦病死，群下推先主为荆州牧，治公安。

——《三国志·蜀书·先主传》

先主收江南诸郡，乃拜封元勋，以（关）羽为襄阳太守、荡寇将军，驻江北。

——《三国志·蜀书·关张马黄赵传》

记载确凿，毋庸置疑。江南四郡，是刘备自己从曹操手里夺取的，而且很快进行了有效统治。

周瑜遇到的对手曹仁太强硬了（后来关羽北伐时遇到的也是他），包围了近一年才攻下来。孙权选将派兵，驻守新夺得的领土：

周瑜攻曹仁岁余，所杀伤甚众，仁委城走。（孙）权以（周）瑜领南郡太守，屯据江陵；程普领江夏太守，治沙羡；吕范领彭泽太守；吕蒙领寻阳令。

——《资治通鉴·汉纪五十八》

荆州地区，是当时最大的地区之一，户口一百多万，共辖七个郡，分别是：

南阳、南郡、江夏——在长江之北；武陵、长沙、零陵、桂阳——在长江之南。

战斗结束，局势平静下来，各自的实际统治范围变成了这样：

南阳郡没有发生战斗，仍由曹操占领。

东吴夺取了江夏郡和南郡的南部，北部襄阳、樊城那一块地方和城池还在曹操手里。

值得一说的是，东吴占领的南郡部分地盘里，包括郡治江陵。这是荆州地区战略地位最重要的城市，也是钱粮和军械辎重库藏最多的城市。

刘备占领了江南四郡。

荆州七郡，曹操一个半，孙权一个半，刘备四个。

刘备取得的胜利果实最多，成了最大的赢家。

然而，不论从理论上讲还是从实际上讲，刘备都是从曹操手里夺到的地盘，是光复了刘表的基业。刘备本来就是刘表的部下，又是刘表的同宗兄弟。刘表临终前，曾表示要刘备继承自己的荆州职务。刘备出于对刘表的尊重，没有答应，只是表示愿意辅佐刘表的儿子，这是荆州官员们都知道的。何况直到赤壁之战时，他还在保护和辅佐着刘琦，刘琦的兵力也一直随着刘备征战。

占领荆州的江南四郡，名义上还是刘琦当刺史；刘琦死后，刘备由群下推举荆州牧。这也是孙权同意的。

会刘琦卒，（孙）权以备领荆州牧，周瑜分南岸地以给备。备立营于油口，改名公安。

——《资治通鉴·汉纪五十八》

于情于理，在理论上和实际上，刘备占领荆州，都理直而气壮，不容别人置喙，孙权也没有说什么。

何况，赤壁之战前江夏郡是刘琦的地盘。刘琦是刘表的继承人，早就是正儿八经的江夏太守。他这个太守，比曹操挟天子以令诸侯任命的太守还要正宗。刘琮投降后，刘琦在刘备的支持下，拒不投降，守土有责，全力抗战，寸土不让，曹操也没有夺走过。刘琦把江夏的兵力投入到赤壁战役，江夏这一块地盘成了东吴大军开往赤壁前线必须经过的军事通道。尽管刘琦和孙权两家有宿仇，有历史恩怨，但出于战略大局的需要，刘琦和刘备还是让出地盘，为东吴大军提供进军通道和军事驻地。战争结束了，刘琦还是荆州刺史，江夏还应是刘琦的地盘，但东吴却抢占了江夏。这是没有道理的。战争中你可以从曹操手里夺地盘，怎么能从刘琦手里抢呢？赤壁战役中，刘琦是同盟军呀！

要说赤壁战役的胜利果实，孙权堂堂正正地只夺取了部分南郡包括江陵。但是，江陵的战略位置是太重要了，是刘表囤积粮草军械的地方，孙权不能说多么吃亏，况且还赖去了一个江夏郡。刘备在赤壁之战中的巨大作用和贡献，他在内心和口头上都没什么可以指摘的，说明孙权当时承认了刘备对荆州的统治权。

但是，孙权心里很不是味儿，他认为刘备摘了桃子，或者说是桃子摘得太多了。这当然是一种小人心态，是一种阴暗心理。

只有鲁肃具有战略意识，也只有鲁肃心里真正明白：正是有了刘备，有了两家的联合作战，才取得了赤壁之战的胜利。否则，曹操横扫江南，势不可挡，东吴的地盘只能是生灵涂炭，沦丧殆尽，孙权的家天下也不会继续存在。长远看，总体看，赤壁之战，还是孙权集团获利最大。

后来，刘备的部属和兵力猛增，地盘容纳困难，这才亲自去见孙权，与孙权协商借南郡（江陵），用以屯兵。

刘备的四个郡都在长江以南，不与曹操地盘接壤，不存在军事接触区域，处于安全地带。而东吴夺取部分南郡和江陵后，和曹操的军事边境线就太长了，兵力投放和军事负担就太大了。把江陵借给刘备，就把几百里的军事防线交给了刘备，由刘备直接和曹操对抗，东吴的战备压力就减轻了，这对东吴来说是非常有利的事。还是鲁肃认识到这一点，极力建议孙权答应刘备的"借南郡"（其实是部分南郡，主要是江陵）的请求。孙权接受了鲁肃的建议，同意把江陵借给刘备。

简而言之，孙刘两家联合作战，抗击曹兵，赤壁决战，获得巨大胜利，攻城略地，各有所得：刘备集团（包括刘琦）被赖走了江夏郡，夺得了江南四郡，借来了半个南郡，主要是江陵城。

借荆州，借荆州，东吴人说来说去的借荆州，就是刘备借了孙权的江陵城。

曹操听说孙权把江陵借给了刘备，手中的笔也落到地上，可见吃惊的程度。这也从反面说明，借江陵给予刘备，对于共同的抗曹事业，有多么重要。

……惟（鲁）肃劝（孙）权借之，共拒曹操。曹公闻孙权以土地业备，方作书，落笔于地。

——《三国志·吴书·周瑜鲁肃吕蒙传》

从建安十四年到十九年（209—214 年），孙刘两家的蜜月期，因为诸葛亮和鲁肃的共同经营，稳定地维持了六年。建安二十年（215 年），孙权见到刘备夺取了益州，事业兴旺发达，心里就不太舒服了。他派人去益州，要求刘备归还荆州。

借东西要还，这没有什么异议。当初借了江陵，归还你们江陵就是了。但是，孙权要刘备归还的不是江陵，他要的是长沙、零陵和桂阳！赤壁之战刘备夺取了四个郡，孙权现在要三个郡。

这简直是政治无赖了。刘备当然不会答应。孙权竟然就单方面设置了这三个郡的官员，强行去上任。当初刘琦懦弱，赤壁之战刚刚胜利，这样的情势也不便立即翻脸，孙权就是用这样的方式，赖走了刘琦的江夏郡。七年之后，他还想故伎重演，企图赖去三郡之地。

可是，这一回他的对手不是刘琦，而是关羽！忠诚担当的关羽！

关羽是国之干城，守土有责。遇到敌人进犯，他在战场上拼死搏杀，要用鲜血和生命保卫领土。现在东吴要无理夺走荆州，关羽能够答应吗？能够让东吴得逞吗？

当然不会！关羽寸土不让，把孙权派来的官员全部驱逐，赶走了。

> 权以备已得益州，令诸葛瑾从求荆州诸郡。备不许，……遂置南三郡长吏，关羽尽逐之。
>
> ——《三国志·吴书·吴主传》

这当然是无可非议的。

和平接收不成，孙权就来硬的，派兵二万，趁着关羽不能离开江陵，武力夺取了长沙、零陵、桂阳三郡。他还派鲁肃率领万人驻扎巴丘（今湖南岳阳）抵御关羽，又亲自屯兵陆口（今赤壁市陆溪镇），指挥各路军马。

> 权大怒，乃遣吕蒙督………二万取长沙、零陵、桂阳三郡，使鲁肃以万人屯巴丘以御关羽。权住陆口，为诸军节度。
>
> ——同上

事情到了这样地步，刘备不得不放下益州日理万机的军政事务，带兵五万东下，屯驻公安，命关公带兵三万南下益阳，要用武力夺回长沙、桂阳、零陵三郡。孙权又增加兵力，和关羽对峙。一场孙刘大战，一触即发。

孙刘同盟，面临崩溃的边沿。还是鲁肃，提出与关羽进行谈判。

借荆州给刘备的主张是鲁肃提出的，现在他受到了孙权和同僚的一致指责，压力巨大。这时候他也只好改变了一贯的态度，已经做了谈判不成就对关羽下手的准备。谈判地点，安排在东吴军队驻地益阳（今湖南益阳市大渡口）。一些对借荆州耿耿于怀，对关羽心怀叵测的重要将领如吕蒙一伙，虎视眈眈，摩拳擦掌，是要乘机武力解决的。这场会见当然是"鸿门宴"，其险恶的用心是明显的，其巨大的危险也是可以预料得到的。

他们断定，关羽是不敢来到东吴的驻地进行谈判的。东吴已经动了手，抢占了荆州的三个郡，谈判只是要你承认既成事实。这是明摆着要逼你就范的。谈判时你首肯了东吴的抢占行为，那就好说好散。要是不承认呢？那就翻脸，叫你来得容易脱身难，走就不容易了！

他们忘了，这是关羽，是人间忠义无双、天下英雄第一的关羽！

宴无好宴，会无好会，让出领土不行，不去谈判也不行。不去谈判，是示弱于敌，而且两家关系就会立即破裂。真要去谈判，就是蹈虎狼之地，就要冒极大的风险，就会有生命之虞。

去，还是不去？

历史把关羽推到了风口浪尖，关羽就不会示弱，就不会犹豫，就不会临阵退缩，就不会贪生怕死！就算龙潭虎穴，就算刀丛剑树，比袁绍的十万大军如何？比曹操的雄兵猛将如何？沧海横流，方显英雄本色。泰山压顶，才见豪杰壮志。追随刘备以来，几十年枪林箭雨，纵横天下，凛凛之躯，堂堂正气，怕过谁来？

关羽以大无畏的英雄气概，只带了少数随从，单刀赴会，去了戒备森严的东吴防区。他正义在手，豪气在胸，威风凛凛，毫无惧色，视强敌如草芥，进敌营如入无人之境。面对东吴的无理要求，关羽的答复义正词严，掷地有声：

乌林之役，左将军（刘备）身在行间，勠力破敌，

益阳，鲁肃屯兵处，关羽单刀赴会的地方

117

岂得徒劳，无一块土，而足下来欲收地邪？

——《资治通鉴·汉纪五十九》

鲁肃辩解后，史书记载"羽无以答"，这是不符合实际的。这样的话语，不是关羽"无以答"，而应该是鲁肃"无以答"才符合当时的实际。关羽没有理屈，也不是没有争辩能力，为什么"无以答"呢？其原因，只能是碍于联合抗曹的大局，实在不能和东吴当场翻脸，撕破面皮。关羽这一段话的答复，于情于理，都无懈可击：赤壁之战，华容追曹，刘备（即左将军）亲赴战场浴血奋战，全部官兵英勇杀敌，战斗胜利后就不应该得到一点胜利果实，得到一块土地吗？从曹操手里夺回的荆州属地江南四郡，难道不应该是我们的领土吗？东吴凭什么要从我们手里抢夺呢？

这话无论什么时候，都不能说是有悖情理。就是到了现代，以我们现在的认知水平评判，能说关羽的话有什么毛病吗？

无怪乎清代著名学者赵翼，把这段话誉为"不易之论"：

且是时（即赤壁之战时）刘表之长子琦尚在江夏，破曹后，备即表琦为荆州刺史，权未尝有异词，以荆州本琦地也。时又南征四郡，武陵、长沙、桂阳、零陵皆降。琦死，群下推备为荆州牧。备即遣亮督零陵、桂阳、长沙三郡，收其租赋，以供军实，……遣将分驻，惟备所指挥，初不关白孙氏，以本非权地，故备不必白权，权亦不来阻备也。迨其后三分之势已定，吴人追思赤壁之役，实藉吴兵力，遂谓荆州应为吴有，而备据之，始有借荆州之说。抑思合力拒曹时，备固有资于权，权不亦有资于备乎？权是时但自救危亡，岂早有取荆州之志乎？羽之对鲁肃曰："乌林之役，左将军寝不脱介，勠力破曹，岂得徒劳无一块土！"此不易之论也。

——赵翼:《廿二史札记·借荆州之非》

关羽的话，没有任何漏洞，无懈可击，是难以挑剔的。东吴理屈词穷，谈判无果而终。在谈判桌上，关羽没有让东吴得到半点便宜。而慑于关羽的凛然正气和威猛无敌，东吴的将吏没有敢向关羽下手，只好眼睁睁地看着关羽从容离去。

而后来有些史家的记载和论者的评论，似乎都指责关羽破坏了与东吴的统一战线。这是不公平的，也是没有道理的。

就在这时，曹操亲临汉中战场，益州的北部前线大军压境，陡起战火。眼看着刚刚到手的益州，有得而复失的危险。为了对付主要敌人，为了顾全联吴抗曹的大局，刘备只好做出巨大让步，牺牲局部利益而保全益州，保全联合抗曹的统一战线。他派出代表与孙权谈判，进行外交斡旋。最后双方达成和解，商定以湘水为界平分荆州：湘水以东的江夏、长沙、桂阳归孙权，湘水以西的南郡、零陵、武陵归刘备。

荆州的领土，损失了一半。这是牺牲局部来保证大局，这道理关羽太明白了。刘备的指示一到，关羽就遵照执行，进行交割。

> 会闻魏公操将攻汉中，刘备惧失益州，使使求和于权。权令诸葛瑾报命，更寻盟好。遂分荆州，以湘水为界：长沙、江夏、桂阳以东属权，南郡、零陵、武陵以西属备。
>
> ——《资治通鉴·汉纪五十九》

荆州平分了。借荆州事件，应该说得到了最后的解决，更可以说，得到了对东吴方面有利的解决。事情的实质，就是刘备用自己的长沙、桂阳两个郡，交换了当初从东吴手里借来的部分南郡，主要是

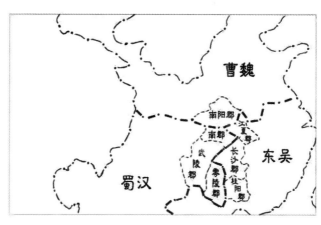

平分荆州后的三方形势图

江陵。至于被东吴无理抢占的原属刘琦的江夏郡，刘备也正式承认了东吴的合法占有权。

国家领土，寸土不让。领土受到侵犯，关羽当然要忠于国事，誓死捍卫国家疆界，与阵地共存亡。事关大局，需要牺牲，关羽就放弃局部，服从整体利益。说关羽不理解联吴抗曹的战略意义，破坏了与东吴的统一战线，那是历史的误会，那是对关羽的误解。

拼死捍卫也罢，委曲求全也罢，一切为了"隆中战略"，一切为了扶汉大业。大局至上，大略为重，个人名利，个人意气，全都不以为意。

古今名将，孰能如此？也不过如此。

第十二章　荆州：拒婚辱使与刮骨疗毒

关羽驻守的地盘——荆州，面积缩小了一半。

平分荆州的结局，是谁占了便宜，谁吃了亏？是谁心在汉室，谁有领土野心？是谁在维护团结，谁在有意分裂？是谁在破坏联合战线，是谁在忍让求全？事情是明摆着的，答案是肯定的。

为了联合东吴，扶汉抗曹，刘备这样顾全大局地处理荆州危机，非大英雄不能为之。从隐忍和委曲求全角度讲，同样是大英雄的关羽不能和刘备相比，这是不必回避的，也是无法苛求关羽的。以关羽疾恶如仇的性格，以关羽一以贯之的光明磊落的处事方式，对孙权这些恶劣的无赖表现和小人行径，他的鄙视和气愤，是可想而知的。他能够遵从自己领袖和兄长的政治决策，而割让三个郡的领土，但他不能释然心中对孙权无耻行径的怒火和仇恨。

性格决定命运。这是关羽的性格，亦是他的命运。不论什么时候、什么情况，我们总不能说鄙视卑劣、唾弃小人和仇视无耻是不对的。

不久后，就发生了关羽"拒婚辱使"的事。

权尝为其子求昏（婚）于羽，羽骂其使，不许昏（婚）；权由是怒。

——《资治通鉴·汉纪六十》

这时候，东吴偷取三郡，关羽单刀赴会，孙刘两家平分荆州，事情过去的时间还不算长，仿佛才刚刚发生。关羽的激愤心情，远远还没有平复，而且也永远难以平复。他能够答应孙权为子求婚吗？

孙权是什么样的同盟者呢？情况危急，就要求结盟。情况好转，就翻脸不认人，抢占地盘。关羽为了顾全大局，服从刘备的战略大计，可以和平同处，维持同盟。但他能够和孙权这样的人，结为亲戚吗？能够把唯一的女儿，许配给这样的人家吗？

事实上，孙刘两家，本来已经是亲戚关系。赤壁之战结束的第二年，刘备攻取江南四郡，荆州官员纷纷投奔，势力大盛。孙权为结好刘备，把自己十八岁的妹妹孙尚香嫁给了已经四十八岁的刘备。虽说是政治婚姻，但刘备和孙夫人老夫少妻还是比较和谐的。几年以后，刘备离开荆州西取益州，孙权眼看刘备的事业更加兴旺发达，顿生嫉妒，就有了二心，就有了偷取荆州、与刘备决裂的准备。与刘备正式翻脸之前，他先派人把妹妹接回东吴。

> 孙权闻备西上，遣舟船迎妹；而夫人欲将备子禅还吴。
>
> ——《资治通鉴·汉纪五十八》

> 先主入益州，吴遣迎孙夫人。夫人欲将太子（刘禅）归吴，诸葛亮使赵云勒兵断江留太子，乃得止。
>
> ——《三国志·蜀书·二主妃子传》，裴松之注引《汉晋春秋》

既不经过协商，也不事先告知，不仅要接走妹妹，而且还要带走刘备的儿子刘禅。刘禅是甘夫人所生，并不是孙夫人生的，这时候已经八九岁，并不需要孙夫人日夜照料。孙夫人要回东吴，还要带走刘禅，用以作为人质要挟刘备的企图，是再明显不过了。幸有诸葛亮和赵云严密防范并采取了军事行动，东吴的图谋才未能得逞。这是严重破坏两大集团关系的事件，也是破坏两家亲戚关系的事件。通过外交谈判平分荆州，两大集团剑拔弩张的军事对峙缓和下来。但是，两家亲戚关系的裂痕，却是不可能弥合的了。在当时的政治背景下，孙权为自己的儿子向关羽的女儿求婚，能是真情实意的吗？关羽能够应允吗？

荆州关帝庙，关羽董督荆州时的府衙

何况，孙权动不动就用联姻实现政治图谋，早就为关羽所鄙视、不齿。孙权的弟弟孙匡，娶的就是曹操的侄女；而孙权的侄女（其伯父的儿子孙贲的女儿），又嫁给了曹操的儿子曹彰。他们之间，照样尔虞我诈，互相算计乃至兵戎相见，联姻只是一种政治欺骗。孙权以幼妹许刘备，也是畏惧赤壁之战后势力强大起来的刘备，才采用的一种政治手腕。关羽怎么能不明白呢？

更何况，在此之前，孙权已和曹操暗中互通款曲，互相联姻了：

　　二十二年春，权令都尉徐详诣曹公请降，公报使修好，誓重婚姻。

——《三国志·吴书·吴主传》

这消息关羽不可能完全没有觉察。对于孙权这样假借婚姻手段实现卑鄙目的的丑恶嘴脸，关羽能按捺得住他那疾恶如仇的性子吗？关羽是一个怀着忠诚心，富有正义感的人，怎么能与一个政治无赖和卑鄙小人结亲呢？

实际上，整个东汉末年和以后的三国时期，天下纷争，刀光剑影，其基本性质，就是忠诚与野心的斗争，是正义与奸邪的斗争。刘备集团与曹魏集团的斗争，主要表现在忠诚与野心方面；刘备集团和东吴集团的斗争，主要表现在坦诚、良知和正义与阴险、无赖和奸邪方面。

这样，关羽的拒婚，我们就是应该能理解的了。

至于对求婚使者有"辱使"行为，辱到什么程度，我们无从猜测。《三国演义》中描写，关羽骂道："吾虎女安肯嫁犬子乎？"这当然就太过分了，太叫孙权下不来台了，太容易让孙权恼羞成怒了。但是，要真是这样骂的，自然会很快在很大范围里流传开来，从而引起刘备、诸葛亮的注意和警觉。而且这样经典的骂詈，怎么能不在那么多的正史野史记载中留下一笔呢？当然，关羽出于内心对东吴无理夺取荆州三郡的激愤心情，面对东吴的求婚使者态度不冷静，礼貌有欠缺，甚至出言不逊有辱使者的情况，可能是有的。如果说在这个问题上，关羽由于性格刚烈处事不圆滑，没有能够维持好最完满的外交关系，我们不必为关羽辩护。关羽的做法，效果就是不太好。即使不答应婚事，也可以婉言谢绝，客客气气地答复使者，随便找个理由虚与委蛇周旋应付过去，或者说要与刘备商量商量再作决定，情况就会更好些，两家的关系就不至于加剧紧张起来。但是说因为这件事造成了与东吴同盟的破裂，造成了日后东吴争夺荆州，则是完全不能成立的。东吴争夺荆州，是战略企图，是军国大计，是他们的根本利益，绝不会因为这样的事影响决策。那种以为如果关羽不拒婚，孙权就不会偷袭荆州的想法，是具有良知的人们正常的思维，而孙权这号人，就不能以良知和正常思维去估计和判断。关羽拒婚，东吴要夺荆州；关羽不拒婚，就算同意了这门婚事，东吴还是要夺荆州。孙权的妹妹嫁给了刘备，东吴就不夺荆州了吗？还不是照样要夺吗？而且已经付诸实施，已经夺走一半了嘛！

事实上，关羽拒婚后，两家的关系表面上还是维持正常。直到后来关羽北伐，孙权还声言自己要出兵帮助，并没有因为关羽拒婚就中止了外交关系。

拒婚辱使，是后世史家和论者诟病关羽的一起重大事件。撰写《三国志》的陈寿，就判定关羽"刚而自矜"，就是过分刚强倨傲自负的意思。

评曰：关羽、张飞皆称万人之敌，为世虎臣。羽报效曹公，飞

义释严颜，并有国士之风。然羽刚而自矜，飞暴而无恩，以短取
败，理数之常也。

——《三国志·蜀书·关张马黄赵传》

"刚而自矜"，似乎盖棺论定，成为历史定评了。

后世史家和论者认为关羽刚愎自用，狂傲自大，都是和《三国志》对关
羽的这个评价有关。

这是对关羽的误解，也是史家的武断。

刚，是指性格刚烈，刚强；而矜，则是自大，自负，自傲，自以为是，
自视高明，自以为老子天下第一。作为普通人，无非是性格弱点；而作为关
羽，作为身负重要职责和使命的重要将领，作为独当一面、政治军事内务外
交全权负责的"董督荆州事"，军政一把手，身系国家安危和事业成败，以
这样的性格做人处世，就是非常危险的了。甚至说内部不团结同志，外部破
坏了同盟关系，都是这样的性格造成的。

道理不能说不对。这样的性格，当然要坏大事，当然会对集体事业造成
重大损失。性格决定命运，不但决定自己的命运，而且会决定团体的命运。
关羽背负了这样的责难，我们就需要认真分析了。

性格刚烈，不能说是缺点，更不能说是过失。刚烈的反面是懦弱，对于
关羽，那是不可想象的。关羽要是懦弱，那就不是关羽了。如果说刚烈的反
面是圆滑，那关羽也确实做不到。许田射猎，曹操有僭越行动，关羽就勃然
大怒，拍马挥刀，要杀了曹操。刘备就要阻挡和制止。关羽不如刘备政治上
圆熟，但我们不能说关羽做得不对。当然我们也不能说刘备不恨曹操，不能
说刘备是圆滑。刘备死后，孙刘两家又达成联盟，后来孙权也在东吴称帝，
登皇帝位。曹丕以魏代汉，是篡汉，是伪政权；刘备登皇帝位，是承继汉统，
曹魏就是蜀汉的死敌。这时候孙权也称帝，算什么呢？承认不承认呢，讨伐
不讨伐呢？满朝文武，包括后主刘禅，也不知该如何应对，只好派人去前线
请示诸葛亮。诸葛亮答复，速派使者去表示祝贺。孙权称帝，性质和曹丕一
样，也是篡逆。但是，如果不承认，予以声讨，孙刘的同盟立即又要破裂，

那北伐曹魏、匡扶汉室的目标，就永远也不能完成了。诸葛亮采取这样的态度，也是权宜之计，先解决主要矛盾。要是关羽还活着，这同样是不能想象的，是一定会坚决反对的。同样，关羽不如诸葛亮考虑周到，不能像诸葛亮那样会从权处置，我们却也不能说关羽是错误的。当然我们也不能说诸葛亮不忠于汉室——事实证明他为了复兴汉室，做到了"鞠躬尽瘁，死而后已"，所以也不能说诸葛亮是圆滑。

关羽、刘备和诸葛亮，政治态度、立场观点都是一致的，对汉王朝的忠诚度都是一样的，目标都是讨伐汉贼，匡扶汉室。但他们站立的位置不一样，思想方法不一样，处事方式不一样，性格不一样。关羽的性格，是真性情，不会虚伪，也不会与人虚与委蛇。虽说兵不厌诈，但那是在战场，与人相处，哪怕是敌人，关羽来不得虚情假意。这样的性格能完善自己做人，做人做得更纯粹、更高尚、更有尊严，但做事的效果就差一些。刘备和诸葛亮的性格，趋利避害，讲究权变和策略，好像有些不够磊落，不够直率坦诚，不够坚持原则，却能成全他们做事，要做成事，有时候就不得不这样。什么是对，什么是错，不好一概而论，也不好求全责备。

民间俗语说："曹操诸葛亮，脾气不一样。"草根观点，有时候会超过哲人。

一个人的性格，不仅表现在对外关系、人际关系、处事方式上，也会表现在自己的个人生活中。关羽的刚烈性格，表现在生活中，自然也是遇到困难不屈不挠，遇到风险毫不退缩，遇到伤痛坚强忍耐，甚至到了生死关头也是英勇不屈，不愧是一个刚强铁汉。我们知道在赤壁之战中，烽火连天，枪林箭雨，关羽冒着危险，冲入敌阵，奋勇杀敌，不幸左臂中箭。那时候战斗正酣，关羽顾不得疗治箭伤，简单包扎一下就继续追杀逃敌。曹操狼狈逃窜后，联军又接着围攻江陵城，关羽又奉命在江陵城北部修筑阵地，阻击曹将李通的增援部队。李通骁勇，堪称劲敌，但关羽奋勇抵挡，不让敌军前进一步，臂上的箭伤，自然更是不能规范治疗。这臂上的箭伤，一直困扰着关羽，逢到阴雨天气，还隐隐作痛。

这成了关羽的一块心病。大丈夫刚强铁汉，钢铁意志，会怕这么一点点伤痛吗？但这时候，益州大本营，正在进行汉中战役。刘备亲自担任统帅，领军奋战。夺取汉中，已经是早晚的事情。得到汉中，蜀道天险就完全掌握在刘备集团的手中，"隆中对策"规划的"两路进兵攻取中原"战略的主动权，也就掌握在刘备集团的手里。"命一上将将荆州之军以向宛、洛"的战略前景，已然遥遥在望。关羽肩负的历史重担，他自己当然是有着"舍我其谁"的思想准备的。

一个将军，一个统帅，有着一只伤痛的臂膀，怎样挥舞刀枪，去冲锋陷阵呢？

关羽就趁着这时候的战略空间，求医者疗治左臂的旧伤。这就是发生在荆州的关羽"刮骨疗毒"事件。

羽尝为流矢所中，贯其左臂，后创虽愈，每至阴雨，骨常疼痛。医曰："矢镞有毒，毒入于骨，当破臂作创，刮骨去毒，然后此患乃除耳。"羽便伸臂令医劈之。时羽适请诸将饮食相对，臂血流离，盈于盘器，而羽割炙引酒，言笑自若。

——《三国志·蜀书·关张马黄赵传》

史学家陈寿，在只有九百五十个字篇幅的关羽传记里，不惜用了八十五个字，详细记载了这个"刮骨疗毒"故事。一般地说，历史人物传记，是十分严肃的纪传体，体例要十分讲究，叙述会十分简洁，文笔也会十分概括，很少有具体的描述，更少有艺术描写，那样会体例不合。但在陈寿的笔下，关羽的神态动作具体生动，简直就是艺术描写了。这是因为，关羽刮骨疗毒这件事，实在是太典型了，对后世人们了解关羽是太重要了。关羽是什么人？是一个有着钢铁意志的人，是一个具有坚韧耐力的人。他大义凛然，蔑视乱臣贼子；他堂堂正正，蔑视蝇营狗苟；他志存高远，蔑视高官厚禄；他正气在胸，蔑视威逼利诱。对于女色的诱惑，尽管当时他已单身独处十五年，他蔑视；对于劈开臂膀刮骨疗毒的巨大疼痛，虽然也是血肉之躯，他仍然蔑视。从陈寿的记载中，我们看到关羽对劈开臂膀刮骨疗毒，事先是没有思想准备的。但一旦医者提出，他没有丝毫的犹豫和惧怕，当下就伸出胳膊令医者"劈之"。一个"令"字，加上"劈之"两个字，我们可以想象周围诸将的犹疑，包括医者的犹疑。而关羽的神态，竟是那样地从容和镇定，表现了难以想象的克制力和意志力。"臂血流离，盈于盘器"，众将失色，医者凛然，而关羽饮酒言笑，泰然自若。大英雄的豪迈气概，跃然纸上，呼之欲出。

耿耿英风能无畏，凛凛一躯大丈夫！

关羽刮骨疗毒石雕（在荆州医院内）

只有关羽，只有这个将自己的一切包括生命都献给刘备扶汉大业的将军，只有关羽这个睥睨富贵和享乐而随时准备牺牲一切的英雄，才能在历史上留下这样一笔。

千万英雄汉，只有关羽做到了这一点；千年英雄簿，只给关羽记下了这一笔。傲视敌人如鼠辈，傲视富贵如粪土，傲视女色，傲视疼痛，傲视死亡，傲视一切应该傲视的，千古英雄，唯有关羽！

概括简洁的历史传记里，陈寿破例地详细记叙甚至生动描写了这样一个具体故事，表现了关羽的坚毅、耐力和钢铁意志。这一回，陈寿没有曲解关羽，没有从负面评判关羽。他毕竟是一个称职的史家。

刘备集团夺取益州，进攻汉中，前前后后用了六年时间。这六年里关羽驻守在战略后方，一直没有离开荆州。相对在前线浴血奋战的战友们，军事行动当然要少得多。除了早先在青泥抵御乐进侵犯，就是后来和东吴争夺三郡双方剑拔弩张的军事对峙。后来这次夺三郡事件，是经过外交途径和平处理了，并没有真刀真枪地动手。那么，关羽在这么长的时间里，在荆州做什么呢？当然不会是在城里一味高卧。

荆州是日后两路进军的重要战略方面，荆州根据地是日后攻取中原的战略支撑。这几年，关羽在荆州州治江陵的城防建设方面，付出了极大的心血。他主持修建了江陵的南城，形成内外套城，扩大了城防范围，便于防御敌人进攻时的兵力调度，也便于军士抵御攻城时的作战回旋。新旧城墙的高度、厚度都有所增加，城墙更加坚固，荆州的城防坚不可摧，成为易守难攻的城池，是以后实施"隆中战略"时的坚固后方，将为消灭曹魏复兴汉室起到极大的作用。

面对着曹魏和东吴两个军事集团的巨大压力，面对曹操的虎视眈眈和孙权的暗中觊觎，关羽凭着自己高度的责任感和巨大的军事声威，经营荆州，积极备战。他在荆州轻徭薄赋，使荆州人民休养生息。他注重鼓励生产，活跃贸易，发展经济，同时扩充军队，囤积粮草，收购物资，整修军械。他积极动员军民，枕戈待旦，为即将到来的光复汉室的最后战斗，做了充分的准备。

关羽心中的光辉愿景——"霸业可成，汉室可兴"，越来越近了。关羽厉兵秣马，时刻准备着冲向扶汉抗曹的前线，在血与火的洗礼中，献出自己的一切。

第十三章　荆州：不与黄忠为伍？一次用心良苦的政治脾气

建安二十一年（216 年），刘备发动了汉中战役。

前一年，孙刘两家争夺江南三郡，剑拔弩张，对峙益阳，几乎动了刀兵。就在这个关键时刻，曹操亲自领兵进攻汉中。汉中张鲁凭一隅之地，一郡之力，哪里是曹操的对手？很快就投降了。汉中地区，落在了曹操的手里，益州立刻就面临着极大的威胁。因为这样的军事态势，刘备担心曹操乘势进攻益州，只能对东吴的无赖行为妥协，不惜在领土问题上让步，平分了荆州；把战略重点，放在益州的北部前线。

汉中是益州和关中的战略缓冲地区。曹军占据关中，刘备占据益州，汉中肯定是两家必争之地。汉中山高路险，关隘重重，拥有蜀道天险的地利优势，是益州的北部屏障。曹操占据汉中，益州的头上就好像悬着一把"达摩克利斯之剑"，时刻都会受到攻击，时刻都有可能被侵犯。再说，"隆中战略"规划的两路进兵，日后"将军身率益州之众出于秦川"，汉中是必经之路。所以，与曹操争夺汉中，就是刘备志在必得的事。

曹操取得汉中，政权更替，局面稳定之后，就返回大本营邺城（今河北临漳县）。但他给汉中留下了一个强有力的班子，加强汉中的防务。汉中驻军统师是夏侯渊，麾下两个副将，是张郃与徐晃。夏侯渊是曹操宗室兄弟，被曹操刻意培养重用；而张郃与徐晃则是曹营"五子良将"中的两位，经验

130

丰富，武艺高强，在曹营军阶很高。这样的人员配备，可见曹操对汉中的重视。刘备要夺取汉中，自然也要派出强有力的阵容：刘备亲自担任北征军团的主帅，由法正担任总参谋长，领军将领是张飞、马超、赵云、黄忠等。除了诸葛亮留守成都，供应粮草军需，刘备集团的高级将领几乎是倾巢出动了。

两年多的争夺战，曹刘两方倾尽全力，反复较量，最终于建安二十四年（219年）五月，刘备和法正亲自指挥，老将黄忠奋起神威，在定军山刀劈曹军主将夏侯渊。曹军全面败退，刘备集团攻占了汉中地区。汉中战役取得了最后胜利。

几乎就在同时，刘备派宜都太守孟达向北攻占曹军的地盘房陵，又派义子刘封会同孟达一起攻占曹军的上庸。汉中东南方向，也有了坚强的屏障，同时也从侧翼威胁着曹军势力的南部重镇襄樊。

天下格局，为之一变。从当阳失败到如今，十年奋斗，三足鼎立局面正式形成。

刘备集团，控制了益州、半部荆州和汉中地域，达到了事业的顶峰。直到这时，刘备才算真正有了政治资本和军事资本了。

秋七月，刘备属下一百二十位文臣武将联名上表，尊刘备为汉中王。在新获得的地区，刘备举行了隆重的仪式，登上了汉中王王位。为什么不回到成都举行封王仪式，而就要在汉中这偏僻山区里举行呢？这当然有着重要的政治意义：这是表明自己继承了汉王朝的正统，延续着汉王朝的体制。当初刘邦就是在这里受封汉中王，进而和项羽反复较量，取得天下，建立汉王朝的。距今，已经有四百年的历史了。

现在，以刘备为汉中王的蜀汉集团，终于能够在政治上和以曹操为魏王的曹魏集团分庭抗礼，正式成为天下抗曹扶汉的政治军事中心。

回到成都，刘备大封元勋，安排人事。在军事将领方面，拜关羽为前将军，张飞为右将军，马超为左将军，黄忠为后将军，都是刘备集团最高的军事职衔。

对于这样的职位安排，诸葛亮是有所顾虑的。

先主（刘备）为汉中王，欲用（黄）忠为后将军，诸葛亮说先主曰："忠之名望，素非关、马之伦也，而今便令同列。马、张在近，亲见其功，尚可喻指；关遥闻之，恐必不悦，得无不可乎！"先主曰："吾自当解之。"

——《三国志·蜀书·关张马黄赵传》

诸葛亮的顾虑，是有道理的。黄忠的资历和声望，当然不能和关羽、张飞、马超相提并论。他实际上是不同意把黄忠的职位与关羽同列的。刘备没有采纳诸葛亮的意见，并告诉他不用有什么顾虑。"吾自当解之"，由他自己来解决这个问题。

刘备当然不可能亲自去荆州向关羽解释对黄忠的任命，而是选择了一个善于做思想工作的人物，去荆州授关羽前将军印绶。

这个人叫费诗。费诗原是刘璋的部下，刘备攻取益州时投靠了刘备，受到了刘备的器重，先后委以重任。现在的职务是前部司马，前敌司令部的军政官。

这一次，费诗能不能很好完成刘备交给的特别任务呢？

关羽在荆州，听到汉中方面不断传来胜利的捷报，欣喜的心情，感受到的鼓舞和振奋，是不言而喻的。听到张飞、赵云、马超、黄忠各位将军在前线斩将杀敌建功立业，关羽的心情也是急切的。他恨不得立刻纵马横刀，奔赴战场，杀敌立功。

但是，他知道，这不是一己之力的事，也不是荆州一个方面军的事。他在等待着益州大本营的消息，等待着大本营启动"两路进兵攻取中原"的战略部署，等待着大本营命他"将荆州之军以向宛、洛"的战斗命令。

这一天终于等到了。益州大本营的特使费诗，乘风扬帆，轻舟顺流，穿巫峡，过瞿塘，来到了荆州，向劳苦功高的关羽传达新的任命。

原来，刘备对几位将军的职衔，是有着特别考虑的，也是颇费心思的：虽说都是元帅职衔，但是有区别的，是分了层级的——

关羽为前将军，假节钺；

张飞为右将军，假节；

马超为左将军，假节；

黄忠为后将军。

节是符节，是皇帝（或王）身份的象征；钺是斧钺，是皇帝（或王）生杀权力的象征。假节钺，就是将某种身份和权力赋予臣下，是一种政治荣耀和特权。对关羽的任命是最高的，假节钺，既赋予某种身份，也赋予某种生杀大权。而张飞与马超，只有假节，并不是假节钺，比关羽低了一个层次。黄忠呢？则没有假节，没有这种待遇。

关帝庙里的黄忠塑像

即使这样，关羽还是很不高兴，而且当场闹了情绪：

（刘备）遣益州前部司马（官名）犍为（地名）费诗即授关羽印绶，羽闻黄忠位与己并，怒曰："大丈夫终不与老兵同列！"不肯受拜。诗谓羽曰："夫立王业者，所用非一。昔萧、曹与高祖少小亲旧，而陈、韩亡命后至；论起班列，韩最居上，未闻萧、曹以此为怨。今汉中王以一时之功隆崇汉升（黄忠字），然意之轻重，宁当与君侯齐乎！且王与君侯譬犹一体，同休等戚，福祸共之。愚谓君侯不宜计官号之高下、爵禄之多少为意也。仆一介之使，衔命之人，君侯不受拜，如是便还，但相为惜此举动，恐有后悔耳。"羽大感悟，遽即受拜。

——《资治通鉴·汉纪六十》

关羽听说黄忠和自己的官职级别相同，大怒，说："大丈夫不与一个老兵同列！"费诗当然早有准备，也许临行前刘备也早有交代。面对关羽这样一位声名显赫的大人物，他胸有成竹，不卑不亢，诚恳地对关羽说道：

"建立王业，用人不能只用一个小圈子。当年萧何和曹参，从小就和汉高祖刘邦是同乡和朋友，而陈平和韩信，则是从敌人那里逃出之后才来参加队伍的。后来在朝廷的职位级别，韩信的官职最高，没听说萧何、曹参对此有什么怨言。现在汉中王以黄忠当前的功绩隆重地封赏他，但在心里的位置，怎么能和您一样呢？汉中王和您仿佛就是一个人，甘苦同享，祸福与共。我以为您不应该计较官职大小和地位高低。我只是上级派来传达命令的一个使臣，您不接受命令，我就回去报告就是了，只是惋惜您这个举动，怕您以后后悔啊。"关羽听了，受到很大震动，感悟到自己错了，当即就改正，接受了命令。

这就是关羽受封时声言不与黄忠为伍的经过。

"不与黄忠为伍"，成了一个事件，成了关羽人生经历的一个重要事件。

这个事件，是后世的史学家和论者诟病关羽"刚而自矜"的重要依据。史籍也罢，艺术作品也罢，民间议论也罢，所谓关羽骄傲自满，嫉贤妒能，不团结同志，不允许别人超过自己，等等，主要就是这件事情造成的负面影响。

到了现代，许多学者还是依据这件事评价关羽。比如柏杨，就因为这件事对关羽做了彻底否定：

> 他虽然英勇，但事实上不过一个莽汉，既缺谋略，又缺修养，而且心胸狭窄，不识大体。他眼睛里只有一个主子，和一个小圈圈……继而排斥黄忠，如果不是费诗能言会道，谁都不能逆料它的演变：那将是，刘备如果不支持关羽，关羽可能生出二心；如果支持关羽，黄忠可能背叛，糜芳、傅士仁就是例证。
>
> 关羽实在没有资格在历史上占有一席之地。
>
> ——柏杨：《柏杨品三国》，下编，"煮酒论英雄"

这件事产生的负面影响这样重大，成为否定关羽人品的重要依据，我们就不能不进行深入分析了，也不能让这样的说法继续因袭下去。

关羽与黄忠，都曾是刘表集团的部属。刘表时期，关羽随刘备驻扎新野，在荆州的最北端，而黄忠则在长沙驻扎，相距千里之遥，很可能从来就没有过什么交往，谈不上关系好坏。曹操南征，刘表亡故，刘琮投降，除了刘备集团和刘表的大儿子刘琦，其余部下都归属于曹操了。曹操接管荆州，接收荆州的政权，各郡官员的配备基本不变，黄忠担任了裨将军，继续驻守长沙。赤壁之战结束后，曹操败走，刘备"表"刘表的大儿子刘琦为荆州刺史，随后夺取江南四郡。这是从曹操的手里夺回四郡之地，分别是武陵、长沙、零陵、桂阳，四郡的守将都相继回归刘备。当时长沙的太守是韩玄，军事将领就是黄忠。从此，黄忠和其他原来的荆州官员，就正式成为刘备的部属了。

《三国演义》专门有一章"关云长义释黄汉升"，说关羽去进攻长沙，战场与黄忠相遇，双方战斗了许多回合不分胜负，关羽便勒马回头准备用拖刀计杀他。没想到这时候黄忠的乘骑突然马失前蹄，把黄忠甩了下来。这样，关羽要杀黄忠，就太容易了。但关羽实在是个大仁大义的人，知道黄忠摔落马下，不是武艺差，而是战马的原因，就不忍杀他，让他回去换一匹马来继续战斗。黄忠是个神箭手，第二天交战时，就放箭射关羽。凭黄忠的本领，也可以轻易地射中关羽。但黄忠为报头一天关羽的不杀之情，就只射中了关羽的头盔。太守韩玄在城上观战，看得明白，说黄忠有通敌之嫌，要处置黄忠。长沙的另一个将军魏延，为救黄忠，就杀了韩玄，与黄忠一起投降了关羽。关羽战长沙这段故事，在正史中没有记载。那时候，关羽应该在江陵以北阻击曹兵；而魏延是刘备的部曲，也不是长沙的将军。但关羽如果和黄忠关系很差，《三国演义》的作者不会虚构这样的情节。起码可以说，关羽和黄忠并没有什么过节，没有什么矛盾和仇恨。

黄忠是刘备入川第一批部队的主要将领，关羽不能不知道黄忠的分量。黄忠再差也是个将军，不是个老兵，何况还斩了夏侯渊，立了大功。这是汉中战役胜利的关键，关羽心里应该是清楚的。拜黄忠为后将军，当然是刘备做出的决定。刘备的决定，关羽一般是不会反对的，更是不会激烈反对的。

但是，为什么关羽表现了这样强烈的过激反应呢？

只要对刘备集团的军事将领比较熟悉，对刘备的奋斗历程比较熟悉，这时候就不能不想到一个人——赵云。

赵云是刘备集团重要骨干，也是早期从属刘备集团的老班底，是刘备的仅次于关、张的亲密战友。赵云与关、张一样，也是刘备的同志加弟兄。初平元年（190年），刘、关、张"桃园三结义"的两年后，赵云就和他们是战友了，就对刘备非常尊崇了。只是那时候赵云还不是刘备的直接部下，而和刘备都是公孙瓒的部下。初平三年（192年），公孙瓒派刘备进攻袁绍，就让赵云从属了刘备。后来赵云为兄长奔丧正式脱离了公孙瓒，公孙瓒死后又正式投入了刘备阵营。从此后赵云一直追随刘备出生入死，几十年忠贞不渝。与关羽、张飞一样，赵云武艺高强，是一员勇将，跟着谁也是高官厚禄，但他初心不改，意志坚定，不管在什么困难情况下，追随刘备的决心毫不动摇。刘备在徐州被曹操打败，关、张离散，投奔了袁绍。那时候，只有赵云跟随着刘备，作为部曲保卫着刘备。其间刘备与赵云，也是"食则同器，寝则同席"。

先主就袁绍，（赵）云见于邺。先主与云同床眠卧，密遣云合募得数百人，皆称刘左将军部曲。

——《三国志·蜀书·关张马黄赵传》，裴松之注引《云别传》

赵云长期担任刘备的警卫司令，《三国演义》中写刘备去襄阳赴宴，去东吴招亲，都是赵云担任保卫工作，基本都是真实的历史事实。而在曹操南下荆州，轻骑追击刘备时，要不是赵云拼死作战，刘备的家属妻小就不会活着了。他的儿子刘禅，也就没有命了。要真是那样，就不会有以后蜀汉后主的四十二年天下了，三国的历史也得重写了：

及先主为曹公所追于当阳长坂，弃妻子南走，云身抱弱子，即后主也，保护甘夫人，即后主母也，皆得免难。

——《三国志·蜀书·关张马黄赵传》

对于赵云的忠诚，刘备是深为了解和信任的。就在那次长坂坡战斗中，赵云已经逃到安全地带，但一见甘夫人和阿斗（后主刘禅，当时只有一岁）没有逃出来，当即就返回敌阵之中。有人就说，赵云肯定是看我们不行了，投曹操去了。刘备大怒，用手中的手戟甩到那人身上，说：子龙（赵云字）绝对不会背叛我！这件事，史书记载明白：

或谓备："赵云已北走。"备以手戟掷之曰："子龙不弃我走也。"顷之，云身抱备子禅，与关羽船会，……

——《资治通鉴·汉纪五十七》

在荆州留守期间，赵云担任留营司马。孙权和刘备为归还荆州事翻了脸，派人接走了他的妹妹——刘备的夫人，而且让孙夫人带走刘备的儿子刘禅。孙夫人已经把刘禅带上了船，赵云得到了消息，奋不顾身赶上了东吴船队，只身上船夺回了刘禅，但下不了船，眼看就要被孙权的人马挟持回东吴。危急时刻，亏了张飞带船队拦截，才与刘禅一起被救回。同样，不是赵云拼命争夺，刘禅就再一次没命了。

对于赵云的勇敢，刘备也是深为了解的。就在最近这次汉中战役中，赵云去支援黄忠，和曹兵仓促相遇。当时赵云只有少数部队，但他没有惊慌，而是单人匹马挡住敌人的去路。敌军以为有重兵埋伏，慌忙退兵，自相践踏，死伤无数。刘备在事后视察了赵云的阵地，十分感动，赞扬赵云说："子龙一身都是胆也！"

操运米北山下，黄忠引军欲取之，过期不还。翊军将军赵云将数十骑出营视之，值操扬兵大出，云猝与相遇，遂前突其陈（阵），且斗且却。魏兵散而复合，追至营下，云入营，更开大门，偃旗息鼓。魏兵疑云有伏，引去。云雷鼓震天，惟以劲弩于后射魏兵。魏兵惊骇，自相践踏，堕汉水中死者甚多。备明旦自来，至云营，视昨战处，曰：子龙一身都为胆也！

——《资治通鉴·汉纪六十》

赵云的资历和贡献，应该说不在关、张之下，更不要说马超和黄忠了。但是，刘备分封功臣，设四大元帅，赵云没有得到这样的殊荣。我们的印象中，赵云和关、张、马、黄职位好像是一样的，其实级别低了很多。后世的史家对赵云的评价，并不比他们几位低，《三国志》就把赵云和关、张、马、黄共放在一个传里。小说家更为赵云抱不平，就在《三国演义》中编造了一个"五虎上将"的名义，而且另排了名次，为：关、张、赵、马、黄，把赵云提到了马与黄的前头。

而实际情况是，大家都提拔升迁了，只有赵云，还是翊军将军，相差不止一级。

以刘备的重仁义、重情谊的一贯作风，与赵云同甘苦共患难几十年，到了事业成功大赏功臣的时候，怎么能忘了赵云呢？这当然是有其深刻的政治原因的。

刘备当上汉中王，政治军事上已经有了一定的规模，形成三分天下的局面了，可以和曹操、孙权抗衡了。但刘备不像孙权一样是个自保地盘偏霸一方的角色，他是要讨伐曹魏匡扶汉室安定天下的，那他就要很好地整合自己的力量，团结各个方面的政治军事资源，调动所有人的积极性，凝聚人心，团结共事，共同实现伟大的扶汉事业。根据这样一条政治路线而采取的组织路线，就必须要平衡各方面的利益关系。

刘备集团到了益州时代，主要由三个方面的人员组成：

一是原有的老班底，关、张、赵，糜（竺）、孙（乾）、简（雍）是骨干，可称为"涿（郡）徐（州）集团"；

第二是"荆州集团"，诸葛亮、庞统（牺牲）、黄忠、马良等人是骨干；

第三是"益州集团"，人数众多，法正、黄权、刘巴、李严、董和、许靖为代表人物。另外还有马超，倒是光杆司令，但武艺高强，出身和身份高贵，在西北地区很有影响，和益州官员几乎是同时加入刘备阵营的，也可以并入"益州集团"。

刘备当了汉中王，部属就不是战争时期的临时军事建制了，就要正规地设置国家机构，任命国家官员了。合理安排各方面人物的适当职位，就不是一件很容易的事了。

汉朝军事将领的职衔，最高为大将军，其次为车骑将军、骠骑将军，这是国家军队的总司令和副总司令，是掌握国家军权的；再其次就是前将军、右将军、左将军、后将军，就是军队统帅，统领方面部队。刘备此时只是王，并不是皇帝，没有权力任命大将军、车骑将军和骠骑将军，前、右、左、后四大将军（都是元帅级别），就是汉中王属下的最高军事职衔了。

就是说，作为汉中王，刘备的麾下，军事职衔只有四大将军的编制。这是当时的军政建制，是不能随意突破的。

为军事统帅授职，事关政权军权根本，嫡系关羽和张飞，不能不居最高位置；但如果再授赵云，"涿徐集团"的分量就太重了，而由于编制所限，马超和黄忠就要有一个落榜了。马超是"益州集团"，黄忠是"荆州集团"，不论哪一个落榜，都会丢掉一个方面，这就太不平衡了。四大元帅老班底占三个，就不容易调动另外两个方面的积极性。不授赵云，马超和黄忠两个人就都可以晋封元帅，就代表了两个军事方面。这样，四大元帅就涵盖了三个方面，团结面就大多了，政治和军事的稳定性就大大增强了。组织路线是政治路线的保证，刘备是老资格的政治家，岂能不懂这个？看他的人事安排，不愧是老谋深算，用心深远。

这样，赵云就不可避免地要吃点亏了。以赵云对刘备集团的忠心和顾全大局的精神，他能够理解刘备的政治意图，能够体谅刘备的人事决策。为了本集团的根本利益，为了自己为之奋斗几十年的扶汉大业，赵云表现了不计名位的高风亮节，表现了完全服从组织安排的政治觉悟。史书上没有留下赵云存在丝毫不满情绪的记载，而就在本集团里因官职安排产生不满情绪从而造成人事波澜，甚至产生谋反意图，就大有人在，如彭羕、廖立和后来的杨

关帝庙里的赵云塑像

仪等，记载凿凿。

可是，赵云的心里，就没有一点委屈感吗？心态就能完全平静？心理就能完全平衡吗？就不需要一些安慰和理解吗？

赵云是蜀汉国家的重要柱石。他的心情和感受，是不能不顾及的。决定是刘备做出的，刘备怎样安慰赵云都是无力的。而其他的人，要么贡献不如赵云，要么职位不如赵云，该怎样安慰赵云呢？

能够做这样的思想政治工作的人，还有谁，还能有谁呢？只有关羽，只能是关羽。

作为本集团资望和声威最高的军中元老，作为和赵云一起战斗多年的生死战友，只有关羽能做出默契配合，只有关羽说话才有影响和分量。关羽身负重任，不可能去成都与赵云促膝谈心，也不可能写个正式文件向成都报告。他也不能因为安慰赵云就说刘备处置不公，不能说赵云应该怎样，而另外的人不应该怎样。他只有以一种特殊的方法，表示不同意见；而且只是要表示一下，并非一定要改变既定事实。于是，在自己受任前将军的时候，面对成都的使者，关羽用自己非正常的方法说话了。他只能拿黄忠说话，拿这个自己曾经的手下败将说话，拿这个原来职位很低被突击提拔的超龄干部说话，拿这个没有什么政治和军事背景、资格又较差的人说话。

关羽发了一通政治脾气，用心良苦，完全是为了团体的最高利益。所以，使者费诗一番话后，关羽立即见好就收，立即改变了态度。他只是要通过使者让赵云得到一点安慰，以抚平可以理解的心理波澜；也让所有的同僚知道一下，以理解刘备和赵云的大局意识。至于留下一个"刚而自矜"的不良影响，关羽就难以自顾了。

　　赵云与关羽荆州一别已经六年多，在他们的有生之年里，再也没有能够会面。在遥远的益州，赵云感受到了关羽的理解与安慰，感受到了生死战友的温暖和情谊。这就够了，这就足够了，官职算什么？

　　关羽，多亏你！也真难为你！

　　我们稍加体会，关羽的良苦用心是不难理解的。受任官职不与黄忠为伍，是不是"刚而自矜"，是不是关羽的致命缺点，是不是破坏了内部的团结，也就不难判断了。

　　人都是有缺点的，关羽应该也一样，也不会是没有缺点的人。我们分析和质疑关羽的"刚而自矜"，并不是要说他是一个"完人"，并不完全否认他也是有着这样或那样缺点的人。我们只是说，他要入川与马超比武，授职时声称不与黄忠为伍，都是有着具体情况和某种原因的。据此来给关羽下一个"刚而自矜"的历史评判，是不确切的，是不公平的。我们只是说，关羽即使有缺点，也不是那种长期以来被误解的致命缺点，不是那种骄傲自满、刚愎自用、目中无人、唯我独尊、不团结同志、听不得不同意见等致命的缺点，更不是由于他的致命缺点而破坏了同盟，轻敌大意，导致失了荆州，给刘备集团的扶汉抗曹大业造成了不可挽回的巨大损失。否则，历史为什么要选择他来作为百姓崇拜的偶像呢？

第十四章　襄樊：北伐曹魏，威震华夏

关羽在荆州驻守的这些年里，汉室朝廷，已经到了最后的关头。

名为汉相实际上一直在做着推翻汉朝准备的曹操，多年来不断在朝廷经营自己的势力，独霸朝政，专横跋扈，颐指气使，顺昌逆亡，野心不断膨胀，越来越加快了篡汉的步伐。自被曹操挟持定居许都，汉献帝实际上已被软禁，只是守着一个空名。周围的侍卫和身边的宫人，都是曹操安排的党羽。朝臣谁要忠于皇帝，就会被诛杀。

> 自帝都许，守位而已，宿卫兵侍，莫非曹氏党旧姻戚。议郎赵
> 彦尝为帝陈言时策，曹操恶而杀之。其余内外，多见诛戮。
>
> ——《后汉书·皇后纪下》

作为东汉末代皇帝，献帝早已无力整顿朝纲，但还是尽了自己的最大努力，先后发出密诏，委托车骑将军董承、皇丈伏完，以朝廷的名义征讨篡逆，惩办曹操。早些年，刘备和马超父亲马腾，就曾参与过董承的地下活动。但是，曹操的力量太强大了，皇宫内外，完全被他的亲信控制。董承和伏完奉诏讨贼的行动，都遭到失败。出于大汉天子的最后尊严，汉献帝也曾与曹操当面摊牌，庄严正告他："君若能相辅，则厚；不尔，幸垂恩相舍。"（同上）——你愿意辅助我你就好好辅助；不愿意辅助，你就干脆舍弃我算了，

不要拿我作为招牌——表达了身处强权之下宁死不辱的威仪。在当时皇权至上的社会氛围中，曹操还是感到了一定的压力，就把他的大本营定居河北邺城，从此每天不再与朝廷直接面对了。他取得"赞拜不名，入朝不趋，剑履上殿"的特权后，到了宫殿已经完全不必施行臣子礼节。这还不满足，建安十七年（212 年），曹操又胁迫皇帝为自己晋爵魏公。晋爵魏公以后，就可以建立一个国中之国，在他的封地建立行政机构，公开与汉室朝廷分庭抗礼。历史上，不论此前还是此后，权臣谋国，改朝换代，都是这样的步骤。他与汉室朝廷分庭抗礼的行为，连他自己的忠实部下也表示反对。他的第一谋臣荀彧，就因公开表示不同意见被他逼死。四年以后，建安二十一年（216 年），曹操又晋爵魏王，加九锡，在封地有了一整套班子，警卫、仪仗和皇帝几乎一样了，距取代皇帝也就是一步之遥了。为此，他又处死了两个持反对意见的重要大臣。至此，曹操的野心已经暴露无遗。虽然表面上他还打着汉王朝的旗号，实际上已经在建立和经营他的曹氏政权了。

东汉朝廷，已经岌岌可危了。

没有了汉室王朝这个名义上的中央，反曹势力要起兵讨逆，发兵勤王；地方势力又会以曹操篡逆为借口，继续抢占地盘偏霸一方。军阀混战天下大乱的局面，就越来越难以平息，越来越难以统一在国家的旗帜下。汉王朝四百多年来，一直是统一国家，是基本和平的社会秩序。在那个历史时代，也只有朝廷皇帝是国家的象征。刘备、关羽和诸葛亮他们除了长期以来遵循尊王攘夷的儒家思想，这时候的现实考量就是：匡扶汉室朝廷，才有可能最快结束天下混乱的局面。如果都像各地军阀那样觊觎皇权扩充势力抢夺地盘，天下大乱什么时候才可以平息呢？那不就是要重蹈春秋时代的覆辙，天下苍生又要像春秋战国时期一样，陷入几百年的水深火热之中吗？

后来的历史事实是，扶汉大业没有成功，中国历史就一路风雨飘摇，三国、两晋、五胡十六国、南北朝、隋唐交替，又混乱了近四百年。春秋战国时代的历史悲剧，在中国大地上又一次重演，给华夏民族带来了多么巨大的灾难啊。

关羽是受过汉室朝廷的爵位的，对汉室朝廷有着君臣之义。他从小接受春秋大义的熏陶和后来形成的忠义思想，使他具有了坚定的尊奉汉室忠于君主的政治伦理自觉。听到朝廷陆续传来曹操弑皇后、杀皇子、逼皇帝的消息，关羽抚膺大恸，满腔悲愤，恨不能立刻领兵勤王，重整朝纲，安定天下。他当然知道这不是凭着自己一己之力就能完成的事，他要等待"隆中战略"的正式启动。他只有厉兵秣马，枕戈待旦，等待时机，在刘备的旗帜下，两路进兵，为国讨贼！

这一天终于来到了。益州大本营的使者来到荆州，向他宣布了汉中王的任命。他被拜为前将军，假节钺。这是向世人宣告，关羽是刘备集团的第一将领，第一军事统帅。这当然是刘备对他三十年军事功勋的肯定，是对他巨大贡献的酬谢，也是为了确立他在本集团军事力量中最权威地位的组织措施。

关羽荣膺刘备集团第一军事统帅，是众望所归，是当之无愧的。

假节钺则是更高权威和权力的象征。这当然是给予关羽极大的权威和权力。

给予这样大的权威和权力，交给关羽什么任务了呢？那就是准备已久也期待已久的北伐。发起对曹操的主动进攻，为匡扶汉室，为解救苍生，为天下开太平！

诸葛亮的"隆中对策"经过十二年的艰苦奋斗和积极准备，"命一上将将荆州之军以向宛、洛"的第二步战略计划，终于到了行动的时候。

历史又一次把关羽推向了斗争的前沿。历史终于把关羽推向自己的人生巅峰。

关羽很快就安排好荆州的防务，命南郡太守糜芳守江陵，将军士仁守公安。江陵是荆州的首府，拥有大量的军用物资和粮秣，是关羽出征部队的战略后方；公安是长江南岸的重镇，东可扼制东吴而西可连接入蜀通道，是益州和荆州两大块地盘的连接点，战略意义也十分重要。分配荆州的两个重要将领驻守，又留下了三万多足够的兵力，关羽出征伐魏的战略准备是审慎而严密的。

建安二十四年（219年）八月，关羽举扶汉之旗帜，奉讨贼之将令，挟假节钺之威势，挥军北上，攻城拔寨，开始了堂堂正正、轰轰烈烈北伐曹魏的襄樊战役。

关羽统帅的荆州军，约一万水军，三万多步骑部队，都是关羽训练多年、战斗力极强的精锐，是经过长时

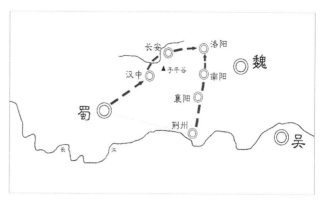

诸葛亮"隆中对策"两路进军的战略示意图

间养精蓄锐的生力军。几年来，刘备的益州前线部队不断取得攻城略地的胜利，荆州军士们等候已久，期待已久，从将军到士兵，一个个都摩拳擦掌，急切建功。如今军令一出，立即士气大振，万马千军开赴前线。

荆州之师，一路几百里，水陆并进，鼓角齐鸣，势不可挡，如风卷残云，沿途之上，没有遇到什么像样的抵抗。在关羽大军面前，曹军最前方的地方部队，根本就没有什么抵抗力。

赤壁之战后，曹军南部防线的军事重镇是襄阳及樊城，由曹营征南将军曹仁镇守。曹仁是曹操的堂弟，在曹营地位显赫，是曹营第一战将。当年曹操南征荆州，取得江陵，便调曹仁驻守，作为横扫江南的大本营。赤壁鏖战，曹操败退，周瑜和刘备联军部队攻打一年多时间，曹仁才放弃江陵，收缩战线，退守襄樊一线。曹仁作战勇猛，声威在张辽、徐晃等"五子良将"之上。后来，曹仁曾担任过曹营的大将军、大司马，是最高级别的军事将领了。而且，在曹操麾下，他也有"假节"的待遇。

> 曹大司马之勇，贲、育弗加也。张辽其次焉。
>
> ——《三国志·魏书·诸夏侯曹传》

贲，孟贲；育，夏育，都是战国时代的著名勇士。曹仁的勇猛，孟贲、夏育这样的猛士也是比不上的。用这样级别的将领防御荆州关羽的北伐之

145

师，曹操对关羽的防御相当重视。

襄阳"跨连荆（州）豫（州），控扼南北"，地理位置非常重要，是水陆交通的枢纽。赤壁之战后，刘备集团得到了荆州大部分领地，委任官员，分兵驻扎，麾下第一战将关羽的职务，就是襄阳太守、荡寇将军。虽然襄阳还在曹操手中，但给予关羽任职襄阳太守，彰显了关羽地位的重要，也表现了襄阳是刘备集团志在必得的军事重镇。襄阳在汉水之南，属南郡；樊城在汉水之北，属南阳郡。襄阳和樊城只有一江之隔，互为唇齿，若有战争，可以相互支援。襄阳无险可守，关羽的北伐大军眼看逼近，曹仁就把主力部队布置在樊城，襄阳只留了副将吕常和少数兵力驻守。关羽的军事部署，也是把主力部队渡过江去攻打樊城，只派偏将率领部分军队包围襄阳。

襄阳古城

关羽率领的荆州军主力，迅速包围了樊城，军事攻势十分猛烈。

曹军龟缩在樊城，很快就失去了出城作战的抵抗力。最强悍的曹仁，也只能急忙向曹操大本营求救。

曹操接到曹仁求援的战报，迅速派出多年屯驻北方的老将于禁，率领由七支军队组成的增援襄樊军团，火速支援前线。于禁在曹军中是老资格的将领，是曹操事业初创时代的元老级干部，也是著名的"五子良将"之一，排名第三。这时他的职衔为左将军，也是元帅级别。他执行军纪严明，是曹营名将，又是著名的智将。派他来支援樊城守军，应当说是非常好的人选。同时，为了增强增援军团的战斗力，还给他派了一个骁勇的战将庞德为先锋。这个庞德原是马超部下，因病脱离，后来跟随了曹操，长期闲置，没有表现的机会。这次出征，声言要与关羽拼个你死我活，竟然抬着棺材上阵。这样一个不要命的悍将给于禁做先锋，那就更是强强联合了。

于禁援军开赴襄樊前线，关羽亲自出阵，与曹营先锋庞德连战几天，难分胜负。他热血沸腾，勇气倍增，不顾自己已经五十九岁的年龄，面对强敌毫无惧色，精神抖擞，拍马挥刀，冲锋陷阵，驰骋在血火纷飞的战场上。

关羽是一个统帅，更是一个战士。

由于于禁军团的兵力与关羽北伐的兵力相当，两军僵持许久，难分胜负。

当时初秋时节，天降大雨，沔水（汉江）暴涨。于禁长期在北方作战，不熟悉荆襄的地形，军寨安扎在低洼地带。关羽多年驻军荆州，陆战水战皆通。他冒雨察看地势，部署军士掘开河口，水淹七军。一时间洪水滔天，激流滚滚，摧枯拉朽。于禁军团的北方士兵不习水战，溃不成军。而关羽的水军训练有素，乘船攻击，大破曹兵，生俘了主将于禁和先锋庞德。曹兵降者甚众，而于禁也拜服关羽的声威，伏地投降。

于禁一生对曹魏的事业贡献巨大，治军严明，顾全大局，是有名的智慧型将领。他兵败投降，应该说主要是因为遇到了关羽。要不是关羽，而是另一位将军俘获了他，他是不会投降的。他毕竟是曹营高级将领，其身份是不允许投降的；他一生身经百战，年过六旬，也不会轻易丧失晚节苟活性命。关羽在曹营栖身多时，曹营的将军对关羽都很崇拜敬仰，于禁也是一样。于禁的主观想法，可能是已无战心，只求向关羽投诚保全一条老命，从此不再参与三国之间的打打杀杀，脱身事外而已。因为这时候曹操弑皇后，逼皇帝，晋魏王，杀忠臣，反形已现。于禁可能已经对曹操的篡汉野心有了清醒认识，对曹操杀害反对其篡汉行为的忠实部下荀彧、崔琰等人心怀不满，对自己追随曹操三十年东征西战的人生意义产生了怀疑。历史把他推向关羽的敌对地位，他不得不站在关羽的对立面，不得不与关羽阵前交兵，但他心里明白自己不是这场战争正确的一方，明白关羽复兴汉室为天下讨贼的战争性质。既然失败被俘，他就没有必要再和关羽敌对下去。对于于禁的投降行为，我们不必鄙视，也不该鄙视：向真理投降，向正义低头，向英雄折腰，是没有什么可耻的。

关羽也曾苦心劝降庞德，庞德出兵前大话说得口满，坚决不降，只好斩杀。战场法则，只能是这样。

曹操增援襄樊的军事部署，被关羽瓦解了。

洪水涌向樊城，关羽水军乘势攻打。曹仁更是无力抵抗，只有关闭城门苦苦坚守，等待大本营再派新的援军到来。

荆州北伐部队声威大震。曹操任命的荆州刺史胡修、南乡郡守傅方，一向对曹操的篡逆行为非常不满，这时候乘机反正，投奔关羽。许都西边的陆军（地名，一说陆浑，今河南嵩县）、郏县（今河南郏县）、梁（今河南商丘）一带民众乘势起义，地方部队领袖孙狼领导起义军民，接受了关羽的任命，打起了关羽的旗号，作为关羽的部属，与关羽的荆州兵团遥相呼应。忠于汉王室的朝廷官员，也开始暗中策动，图谋配合关羽的军事行动。关羽的军事声威，震动中原，震动全国。

许都周围和黄河以南形势大乱，曹军的许都防线也面临土崩瓦解之势。曹操已经乱了手脚，惶恐至极，连忙召开军事会议，讨论应急方略，意欲迁移朝廷离开许都，以避关羽荆州大军的凌厉攻势和前进锋芒。曹操一生的军事生涯，到了最低潮的时候。

是岁，羽率众攻曹仁于樊。曹公遣于禁助仁。秋，大霖雨，汉水泛溢，禁所督七军皆没。禁降羽，羽又斩将军庞德。梁、郏、陆浑群盗或遥受羽印号，为之支党。羽威震华夏，曹公议徙许都以避其锐……

——《三国志·蜀书·关张马黄赵传》

……羽自率众攻曹仁于樊。仁使左将军于禁、立义将军庞德等屯樊北。八月，大霖雨，汉水溢，平地数丈，于禁等七军皆没。禁与诸将登高避水，羽乘大船就攻之，禁等穷迫，遂降。……德乘小船欲还仁营，水盛船覆，……为羽所得……羽杀之。……羽乘船临城，立围数重，外内断绝。羽又遣别将围将军吕常于襄阳。荆州刺史胡修、南乡太守傅方皆降于羽。……陆浑民孙狼等作乱，杀县主簿，南附关羽。

羽授狼印，给兵，还为寇贼，自许以南，往往遥应羽，羽威震华夏。

魏王操议徙许都以避其锐……

——《资治通鉴·汉纪六十》

羽攻仁于樊。操遣于禁助仁。秋，大霖雨，汉水泛溢，禁所督七军皆没，禁降羽。羽又斩将军庞德。《羽传》云：梁、郏、陆浑群盗，或遥受羽印号，为之支党。羽威震华夏。曹公议徙许都以避其锐。

——吕思勉:《吕思勉讲秦汉帝国》

……关羽镇守江陵，许昌以南拥汉反曹的人往往起兵响应。关羽威震华夏，据说曹操曾议迁都避关羽。

——范文澜:《中国通史·汉国》

"威震华夏"！

关羽，登上了自己军事生涯的光辉顶峰，也登上了自己风云人生的光辉顶峰。

刘备集团以关羽一人之力，就获得了扶汉讨贼的巨大军事声威和实际优势。天下震动，天下振奋。二十年的艰苦奋斗，二十年的千里奔波，二十年的积聚准备，二十年的矢志不移，直到这时，刘备集团的扶汉抗曹事业，终于扬眉吐气，取得了辉煌胜利。是关羽完成了这一历史使命；是关羽，取得了这一史无前例的军事成就。

威震华夏，成为历史的定评。

威震华夏，是对一场战役和一个军事统帅的最高评价。

还有哪一场战争，历史有过这样的评价呢？

解州关帝庙威震华夏牌坊

纵观三国时期具有决定意义的重要战争，这样的评价是绝无仅有的。

官渡之战，决定了曹操统一北方称霸中原的历史地位。曹操的智谋和军事指挥能力，也在这场战争中得到了非凡的表现。拥有冀、青、幽、并四州之地的袁绍，军事力量强大得多，但曹操善于采纳部属意见，善于瓦解对方，多谋善断，利用矛盾，抢抓战机，突袭关键，终于取得了胜利。史书对这场战争的军事统帅曹操的评价是：

……而公破绍，天下莫敌矣。

——《三国志·魏书·武帝纪》

"天下莫敌"，当然评价不可谓不高。曹操用兵，也确实智勇过人，是一流的军事统帅。而他的手下智谋之士和统兵大将人数众多，所谓雄兵百万，上将千员，是任何一个军事集团都不能比拟的。但三国时代，英才辈出，强中更有强中手，天下无敌，不能过于肯定和绝对。仅在三年之后，曹操就败于赤壁之战，说明这个评价并不是完全准确。曹操的天下莫敌，算不得货真价实。

　　赤壁之战，是以少胜多以弱胜强的战争范例。这场战争的总指挥，是东吴将领周瑜。周瑜当然是一代名将，但史书对这场战争的记载，只是记述了事件的经过和结果，并没有对周瑜进行褒誉式的评价。整个赤壁之战，各个传记中对刘备的记载好像还要多于周瑜；两家联合，刘备好像还是主导方面。我们当然要肯定周瑜的巨大功勋和卓越的军事指挥能力，但其声势、其威力、其影响，史书未著一字，最少可以说比不上关羽的北伐襄樊战役。

　　夷陵之战，也是三国史上一次以少胜多、新生力量战胜老军事家的著名战争，它决定了刘备集团难以实现远大战略目标的悲剧结局。关羽牺牲后，刘备举全国之力，伐吴复仇。东吴举国震动，欲献荆州之地以求和解而不得。这时周瑜、鲁肃、吕蒙几个统帅级别的人物已经死去，东吴方面只好推举没有什么名望和资历的陆逊统兵。面对强大的蜀汉军队和老资格的军事家刘备，陆逊诱敌深入，以逸待劳，相持日久，捕捉战机，最后火烧连营，蜀军几乎全军覆没。刘备仅带领少数护卫部队仓皇逃走，再也没有回到成都，死于白帝城。这次夷陵之战，这样一场巨大的胜利，记载也是如实叙事，对陆逊毫无褒誉。

　　还有一位军事统帅及其指挥的一次战役，与关羽的北伐声势有些可比性，即张辽指挥的合肥守卫战。曹操阵营中，除曹仁是曹操的堂兄弟，相当于副帅，下来就要数张辽了。张辽在曹营和关羽在刘备阵营的地位也相仿佛，他们在各自阵营的官职也完全一样。关羽于赤壁之战后，拜荡寇将军，张辽也是荡寇将军；刘备称王后，拜关羽为前将军，而张辽在曹操为魏王后也是前将军；关羽假节，张辽也假节。孙权进攻合肥，张辽即是合肥的主要守将。在这场孙权亲自统兵的战役中，张辽率八百军士突入敌阵，所向披靡，吴军望风而逃，吴军统帅孙权也几乎死于乱军之中。张辽威震逍遥津，以其骁悍智勇书写了自己军事生涯的光辉一页，其声势威猛真可与关羽媲美。十多年后，张辽病死，魏帝曹丕还没有忘记他的合肥之战。

> 帝追念辽、典在合肥之功，诏曰：合肥之役，辽、典以步卒八百，破贼十万，自古用兵，未有之也。使贼至今夺气……
> ——《三国志·魏书·张乐于张徐传》

"自古用兵，未有之也"，也算是最高级别的评价，但这只是本阵营领袖的评价，不是历史书写者的评价。何况，无论怎么说，威震逍遥津，毕竟一隅之地，无法与威震华夏相提并论。

关羽，以他史无前例的军事功勋和事业贡献进入了历史。

第十五章　当阳：碧血为底洒荆州

水淹七军，降敌三万，俘于禁而斩庞德，官员反水而民军策应。威震华夏，天下震动，抗曹力量为之一振，扶汉大业局面为之一新。

曹操接到败报，感到错愕而慌乱，哀怨良久，连连叹息：

> 吾知（于）禁三十年，何意临危处难，反不及庞德邪！
>
> ——《三国志·魏书·张乐于张徐传》

于禁的投降，对曹军的负面影响，实在是太大了。

遭遇了这样的挫折，曹操当然不甘失败，立即又派出在宛城驻军的徐晃兵团，赶赴樊城，支援曹仁，再战关羽。同时，为加强樊城守军的领导力量，还派出议郎赵俨，参赞曹仁军事。徐晃兵团战斗力不是关羽军队的对手，在中途犹疑迟滞，曹操又派将军徐商、吕建协助。曹营谋士看到战场形势仍然难以扭转，都力劝曹操亲自领兵抵御关羽的凌厉攻势。于是曹操亲自出征，把前敌指挥部驻扎摩陂（今河南郏县东南），并部署殷署、朱盖等十二支军队会合徐晃。尽管如此，曹操还是没有把握，又密令东南前线的张辽军团，及兖州刺史裴潜、豫州刺史吕贡，率领地方军区部队开赴前线。

至此，曹操方面已派出十一位将领和十二万兵力投入战斗，看看这个名单：曹仁、满宠、于禁、庞德、徐晃、赵俨、徐商、吕建、殷署、朱盖、张辽、裴潜、吕贡，其中大将七人，参军一人，刺史二人，太守一人。以这样的力量配备对付关羽，可见曹操下了多大的本钱。而关羽以四万多兵力，进攻襄阳，包围樊城，水淹援军，借助民军，惊扰敌后；先后歼灭曹军主力四万人，俘降、斩杀敌军大将各一人，收降敌方刺史、太守各一人。而且战争的主动权，一直掌握在关羽手里，面对强敌，也毫无惧色。

眼看着，关羽就要成功于天下，就要成功于历史！眼看着，忠义战胜野心，正义战胜强权，诚信战胜欺诈，仁德战胜残暴，就要成为现实。春秋大义，就要成为成功的实践，永载史册。

谁也想不到，就在这关键的时刻，出现了变数。

问题出现在关羽的背后。关羽遇到的是中国历史上两个最大的阴谋家，和一个最卑劣的小人。

就在关羽取得节节胜利，樊城岌岌可危的时候；就在曹操惶恐至极，意欲迁都以避锋芒的时候，时任丞相军司马（相府军事参谋）的司马懿，提出樊城解围之计：

> 于禁等为水所没，非战攻之失，……刘备、孙权，外亲内疏，关羽得志，权必不愿也。可遣人劝权蹑其后，许割江南以封权，则樊围自解。
>
> ——《资治通鉴·汉纪六十》

曹操不愧是个最大的阴谋家，连他的参谋也是最大的阴谋家。

曹操自然"从其言"，同意了司马懿的建议，于是派人去联络孙权。

这时的孙权，早已不是赤壁之战时代的孙权了，已经毫无忠义之心，毫无同盟道义之心了。为了集团私欲，为了夺取荆州的全部土地，孙权答应"称藩"，就是承认东吴充当曹魏的藩属，承认自己附庸地位，也就是正式投降了曹操，并同意配合曹操从背后袭击关羽。而且孙权向曹操郑重要求，袭击关羽，要从背后偷袭，悄悄地进行。

孙权真不愧是最卑劣的小人。要是这样，当初就干脆投降曹操好了，还要打什么赤壁之战呢？可见，当初联合刘备共同抗曹，全都是周瑜、鲁肃等主战派将领的大局意识和战斗意志起了作用。

现在，关羽一支孤军，要面对两个国家级别的军事集团了。

就在关羽和徐晃大军展开殊死战斗的时候，他的背后，孙权的偷袭计划开始进行。

孙权把偷袭荆州的任务交给了吕蒙。

吕蒙年轻气盛，一直怀着挑衅荆州的野心。但由于鲁肃一直主张维护和刘备的同盟，吕蒙受鲁肃节制，野心不能施展。鲁肃病故，孙权任用吕蒙接替鲁肃的职务，统领了鲁肃的部队，驻军陆口（今湖北赤壁市陆溪镇），和荆州毗邻，是东吴西部防线的前沿。本来孙刘两家是同盟，两军结好，边境线平安无事。但吕蒙贼心不死，一直暗中觊觎着荆州全境。现在，得到了孙权的命令，吕蒙等到了机会，按捺已久的野心终于有了实施的时机。他立即行动起来，开始暗中策划偷袭荆州。

面对智勇兼备的关羽，面对荆州严密的防御，硬夺是不行的。关羽北征，以足够的军队留守荆州，公安和江陵又是经营多年的城池，守备能力是很强的；而且沿线每隔二十里建造了报警的烽火台，升起烟火，就可以次第传递军事警报。只要东吴有所行动，警报发出，关羽快马轻骑的快速部队，很快就能回军救援。只能背后偷袭。

而关羽想不到东吴会背后偷袭：孙刘两家同盟十年，联合抗曹，共同取得了赤壁之战的胜利。经过正式谈判达成协议，荆州的领土与东吴已经平分。当年借了半个南郡，现在给予东吴两个郡。东吴方面的领土要求，应该已经得到了满足。孙刘两家，仍然还是同盟军呀。

一个胸怀大义的人，对不义小人，永远是估计不足的。关羽就是如此。

而只要是小人，都会是阴谋家。要夺取荆州，只能靠阴谋诡计。

吕蒙的阴谋经过深思熟虑，是非常完整的。他的整体策划是"明里托病休养，暗里调兵遣将"。他自己假装得病，向孙权正式要求离职，去首都建业（今南京）治疗休养。他向孙权推荐的新的西线驻军将领，是非常年轻而没有什么名气，且是书生型的将领陆逊。陆逊是和吕蒙在私下已经商量好了的，孙权又十分配合，立即公开发布了任免公告，同意吕蒙病休。陆逊接任后，立即又以晚辈的姿态，故作谦恭，给关羽写信，表示仰慕之情，表示随时要加强双方合作共同对敌的良好愿望。这一招的迷惑性是很大的。关羽看到鹰派将领吕蒙离职，年轻的新任驻军将领陆逊谦恭如此，以为他不像吕蒙那样野心勃勃，也不具备吕蒙那样觊觎荆州的能力。这时候北伐战事胶着，樊城久攻不下，与徐晃的战斗也僵持多日。主要原因，是前线兵力不足。看到东吴方面的军事态势变化，荆州防务压力明显减轻，关羽便决定调动一部分荆州守军，开赴樊城前线。荆州守备的兵力，当然就比较薄弱了。

接着，吕蒙暗中又从建业到了陆口，与陆逊一起策划了"白衣渡江"的行动。江南商贾流行穿白色衣服，和军队的服装有很大差异。东吴兵士穿着白衣，乘船而上，沿途的荆州守备军以为是商家船队，便不以为意。待东吴士兵到了跟前突然袭击，荆州守军来不及举火报警，边防的军事要塞就已经失守。

> 蒙至浔阳，尽伏其精兵舳舻中，使白衣摇橹，作商贾人服，昼夜兼行，至羽所置江边屯候，尽收缚，是故羽不闻知。
>
> ——《三国志·吴书·周瑜鲁肃吕蒙传》

至此，以荆州的守备，还不至于被攻陷。公安、江陵是军事重镇，城防工事经关羽多年经营，固若金汤；而且守备力量不弱，有两位与吕蒙、陆逊职位相当的将领在驻守，应当不会轻易陷落。

但是，堡垒是最容易从内部攻破的。在关羽进攻樊城战斗激烈的关头，负责给前线运送军需给养的士仁和糜芳，工作不力，贻误军机，关羽给予了严肃批评，声言"还当治之"（《三国志·蜀书·关张马黄赵传》），就是胜利后回到荆州再作处理。这两位肩负重任的将领就心怀不满。孙权派人到公安和江陵劝降，陈说利害，诱以高官厚禄，士仁和糜芳相继投降，开城迎贼。

> 初，南郡城中失火，颇焚烧军器。羽以责芳，芳内畏惧。权闻
> 而诱之，芳潜相知。及蒙攻之，乃以牛酒出降。
> ——《三国志·吴书·周瑜鲁肃吕蒙传》，裴松之注引《吴书》

城防坚固的公安和江陵，就这样被东吴不费一刀一枪，轻易占领。

孙权配合曹操"蹑其后"袭击关羽，阴谋得逞了。

"人道老瞒（曹操小名）是汉贼，谁知贼更有孙权！"（明·何思传:《题大王冢》）

荆州已然失去，但对关羽来说，还说不上什么危险，或者说逃离危险还是有很大的机会。荆州水军舟船齐备，水战娴熟，如果沿着汉水西去，会合上庸刘封、孟达，就到了安全地带，可以休整部队，保存实力，而后在上庸等待机会，等待益州大本营的救援部队——这是最稳妥的自保方法，这样至少可以保全关羽自己的性命。但是，关羽却没有这样做。他没有只顾保存实力，没有只顾保全自己的性命，而是冒着巨大的危险，冒着被东吴和曹军前后夹击的危险，拼着性命挥军南下，志在夺回荆州。作为刘备集团的重要成员，作为肩负扶汉大业方面重任的军事主将，他太清楚荆州的重要性了。刘备的重托，诸葛亮的运筹，隆中战略的军事策划，关羽知道自己肩负的责任。即使北伐失败，只要荆州还在，就有机会再次北伐；荆州丢掉了，两路夹击计划就会失去一路，"隆中战略"就会受到严重挫折。为了荆州，关羽付出了十多年的努力和心血，他不会这样轻易地放弃；为了荆州，他已经多年没有见到刘备和张飞，他不会这样去蜀中和兄弟团聚。他怀着必死的决心，奋不顾身地重蹈虎狼之地，去回击无耻的孙权和吕蒙，去夺回扶汉大业的战略重地荆州。到这时，他决心如铁，全不顾自己的满腔碧血，将会染红滔滔江汉和广袤的荆楚大地。

但是，关羽带领部队返回荆州城下，看到自己苦心经营多年的荆州，已经被东吴军士占领，心情复杂纠结：江陵城高墙厚，固若金汤，是难以攻破

的。若是强行攻城，军士们将遭受极大的牺牲，会无谓地丧失生命。

当年修建外城，加固城防，哪里能够想到糜芳会献城投敌呀！

关羽决定放弃攻城，准备另做部署。

但是，这时候吕蒙使出了更为歹毒的一招，他们胁迫荆州军士的家属，在城上呼唤自己子弟的名字，不断抛下给子弟的信件，告知吴军在城内善待百姓，家属安好，召唤子弟们脱离队伍回家团聚，还可以享受到吴军的种种优待。这对瓦解荆州军是太有效了。家乡被东吴攻占的荆州士兵军心涣散，已无斗志，纷纷脱离逃散。关羽身边，只留下少数部队。关羽只好撤兵，就近驻守麦城（原属当阳，今湖北远安县）。东吴紧紧追赶，又重兵包围了麦城。关羽只好派人向上庸（今湖北竹山县）请援。

直到这时，关羽还不到山穷水尽的地步。只是非常不幸的是，上庸的守将是刘封和孟达。

孟达原是益州刘璋部下，不得重用，张松、法正谋划迎接刘备入蜀，他也参与了。后来张松被杀，只剩下他和法正两人是最早投奔刘备队伍的蜀中

麦城遗址

158

人士。刘备取得益州，法正成了和诸葛亮几乎平级的重要官员。刘备夺取汉中，任用法正为蜀郡太守、扬武将军；晋位汉中王后，法正又官居尚书令，相当于总理级别的职务，地位显赫。而孟达，只被任命为边远地区的地方守将，心中极不平衡。关羽请求援兵的使者到来，孟达建议刘封不予出兵。刘封是刘备的养子，关羽就是他的叔父，出于叔侄关系，他不能不救。孟达便进谗言，说刘备当年要以刘封为养子时，关羽曾表示了不予同意的意见。这话的离间作用太大了，刘封遂不出兵。

悲剧，就不可挽回了。

盟军，部属，同僚，只要其中之一不是这样，悲剧便不会发生。

关羽恰恰就遇到了这样的盟军，这样的部属，这样的同僚。

夫复何言？我们只有为关羽深深地叹息，也为历史深深地叹息。

困守麦城多日，渐渐内无粮草，外无援兵，天寒地冻，军心不稳，关羽只好放弃麦城，率少数残兵逃亡益州。途中，遇到东吴大军数路兵马围追堵截，寡不敌众，终于和儿子关平，在临沮（今湖北远安县）被俘。

清代毛宗岗评点《三国演义》，读到这里，批了一句："令人拍案大叫！"我们今天写到这里，也不由痛心疾首，要拍案大叫了。

对于关羽这样一位英雄，孙权也还是想收为己用的，就赶到军前好言劝降。

他以为高官厚禄就能动摇关羽的意志，他以为这时候的关羽，还是当年下邳失守时候的关羽。他竟然不知道，当年的曹操，还是名义上的汉朝丞相，还在讨伐对抗朝廷的各地军阀。而他孙权自己，在关羽眼里，就是一个政治小丑，就是一个无耻鼠辈，就是一个卑鄙小人！

这时候，刘备已在益州称王。如果说汉献帝还是汉朝的象征，刘备则是汉朝的栋梁。而窃国者曹操，在关羽眼里，就是最大的汉贼；孙权为曹操作伥，同样是汉贼。关羽是何等样人，岂肯贪生怕死，投降国贼？况且在扶汉大业气象一新之际，孙权失信背盟，以小人伎俩，用阴损奸计，背后偷袭，使为国讨贼的正义之师功败垂成。关羽在刘备麾下，是朝廷之重臣，受朝廷之重托，荷朝廷之重任，衔朝廷之大恨，岂肯向汉贼低头？岂肯与小人

当阳关陵大门外景

当阳关陵关羽墓冢

为伍?

生死之间，关羽毫不犹豫地做了最后选择。

在生命的最后时刻，关羽的心里，涌上了多少仇恨、多少遗憾，多少欣慰！他的脑海，一定闪过了自己几十年剪灭群雄出生入死的战斗生涯；他的眼前，一定向往过汉中王率领复仇之师报仇雪恨横扫吴魏的胜利图景。大丈夫生于乱世，得遇英明领袖，结为兄弟之交，纵横华夏四十年，所向披靡，立不世之功；叱咤风云，建千秋大业。大义参天，精神为普天下万民敬仰；精忠贯日，行为树人世间道德楷模。他的一生，是义参天地道衍春秋的一生，是波澜壮阔名垂青史的一生。未竟事业，将会有西蜀十万雄师前仆后继；忠义精神，定会为中华民族世代传承——死得其所，死不足惜，死有何憾？

"偏向孤城轻一死，不虚平日看春秋。"（明·赵钦舜《谒解州庙》）

关羽心如铁石，凛然不屈，于建安二十四年（219年）腊月二十二日，慷慨赴死，英勇就义于章乡（今湖北当阳），时年五十九岁。

（建安）二十四年……十二月，（潘）璋司马马忠获羽及子平、都督赵累等于章乡，遂定荆州。

——《三国志·吴书·吴主传》

关羽没有能够夺回荆州。他把自己的一腔热血，倾注在荆州的大地上。他把自己忠于职守忠于伟大事业的精神和品质，写在了天地间。

巨星陨落。

衡山垂首，沔水呜咽，悲歌响彻天地。

华夏之天，漫天白雪；华夏之地，遍地素裹。

风云也为之变色，山河也为之哭泣。

滚滚长江东逝水，浪淘尽多少英雄豪杰？

大江东去，波滚浪涌，浩浩荡荡，流不尽苍生泪，载不动英雄血。

关羽牺牲了，带着功败垂成的悲壮，走进了历史。

然而，他牺牲了生命，却获得了不朽，获得了永生。

下　篇

第十六章　是谁大意失荆州

功败垂成，痛失荆州，关羽带着巨大的遗憾，走了。而且，还留下了一个"大意失荆州"的历史话题。

我们知道，刘备集团自从有了诸葛亮，就有了自己的政治路线和军事路线，有了自己的根本战略方针，那就是"两步走"战略：第一步夺取荆州、益州，外结孙权，内修政理，充实力量，做好战备；第二步，一旦有战略时机，就从益州和荆州两路进兵，以钳形攻势克复中原，复兴汉室。刘备亲自指挥的汉中战役胜利后，诸葛亮制定的第一步战略目标已经基本实现。说基本实现而不是完全实现，原因是襄阳和樊城还在曹操手里，由大将曹仁把守着。刘备攻下汉中，随即派出军队进攻西城、上庸、房陵，打通了汉中至襄阳、樊城的水路通道。拿下襄阳、樊城这颗钉子，益州和荆州就连成一片，战略范围和回旋余地就大多了。而且本来襄、樊就是荆州本土，克复襄、樊，将来实现第二步战略，进攻曹操，"以向宛、洛"，战略位置就靠前多了。关羽指挥的北伐战争，目的是攻克襄、樊，是第一步战略的最后完成，也可以视为第二步战略的最初实施。

不幸的是，北伐失败了，关羽不仅牺牲了自己的生命，还丢失了荆州。

丢了荆州，刘备集团的地盘就缩小了一半，民力军力也缩小了一半。而且以后再讨伐曹操，克复中原，实现策划已久的战略目标，就不能两路进军互相呼应了。钳形攻势的战略布局就不能形成了，克复中原就受到了很大的局限。后来的事实是，由于关羽的牺牲和荆州的沦陷，以致刘备亲自统兵报仇，不幸又丧师猇亭，使国力受到极大损失，国家元气大伤。刘备自己又愧恨交加，忧虑成病，最后中道崩殂，逝世于白帝城，使扶汉事业失去了无可替代的领袖。再后来只剩下诸葛亮独撑危局，亲临前线，"蜀中无大将，廖化充先锋"，六出祁山，北伐无果，饮恨五丈原，黯然死去。"隆中战略"最后没有完成，一个举世闻名的战略蓝图最后没有变为现实。汉朝未能中兴，天下未能平定，不能不说失去荆州是一个重要原因。关羽是当事者，也不能不说他有着一定的责任。

"大意失荆州"，几乎成为论者和民间的共同认定，成为关羽难以推卸的历史包袱。现代人文大师柏杨，就是这样观点的代表。

荆州古城远眺

隆中对策……是当时正确的政略战略最高指导原则。可惜的是，关羽刚愎自用，向孙权挑战，引起一连串无法控制的反应，对策中的计划，全盘破坏。

关羽基本的错误是他破坏了诸葛亮十二年前的隆中对策，如果像隆中对策设计的，跟孙权保持和睦，汉中方面同时出军，局势当可改观。

由于关羽一人的冲动，遂使全盘战略，成为虚话。

——柏杨:《柏杨品三国》

关羽并无显赫战绩，还有刚愎自用、丧失荆州的大过失……

——冯天瑜:《尘埃落定话"三国"》

但是，我们在史籍册页里仔细搜剔，我们对尘埃落定的历史情境仔细分辨，我们用唯物史观对当时的历史真实仔细评议，我们会得到一个更为准确的结论，一个更能为历史负责的结论:

痛失荆州，并不是因为关羽的大意，关羽也没有大意。

痛失荆州，主要原因不是关羽的失误，主要责任也不应让关羽承担。

荆州是在关羽的手里失去的，责任不应只让关羽承担，那应该由谁来承担这个历史责任呢?

关羽单独镇守荆州，共六年多时间。其间北有曹魏，虎视眈眈;东有孙吴，暗中觊觎。但由于关羽的精心经营，荆州军枕戈待旦，荆州城固若金汤，万无一失。

问题出现在关羽率领大军北上讨伐曹魏的时候，就是他离开荆州的时候。

痛失荆州的主要原因，当然就是东吴的背盟和偷袭。是东吴失信背盟，背后偷袭，造成了荆州失守、北伐失败、关羽被杀的悲剧。但是，刘备集团就没有什么责任了吗？

应该说，刘备集团的最高决策者，对战略全局缺乏总体把握，对战役发动的时间、军事行动的配合、后方阵地的巩固等等战争要素，都存在着重大失误。战争准备严重不足。

建安二十四年（219 年）五月，刘备取得了汉中战役的胜利，占据了具有重大战略意义的汉中地区。这是刘备和曹操面对面的对抗，是刘备集团赤壁之战之后的又一次重大胜利。这样，刘备就完全占有了"一夫当关，万夫莫开"的天险蜀道，取得了易守难攻的战略优势，益州全境就有了安全的战略屏障。诸葛亮制定的"隆中对策"第一步"跨有荆、益"的战略目标，已经得到实现。从这时候起，三分鼎立的局面才正式形成，刘备才算是真正有了政治资本和军事资本。

两个月的时间里，刘备没有离开汉中，留下来处理战争善后和稳定局面。对于汉中战役这样规模不大的一场战争，两个月的处理善后时间也就够了。当初取得了益州，刘备当然明白汉中是必争之地，但他也明白不能匆忙行动。建安十九年（214 年）五月，刘备大军占领了益州全境，他就安排了足够的时间处理战争善后。诸葛亮奉命治蜀，选拔人才，严肃法纪，很快稳定了益州局面。经过三年多时间，内部稳定，时机成熟，刘备才于建安二十三年（218 年）正式发起汉中争夺战。

足足三年多的时间！

发动一场战争，开始要做好战争准备，结束要做好战争善后，都是必须进行的军事部署。事实证明，刘备对汉中战役的准备和善后，做得都是很好的。

遗憾的是，发起关羽的北伐战役或称襄樊战役，刘备就没有做好。

北伐战役是怎样进行战争准备的呢？我们看一下这场战争起始时间和战争过程就会明白：

七月，刘备在汉中称王，一生的事业达到了顶峰。留魏延守汉中，大部队返回成都。回到成都，分封功臣元勋，派使者去荆州向关羽授勋，同时给关羽下达了北伐曹魏攻克襄樊的命令。

八月，关羽安排了荆州留守事宜，率军出征，大张旗鼓开赴北伐前线，很快包围襄、樊，扫清外围。曹操急忙派出于禁率七军增援。

八月底九月初，天降大雨，关羽水淹七军，降于禁而斩庞德。

十月，曹操的指挥部迁到洛阳，亲自指挥抵御关羽。因各地呼应关羽，华夏震动，曹操计议迁都许都（今河南许昌）以避锋芒，司马懿献计联合东吴。

其间有一个闰十月，关羽继续围攻，东吴阴谋开始施行。

十一月，吕蒙白衣渡江，偷袭江陵成功。关羽两面受敌，只好撤樊城之围，回军救荆州。

十二月，关羽败走麦城，临沮遇伏，被俘身死。北伐战役以失败告终，荆州战略要地，全部落入孙权手里。

兴也勃焉，亡也忽焉。胜也匆匆，败也匆匆。

根据这个时间表，我们很容易看

巍峨的荆州城

出：这场战争的准备工作严重不足，发动战争的时间过于仓促。

汉中战役，时间跨度为三年，战争进行还算顺利，取得了完全的胜利。后有益州为依托，有诸葛亮驻守成都提供军需，有得胜之军的高涨士气，而且曹操在关中的守军相对薄弱，又刚吃了败仗士气低落。为什么不乘胜夺取关中？就是因为力量和准备还是不允许。这个时候，诸葛亮为刘备提出的"隆中对策"第一步"占据荆益"已经完成了，需要时间进行战略休整。刘备回到了成都，分封功臣，应该是必要的工作，还应有更多的工作要认真去做：置百官而修内政，稳定国内局势，巩固同东吴的联盟，调和各方面关系，整合各方面力量，休养生息，发展生产，广积粮草，勤勉练兵，鼓舞士气，以便在适当时间开始第二步战略步骤。这样的战略准备工作，不是很短时间就能完成的。军队刚打了三年仗，也需要休整和补充。在这样的情况下，继续进行战争，特别是大规模的战役，是很不适合的。刘备回军成都，应该说是正确的。但是，他却命令关羽立即开始北伐战役。

关羽在荆州，虽然没有参加益州和汉中的战斗，但军事行动并不少，先有配合孙权，与乐进相拒于青泥（今湖北天门，一说钟祥），后有与孙权反目，与鲁肃相拒于益阳。北伐襄樊，关羽不能说没有准备，但在没有刘备大军出兵关中军事配合的情况下，在没有和刘备、诸葛亮等领导层进行充分策划详细商讨的情况下，都不能说进行了足够的思想准备和必要的战争准备，不宜立即出兵。而刘备七月称王，从汉中赶回成都，路途遥远，蜀道艰难，回成都的路程不是几天的事。到了成都，就算一天也不耽搁，立即就拜关羽为前将军，立即派费诗去荆州宣布任命，同时下达北伐命令，而成都到荆州，也是千里之遥，这中间的路程，也不是几天的事。时间太仓促了，刘备连与诸葛亮等人仔细研究战略的时间都没有，连召开领导层会议研究全面战争准备的时间都没有，更别说召回关羽或出巡荆州共同研讨具体战术了。

进行一场战争，这些准备工作都是必须做的，益州战役、汉中战役，刘备就是这样做的。而从汉中回到成都，他就没有这样做。这样仓促和主观的决定，是谁做出的呢？只能是刘备自己做出的，任何人包括诸葛亮和法正，都不会做出这样的决定。诸葛亮谨慎有余魄力不足的性格不会这样做，法正一直在益州，对荆州事务还很不熟悉，他在刘备集团中的资历还不太具备指派关羽进行重大军事行动的资格。没有给关羽战略思想和具体战术的当面交代，也没有给关羽增加兵力、配备官员，只给了一个前将军的名号和假节钺的特权，就让关羽立即出兵，是太不谨慎了，大失一个大军事家的水准。刘备怎么能犯这样的失误呢？

刘备是太急了。益州战役，尽管地利、人和方面刘备都处于劣势，但他的对手是刘璋，毕竟是太弱了。不论战争耗时长短，顺利不顺利，取得胜利是肯定的事，心理优势是肯定的。汉中战役是刘备和曹操这两个大英雄、大军事家的高手过招，棋逢对手，胜负难定。几十年来，刘备对抗曹操，大都是失败结局。这次汉中之战取得胜利，刘备看到了自己的力量，看到了全面胜利的希望，自信心就大大增强了，心理天平就有些失衡了。不说骄傲了、轻敌了，最少可以说刘备产生了急于求成的情绪。对总体力量对比自己还处于弱势的现实状况，对实现远大战略目标的长期性和艰巨性，过去那种清醒的认识就有些模糊了，过去那种韧性战斗的特长就有些减弱了。

　　长期以来，有一些史家和论者认为，关羽出兵北伐不是刘备的决定，而是关羽自己贸然决定的。关羽看到刘备麾下的大将们夺益州，攻汉中，进行了八年战斗，一个个斩将夺旗，厥功甚伟。原本不太出名的出名了，像魏延；原本是个普通降将，如今也成为国家柱石了，像黄忠。这两场战争取得了重大胜利，大大扩大了本集团的地盘，也把集团的政治中心和领导中心从荆州转移到成都去了。在成都，领导层每天都在表彰奖励那些将领们的巨大功勋，兵卒们每天都在夸耀赞叹那些将领们的战场表现。原本最重要的战略基地荆州，就显得十分清冷了。本集团第一军事将领关二爷，就显得太寂寞和冷落了。于是，关羽就在汉中战役刚刚结束的时候，擅自主张，发动了北伐战役，出兵攻打襄樊。

　　这种说法是没有根据的，也太轻看关羽了。关羽是一个勇将，但也是一个成熟的军事家，否则，怎么能让他独当一面镇守荆州呢？荆州是刘备颠沛流离奋斗几十年才取得的一块立足之地，是他们事业发展的根本。不是智勇双全、军政皆能的人，是不可能胜任的，刘备是不会委以重任的。当年刘备为徐州刺史，自己驻扎小沛，而委任关羽为徐州治所下邳的太守，镇守州城；赤壁之战胜利后，刘备驻扎公安，令关羽驻江北，遥领襄阳太守。襄阳是当时荆州州治，还在曹操手里，刘备就把这个重要职务委任给关羽了。几十年来，关羽从来都没有擅自出兵，从来都是尊重领导意图的。就是自己有不同意见，也会坚决服从上级的命令。这一点是关羽的历史证明了的：从远处说，许田射猎时按捺住性子，及时收手，没有斩杀曹操；从近处说，东吴派来官吏接受三郡，关羽坚决驱逐之；刘备后来决定割让三郡，关羽就即刻割让给东吴。要与马超比武，这么一件小事，关羽没有径自入川，而是写信征求诸葛亮的意见，没有擅离职守。发动一场战役，是多么重要的一件军国大事，关羽怎么会轻易地擅自决定呢？要知道关羽当时已经是五十九岁的年龄了，是一个非常成熟的将领了。战争中指挥失当也许可能会有，战斗中力不从心也许可能会有；不经上级同意，擅自出兵，贸然行动发起一场战争，是不可能的，或者说可能性是微乎其微的，是不可思议的。

况且，刘备派出使者费诗去荆州，代表大本营宣布任命关羽为本集团最高军事职务——前将军的同时，授予关羽"假节钺"的特权，这分明是进行某种特别重大行动的授权仪式，仿佛委派大臣代天子行事的"尚方宝剑"，仿佛皇帝授予某位大臣独立行使职权的"便宜行事"。在当时，已经全权负责荆州事务的军政一把手——"董督荆州事"的关羽，还会有什么特别重大的事，需要这样隆重授权呢？当然是北伐，也只能是北伐。

说关羽没有上级命令擅自发动北伐战役，是历史的误会，是不负责任的臆断。

还有一种观点，说刘备对关羽太信任了，整个刘备集团对关羽都太信任了，所以就盲目相信关羽必然取得北伐的胜利。刘备信任关羽，是事实，但这是建立在对关羽忠诚和能力了解的基础上的，不是建立在个人感情基础上的，也不是盲目的、轻信的。刘备的识人之能强于诸葛亮，我们都是知道的，比如他力排众议重用魏延担任汉中太守，比如他临终前告诫马谡不可大用，都是完全正确、极其高明的。刘备信任关羽是一贯的，而关羽也从来没有辜负过刘备的信任。别的不说，就说荆州：诸葛亮、张飞、赵云率军入川，留关羽独自镇守大本营，是建安十九年（214年）的事，距北伐前已有近六年的时间。这六年里，孙权无理挑衅，曹操虎视眈眈，关羽一人对付两个军事集团，荆州丢掉过一根毫毛了吗？

更有一种说法叫人难以接受，说有可能是刘备担心关羽性格倨傲不好驾驭，特别是自己离世之后儿子刘禅不好驾驭，而故意借曹操的力量消灭他，才这样匆匆忙忙下令关羽北伐；也有论者说，有可能是诸葛亮想大权独揽，担心关羽不好合作也不好逾越，想借孙权的力量除去他，才故意没有提醒关羽提防东吴。这实在是难以想象的，也没有必要进行详细的分辨了。这样解释历史，那历史就真的成了任人打扮的小女孩了。

不打无准备的仗，是军事常识，也是军事原则。北伐战役决定太仓促，行动太匆忙，实在是兵家大忌。

刘备是一个大政治家、大军事家，不可能不懂得这样的道理。唯一的可能，唯一合理的解释，应该是这样的：刘备接连取得益州、汉中，终于达到事业顶峰，被胜利冲昏了头脑，失去了过去的冷静和清醒，错误估计了自己的力量，也低估了曹操的力量，特别是忽视了孙权在平分荆州之后仍然存在的领土野心；高居王位后就自视甚高，不再像过去那样虚心待下，开始独断专行，不像过去那样事事要听从诸葛亮的意见；以及过分相信关羽的声望与能力，才匆忙做出了令关羽出兵北伐的决定。

发动战争的时机也有明显的失误。战机是军事胜利的必要条件，有了战机不可贻误，是军事常识，是军事家必须具有的敏锐和能力。问题是，关羽的北伐，选择的时候并不是最好的伐魏战机。诸葛亮的"隆中战略"，第一步要"占据荆益"，刘备已经胜利完成。第二步是什么呢？是两路进攻，讨伐曹魏。而在什么时候出动，乘什么时机出动呢？则是"天下有变"。"天下有变，则命一上将将荆州之军以向宛、洛，将军身率益州之众出于秦川……"这时候天下有什么变故了呢？没有，我们没有看到曹魏方面出现了什么可乘之机。要说有，就是曹操汉中战役失败，损失了一位大将夏侯渊。天下十三州，损失了汉中一郡之地，对拥有九州之地的曹操来说，算不了什么，何况汉中本就不是曹操的地盘，是刚从张鲁手里接收的。至于夏侯渊，虽然是曹操的本族兄弟（曹操本姓夏侯），感情上要受些打击，但对猛将如云的曹魏集团，也算不了什么。曹魏集团五子良将是张辽、乐进、于禁、张郃、徐晃，夏侯渊差一截；就是在曹操的亲族里，最优秀的是曹仁、夏侯惇，也轮不上他。所以，这些失败和损失，算不上什么大的变故，更称不上诸葛亮所说的"天下有变"，不能视为刘备集团北伐曹魏的良好机会。而恰恰相反，曹操在朝廷越来越炙手可热，越来越权高位重。他称公称王，加九锡，增仪仗，独霸朝堂，势力日隆，排除异己，压制朝臣，气焰熏天，朝廷里的拥汉势力一时很难撼动。而破马超，降南匈奴，征讨乌桓，都取得很大胜利，后方越来越平定，军事实力越来越强大，孙刘两家都是很难与其争锋的。关羽这时候发起战争，即使没有东吴偷袭，即使开始时形势大好，但只要曹操亲自统兵上了前线（事实上曹操也确实统兵上了前线，只是到前线时关羽就撤兵回救荆州去了，两个人没有在阵前相遇），关羽是很难抵敌的。撇开军事实力不说，只是从指挥大兵团作战的经验和能力方面讲，关羽个人不能说是强于曹操的。

这样说，刘备集团就没有机会了吗？

机会是会有的，只是眼下还没有到来，只是刘备没有像过去那样，耐心地等待下去。后来的历史演变的情形是，关羽牺牲后只有一个月时间，曹操就死去了。这才是"天下有变"！曹操一死，曹魏集团的领导力量立刻大大削弱了，政治权力的交替和政治利益的再分配，都要有一个不稳定时期，甚至是内耗时期。曹丕作为长子继承了曹操的职位，但他的政治、军事能力和对朝廷的掌控能力，与他的父亲是无法比拟的，处理人事的胸怀也是无法比拟的。曹丕一上台，贬功臣，逼兄弟，自家兄弟相残，争权夺位，各自的政治势力明争暗斗互不相让。半年以后，曹丕正式篡汉，废黜了汉献帝，推翻了汉朝，建立了魏国，自己当了皇帝。忠于汉朝的官员非常不认同，不服气，反曹势力一直暗中联络，朝廷内部的反抗不断，伺机而动；有的此前已经和关羽取得联系，遥相呼应。这是多么好的伐魏机会呀！北伐战役如果推迟半年，等曹操死后；或者推迟一年，等曹丕篡汉，情况就会大不相同。那时候刘备和关羽正好六十岁，张飞才五十二岁，诸葛亮才三十九岁，魏延应该和诸葛亮差不多，马超也才四十四岁，都正是年富力强干事业的时候。那样，红旗一展，天下响应，出师会更有名，队伍也正强劲，同盟军会更广泛，战争的胜利将会更有把握。

而刘备的决策，天下未变蜀先变，好容易开创的局面，多年来积累的人气和物力，提前投入，欲速不达，实在令人痛惜。

174

战略配合也根本没有采取任何措施。讨伐曹魏，早就定下两路进兵的战略。两路进兵，可以遥相呼应，可以互相配合，曹操就得分散兵力，两头应付，左支右绌，首尾难以相顾。军事上讲究掎角之势，就是这样的战术。如果准备成熟，两面同时进攻，曹操就不得不同时从襄樊方向、长安方向两边同时对敌。这次北伐，关羽从荆州进攻襄樊，刘备的益州方面进行了什么配合呢？没有什么配合。

汉中战役结束不久，刘备就地晋位汉中王，留下魏延守汉中，然后和其他领导成员们都回到成都，过一段安宁日子。关羽一个老元帅带着一些寂寂无名的将领发动了一场大战役，一大堆元帅、上将军衔的统兵大将在成都闲着。听到荆州前线不断传来胜利消息，大家兴高采烈，举杯相庆，围着麻辣火锅吃涮羊肉，没有人去想大本营应该做些什么，应该给予什么军事配合。

十二年前就策划两路进攻，如今东部战线关羽挥军大进，西部呢？

西线无战事。成都市面灯红酒绿，歌舞升平。

孤军深入，又违反了一条军事原则。毫无战略配合与策应，就算关羽势如破竹，威震华夏，也是不能持久的。别说攻不破樊城，就是攻下樊城，关羽也赢不了徐晃。即使赢了徐晃，也赢不了随后而来的曹操。关羽的失败，是可以想见的。

这是不可思议的，也是不能原谅的。究其原因，无非还是刘备的决策失误。

大军出征，没有巩固的后方，也是兵家大忌。荆州和益州，是刘备集团的全部家当，是鸟之两翼，是车之两轮，是缺一不可的战略根据地。全国十三个州，曹操占据九个，孙权占据两个半，刘备仅只有一个半——益州和半个荆州（湘水之西的三个郡）。西三郡是资供军需的富庶之区，更是军事策应两路进军的战略要地，不论进攻还是防守，这一点家当可是不能丢失的。当初刘备自己率军进取益州，荆州就投放了诸葛亮、关羽、张飞、赵云那么大的力量驻守，就是这个原因，就是不能丢了老本钱。如果益州战局不利，退兵回来总还有立足之地，还有休整之所，可以进行战略回旋。否则，又成了游击军团了。益州战事胶着，诸葛亮和张飞、赵云入川支援，荆州留下关羽，驻守后方，还是足以胜任的。本集团的第一军事将领，有着名扬天下的声威，还是可以放心的，还是正确的安排，后来的事实也证明了关羽镇守荆州稳如泰山。现在北伐曹魏，关羽率军进攻，谁来驻守荆州呢？就糜芳这个中层干部、师级将军？刘备部下最少已经有十几位元帅、上将级别的干部了，就留下一个师级干部，看守国家的一半家当？关羽手下，就只有这样级别的干部，糜芳还是最老资格、最嫡系的呢。

关羽率军北伐，对荆州的防守，不能说不谨慎。正像刘备说的，老于军事了，这点经验还是有的。驻守荆州这些年，他特别注重加强江陵这个军事要地的防务，将江陵城筑成内外套城，形成两道防线，称固若金汤也不为过；他还囤积了大量的军粮和守城军械，即使有所不虞，固守城池也可以坚持相当长时间。他留糜芳守江陵，士仁守公安，安排好最重要的两个战略支点的防务，形成掎角之势，能够相互策应。尽管他出征兵力并不足，还是把几万的兵力留在荆州，以首先保证荆州留守的军事力量。临北伐前，又在公安和江陵周边置"斥候"，即组建巡逻侦察部队，监视吴军动向，保持前方与后方的联系。他早在荆州境内和北进沿线修筑了烽火台，一有意外情况就可以举火报警。前线距荆州只有四百里的路程，轻骑回救一天一夜就能到达。事实证明，关羽进军北征，对荆州的防务可谓布局缜密，小心周到。在他的权限范围内，就他部属的将官和兵力，他做了应该做的一切。即使现在，请一个军事学院的专家来评析，能指出他有什么重大的缺陷吗？

他不曾大意，也根本没有大意。

问题出在刘备集团的大本营，出在最高领导层。发动这样大的战役，荆州方面的力量，特别是领导力量严重不足，竟然没有考虑增加干部配备。根本的原因，是刘备集团最高领导层，完全忽视了东吴的野心，忽视了对东吴的战略防备。与东吴以湘水为界平分荆州后，刘备的注意力完全放在了对付曹操方面：夺取汉中是为了打通军事通道以进攻关陇，称汉中王是为了从政治上与曹操对抗，进取巴东占领上庸是为了打通汉水从侧翼呼应关羽北伐。这些战略举措都是完全正确的，然而也又是有缺陷的。那就是只顾了针对曹操，而完全轻信了与东吴的同盟，没有采取一点防御东吴的措施。曹操防守合肥对付孙权，派了三个上将级的将领，张辽、李典和乐进，熟悉三国史的不会轻看了这三个人的分量；而关羽在荆州，北对曹操，东对孙权，一人而面对两个军事大集团。从这一点看，刘备与曹操的差距也就一目了然。不管关羽安排多么周密，他毕竟是离开了荆州，到前线去了。荆州的防务，不论是谁主持，都缺乏必要的权威和能力。荆州三个郡，糜芳只是南郡太守，他管得了其他两个郡的事吗？提供军需粮草，保证前方供应，他能够胜任吗？他的武艺平平，指挥能力也平平，要是真有战事，他能打得过谁？又能调动得了谁？他的忠诚度，本来是不必怀疑的。他的妹妹是刘备的夫人，关羽当年保护的二位夫人之一。他是刘备的大舅子，是刘备徐州时期的老部下。当年他的哥哥已被曹操任命为嬴城太守，他自己也被任命为彭城相。就他们哥儿两个的能力和水平，官位也不算小了，但他们毫不犹豫地放弃了官位追随刘备。跟着刘备奔波几十年，他都没有动摇过。我们看电视剧《三国演义》，长坂坡战斗中刘备一伙匆忙逃窜，赵云碰到一个人，身带箭伤，狼狈逃命，对赵云说：夫人和阿斗都在后面乱军之中，赶快去救。这个人就是糜芳。那样危急的情况，他都没有投降曹操。他的哥哥糜竺，现在是成都的高级官员，职位是安汉将军。听这官职的冠名，关羽、诸葛亮也没有得到这样的头衔，而且事实上这个职务的级别比关羽、诸葛亮还要高，排在关羽、诸葛亮的前头。现在，这样的政治地位，这样的社会关系，这样的远大前途，他会不忠诚吗？关羽安排他驻守后方，不能说是不合适的人选。就算他们两人之间关系不睦，就算糜芳因为关羽批评而心存芥蒂，难道让他到前线去就合适了吗？至于他以后投降孙权，实在也是德不配位能力局限走投无路了，更是关羽无法预料的。

后方防守的领导力量严重不足，关羽再有本事，也没有分身之术，不能身兼二任。刘备没有派出高级别的统军将领为关羽驻守后方，保证荆州大本营的安全，是痛失荆州北伐失败的又一主要原因。对此，明代著名政治家和文学评论家王世贞早已论及：

世以失荆州为关侯罪，吾以为非关侯罪，乃昭烈之失也。昭烈之失在委侯，以为操角而不为之后继也。……当是时，昭烈或自出，或以委子龙、翼德率三万之众而驻江陵为侯声援，侯进可以藉其威以挟操，可所就而无他虞。虽百蒙、逊，其何能为。而荆州固于泰山矣。

——明·王世贞：《失荆州辨》

这样的说法，当时也有不同意见，也有人反对王世贞的看法：说刘备所以没有派出高级别将领率兵驻守江陵，是因为蜀土初定，社会还很不稳定，经常有犯罪和捣乱，每天杀几个人都不能制止，刘备或诸葛亮怎么能离开根本呢？张飞守阆中，赵云镇成都，也离不开。况且孙权才平分了荆州，大概不会再有什么背盟动作；刘封、孟达守上庸，距离很近，一旦有事，就能增援。因此，刘备就没有考虑得更多。

今日荆州城

这种意见是站不住脚的。成都那么多高级将领，怎么就派不出一个来？成都已经经营了五六年，即使社会治安还存在问题，也绝不会是动摇根本的问题。刘备夺汉中，几乎带走了所有的大将，只留诸葛亮在成都，那时候就不怕离开根本了？事实证明，三年里也没有出现过什么动摇根本的事情。这时候汉中平定，除了魏延，大将们都在成都，成都的治安反而成了问题，连一个大将都抽不出来了？几年前东吴夺走荆州三郡，刘备亲自带兵五万，从成都赶回荆州驻扎公安，才命关羽带三万兵力从江陵开赴益阳，和鲁肃对峙。没有他亲自驻公安，关羽怎能离开江陵？先固后方，再图进取，这军事常识刘备太明白了。这次北伐战役规模更大，任务更重，事到临头，刘备反而又不明白了。即使张飞在阆中不便调动，赵云、黄忠、诸葛亮、刘备本人，任何一个人去荆州驻守，荆州都将坚如磐石，关羽都将建立大功，扶汉事业，统一天下，都是十分可能的了。

同样，刘备对外部、内部的政治态势，也都缺乏深度思考和政治应对：

从外部讲，虽然和孙权平分了荆州，但东吴方面仍然心有不甘，夺取荆州全境之心不死。具有战略意识极力主张联合抗曹的鲁肃逝世后，继承者吕蒙等人虎视眈眈，摩擦不断。对方这样重要的人事更替，怎么能不特别留意呢？事实上东吴早就和曹操暗中有所联系，之间还发生新的儿女婚姻事件。特别是关羽拒绝了孙权为儿子的求婚，还有一些对使者出言不逊的举动，怎么能够不加一点关注呢？关羽要出征北伐，多数兵力上了前线，驻守荆州的兵力减少很多，驻守官员的威望和能力都不足胜任，怎么能一点也不做有效应对？怎么能对东吴的政治态度与合作诚意没有一点考虑和防备呢？

事实确凿地证明，是孙权造成了孙刘联盟的破裂，是孙权破坏了联合抗曹的统一战线。但是，孙权并不在乎扶汉不扶汉，抗曹不抗曹，并不在乎国家统一不统一，人间大义不大义。他就是要扩展地盘，就是要割土分疆，就是要偏霸一方称王称帝。他从来就是以利益为原则，从没有以大义为原则。

> 东吴的君臣，自始至终，所作所为，何曾有一件事有汉朝在心目之中？……为什么要拥戴孙权做皇帝？这个绝无理由，不过是一种倔强之气，不甘为人下，孙权的自始便要想做皇帝，则更不过是一种不知分量的野心而已。
>
> ——吕思勉：《中国文化史》

与春秋时期那些权欲膨胀、欺负弱小、侵吞地盘的不义国君，何其相似！

这也是无可奈何的事。

可惜的是，疾恶如仇守土有责的关羽，虽然对孙权有所防备，但还是没有能够做到最周到和最完满：他应该主动请求大本营，委派高级别的将领来协助驻守荆州。

而高瞻远瞩一生谨慎的诸葛亮，善于识人也善于驾驭全局的刘备，特别是作为集团首领的刘备，都没有对孙权提高应有的足够的警惕，没有看到荆州的事还没有结束，还远远没有结束。他们以为平分了荆州，孙权的野心就得到了满足。他们以为作为同盟者的孙权，毕竟是同盟者。他们怎么就没有清醒地认识到，野心家的贪婪是无法满足的，野心家的无耻也是没有底线的。他们太君子了。

他们没有想到，同盟者不会永远是同盟者，而野心家却永远是野心家。

他们没有想到，小人和君子，玩的就不是同样的游戏规则。

我们只有再一次为关羽深深地叹息，也为历史深深地叹息。

从内部讲，刘封是养子，但却居长。过去游击军团到处奔波寄人篱下不觉得什么，现在有了一片江山，自己成了汉中王，亲生儿子刘禅十六岁，当了太子。刘封三十一岁，给了一个中级职位还放在边远地区，就没有一点别的想法吗？心理能够平衡吗？有没有一点情绪呢？怎么能一点也不给予安抚呢？上庸（今湖北竹山县）是连接荆州、益州的战略中间站，西连益州东接荆襄，可以两边兼顾，还可以北进襄江（汉水）上游，直接威胁襄樊侧翼。刘封心有纠结心情郁闷，怎么能够外派到这样重要的战略重地呢？孟达和法正一样是最早弃暗投明的益州官员，法正执掌中枢官位显赫而孟达驻守边城屈沉下僚，怎么能够不采取措施平衡一下呢？而且是放置到上庸战略重地呢？假如把平"三巴"（巴西、巴中、巴东，上庸即在巴东地区）战役中建立大功的黄权派到上庸驻守，那情况就大不一样了。黄权是益州集团的骨干，自然熟悉上庸地形，和刘备又建立了高度默契，而与关羽还不曾共事，不可能有什么芥蒂。即使关羽军事行动有所失利，上庸之兵进可以增援，退可以接应，就不至于出现这样大的不可挽回的悲剧。

可惜历史不能假如，只能由历史当事人承担应当的责任。

当然，诸葛亮也有一定责任。诸葛亮是刘备的主要谋士，是"隆中战略"的谋划者。这样重大的战略问题，这样明显的战略失误，怎能不及时提出意见及时纠正？怎能不及时采取补救措施？以诸葛亮的谨慎，不可能没有提出过意见。只是刘备本人同样是军事家，而且是老资格的军事家，不是每时每事都要靠他参谋。这时候刚刚取得了汉中战役的胜利，而且是打败了第一军事强人曹操，刘备对自己的军事能力正是最自信的时候，也就没有像过去那样虚心听取和采纳他的意见罢了。但，即使这样，诸葛亮也是应该采取一定预防措施的。

这可能是最接近历史真实的情况了。

这样，北伐曹魏战役发动的时机、军事行动的配合、战略后方的巩固，都存在严重失误，责任是明显的。

痛失荆州，主要责任不在关羽，这才是历史的真相。于是，我们可以负责地说，"大意失荆州"，是历史的误会。

我们应该为关羽正名。

第十七章　从悲剧中走向永生

谁也不会想到，英雄一生的关羽，竟然兵败身死；精忠贯日大义参天的关羽，竟然落得一个如此黯然的悲剧结局。

消息传出，中原震动，天下震动。这不仅仅是刘备集团的重大失败，也是天下扶汉抗曹力量的巨大失败，是忠义精神一次重大的挫折。

关羽被杀害后，在东吴内部，立即引起了普遍的犹疑。朝野上下，无不感受到事态的严重性：杀害了关羽，刘备不可能不报仇。

这是肯定的，就连旁观者也看得明白。曹魏方面最善于料事的谋臣刘晔就分析说：

> ……关羽与备，义为君臣，恩犹父子，羽死不能为兴军报敌，于终始之分不足。
>
> ——《三国志·魏书·程郭董刘蒋刘传》

以现在蜀汉的力量，刘备要是兴起复仇之师，举国而来，东吴实在是难以对付的。

孙权从偷袭成功的狂热中冷静下来，仔细一想，也是十分害怕。谋臣们很快就给他出了个主意，称为移祸之计：把关羽的首级给曹操送去，表明东吴是按照曹操的旨意杀害关羽的，将刘备的仇恨转移向曹操方面。接着又以诸侯之礼，厚葬关羽身躯于章乡（今湖北当阳），以减轻刘备对东吴的愤恨。

> 权送羽首于曹公，以诸侯礼葬其尸骸。
>
> ——《三国志·蜀书·关张马黄赵传》，裴松之注引《吴历》

用阴损奸计杀害关羽的首恶吕蒙，当然是东吴的大功臣。孙权大加奖励，赐爵封侯，赐钱一亿，黄金五百斤。但是，没有等到封赏诏令正式公布，庆功会还没有来得及召开，吕蒙就旧病复发，水米不进，夜不能寐，其苦万状，终于医治无效死去。

这时候，距离杀害关羽的日子，只有七八天时间。用阴谋手段杀害了关羽，彻底破坏了孙刘两家的联盟，虽然完全得到了荆州，到底是件好事还是坏事？要是刘备来报仇，东吴难以抗衡，只有彻底投降曹操才能保命。但要说彻底投降了曹操，那争夺到手的荆州还有什么意义？如果不彻底投降曹操，即使勉强抵挡了刘备的复仇之师，但丧失了孙刘两方的联盟优势，以后曹操各个击破，灭蜀灭吴，就是很容易的事了。形势明摆着，利弊明摆着，东吴的有识之士不会认识不到危害的严重，不会没有反面意见。何况鲁肃死去也没有两年，他成功的战略方针大家还不会这样快地完全忘记。吕蒙只顾自己立功，孙权只顾夺取荆州的全部领土，造成这样严重的局面，东吴集团为此产生的意见分歧是不可避免的，集团内部产生的裂痕是不可弥合的。对主子孙权不好说什么，对吕蒙那就会非常鄙视了：失信背盟，不讲道义，用阴谋诡计夺取荆州，即使得逞，算得上什么英雄好汉吗？算得上什么丰功伟业吗？就算是得到了一块胜利果实，不是就要马上拱手送给曹操了吗？要是这样，当初赤壁之战前就投降曹操，还用得着火烧赤壁，围攻江陵，损兵折将，劳民伤财吗？

非议汹汹，压力重重。就算吕蒙过去就有病，但既然能够制定并亲自带兵执行偷袭荆州的军事行动，就不至于病得多么严重。杀害关羽不几天，奖

荆州关帝庙关羽金身塑像

赏还没有领到手，就黯然死去。这消息传出，很自然地会引起民间议论纷纷。民众普遍认为，这是关羽的英灵追索仇人之魂。

真的完全是迷信和虚幻吗？未必。即使硕儒之论，也持这样的说法：

> 吕蒙承权意旨，首发恶谋，虽成竖子之功，而未及受封，即遭冥诛，《纲目》所以深恶之。
>
> ——宋·朱熹：《修〈后汉通鉴〉考辨》

这里说的"冥诛"，就是民间的说法：仇人索命，鬼神追魂。民间的这种索命追魂说法当然是迷信，但却反映了人心向背，反映了民众对东吴和吕蒙的愤恨和鄙视之情。朱熹是大学问家，不至于会是迷信，只是激愤之情溢于言表而已。现在，我们以历史唯物论的观点来分析，正确的解释应该是：吕蒙成功地偷袭荆州杀害关羽，自己本以为厥功至伟，是对东吴的巨大功勋。他没有想到在本集团也会有这样严重的负面反响和不同意见，为此他当然会感到深深的恐惧。考虑到即将面对刘备复仇的严峻局面，他感到了自己的罪孽深重，认识到了自己对东吴前途命运造成的严重危险，预感到自己将在历史上留下丑恶的形象，从而心理上产生了很沉重的精神压力。成小功而坏大计，破坏了孙刘联盟，也造成了内部的分裂，给东吴也造成了巨大的风险。他怎能不死？他实在该死，死得轻于鸿毛。

他还没有认识到他对实践春秋大义、对扶汉济民国家一统造成的巨大历史遗憾呢。他应该死一百次还死有余辜。

这能是偶然的吗？是用迷信能够解释的吗？

关羽的首级传到洛阳，曹操见了，当然很容易看穿孙权的意图，也很怀念当初自己对关羽的赏识和敬重。于是曹操下旨隆重安葬关羽的首级于洛阳南郊。

没过多少天，曹操也郁郁而死。

（曹操）二十五年春正月，至洛阳。权击斩羽，传其首。庚子，王（魏王，即曹操）崩于洛阳，年六十六。

——《三国志·魏书·武帝纪》

曹操为抵抗关羽的进攻，领兵坐镇摩陂，指挥和支援前方徐晃与关羽交战。之后荆州被吕蒙偷袭，关羽撤兵回救荆州，最后兵败身死，是头一年腊月二十二日的事。曹操安置好前线的善后，回到洛阳，已经是第二年正月。在洛阳，他看到了孙权传来的关羽首级，一番感慨，一番反思，给予关羽的首级妥善安葬。没有隔几天，庚子这一天，他自己也死了。

庚子，是正月二十三。曹操看到了关羽的首级后，没几天就死去了。而从关羽被害到曹操死去，只有一个月时间。

曹操之死，民间倒是没有关羽英魂追命的说法，但其间的因果关系也是明显的。曹操就算也是有病（多年头风），也算年事已高（六十六岁），但在于禁失败后亲自统领大军开赴前线，坐镇摩陂，全面指挥，协调全局，只是未来得及与关羽直接作战，荆州就被吕蒙偷袭，关羽只好返军回救荆州去了，两个人没有在阵前相会。这说明曹操的身体状况是很正常的。他迟不死早不死，就在见了关羽首级后几天内很快死去，不能说是很自然的事，也不能说是凑巧的事。

这两年，以刘备为核心的全国抗曹力量，对曹操的打击是太大了。刘备集团的政治纲领，是匡扶汉室，这对于明托汉相实为篡逆的曹操，是一种政治上的压力和威胁，在社会各方面的政治舆论中，曹操早已居于下风。曹操自己弑皇后、杀皇子、灭皇亲、镇压忠于朝廷大臣的行径，是不能抵赖的。

他阴谋篡汉的政治标签，是确定无疑、难以摆脱的。刘备集团高举抗曹扶汉的旗帜，在益州已经形成了全国抗曹中心，而且在汉中争夺战中，刘备和曹操亲自对阵。昔日颠沛流离的刘备兵强马壮，今非昔比，竟使曹操损兵折将，丧师失地。汉中失守，刘备的势力直逼关中。曹操兵败，返回洛阳，惊魂未定，关羽又兵围襄樊，水淹七军，降于禁斩庞德。曹操左支右绌，几欲迁都以避其锋。几十年的军事强人，怎样就到了这样狼狈的境地呢？曹操内心的忧悒、焦虑和压力，让他旧疾发作，郁郁而亡。

河南洛阳关林外景

其实，对于曹操来说，军事上的失利还在其次，他的心理压力主要还在于更形而上的层面。曹操不是一个草莽英雄，而是一个文化巨子。他的文化见解和历史观念，不是一般乱世英雄所能达到的。曹操见到关羽的首级，不能不想到关羽的忠义精神和毕生的奋斗，不能不想到自己与关羽不同的人生态度，不同的生命意义：

关羽喜读《春秋》，行军作战之余手不释卷，以忠义为自己的精神追求；

而曹操自己，毕生钻研《孙子兵法》，妄图以军事手段实现野心。

关羽以扶汉兴刘济世救民为终生事业；而曹操自己，明托汉相，实为汉贼，半生都在为篡夺汉室政权作切实准备。

关羽仁厚爱民，善待卒伍；而曹操自己，动辄"屠城"，杀人无数。而且多疑残忍，对后妃、皇子、同僚、部下、名人、世交、恩人、侍从，稍有不称己意，杀之后快。

关羽光明磊落，曹操奸猾阴暗。

关羽交友以诚，曹操处人以诈。

关羽不近女色，曹操荒淫无耻：他一生竟有十三个正式夫人，还有众多姬妾，儿子就生了二十五个，还不算在征战中到处渔色。收降了张绣，就霸占了张绣的婶娘，造成张绣复反，造成了儿子、侄儿和大将典韦的牺牲。征讨吕布时，曹操答应战争胜利后把吕布部将秦宜禄前妻杜氏许配关羽。攻破下邳城后，曹操见到杜氏容貌格外美丽，就纳入军帐占为己有。无耻也无信义，无以复加。

关羽的一生，是实践春秋之志的一生，是大仁大义的一生，绝伦逸群，至大至刚，光明磊落，浩然正气；忠贯日月，义薄云天，仁济苍生，勇冠古今。他将立万世人极，树人伦师表；他将成为道德楷模，他将代表民族精神。

而曹操自己呢？

论条件，论能力，曹操应该是治世之能臣。作为西汉王朝的末代皇帝，汉献帝并没有什么恶行，没有对历史和人民造成什么危害。在封建皇权时代，忠于王室忠于皇帝是普遍的思想观念，也是几乎所有人的行为准则。在这样的意识形态环境中，对于所有政治势力，对于当时的混乱时世，汉献帝还是有着一定的号召力，对于统一天下还是有着一定的影响力。正如袁术欲称帝时其主簿阎象劝谏的那样，推翻汉献帝并不具备有道伐无道的普遍认同：

汉室虽微，未若殷纣之暴也。

——《三国志·魏书·董二袁刘传》

曹操如果真有济世救民之志，只要真心匡扶汉朝，还是能够团结大多数，得到天下百姓的拥护，平定动乱而统一全国，华夏人民就不会又陷入几百年的分裂和兵荒马乱之中。而曹操却做了乱世之奸雄，成了天下持续混乱的根本原因。

曹操这种行为的原因，就是他的私欲、权欲和野心的膨胀，就是对帝位的觊觎和无穷尽的享乐欲望，也是他个人道德的低下。他把混乱时世中最容易作为统一象征的皇帝，玩弄于股掌之中，极尽欺辱之能事，引起朝廷中的不断反抗和动荡，也给地方军阀不统一于朝廷的野心膨胀造成口实和理由；他不断发动战争，而动不动就是"屠城"，残害人民；他把邺郡经营成自己的独立王国，兴建宫殿，广纳姬妾，扩充仪仗，大大超过了皇帝的排场和享受；他强迫皇帝封自己为魏公魏王，凌驾于朝臣和皇帝之上，杀害忠于汉室的大臣，把朝廷变成自己魏王的家天下，充分完成了篡汉的准备，机心深远地透露了把帝位留给自己儿子的阴谋。

操曰：若天命在吾，吾为周文王矣。

——《资治通鉴·汉纪六十》

而后来的事实是：在他死后半年多时间，他的儿子曹丕就威逼胁迫汉献帝禅让，推翻了汉朝，自己当了皇帝，建立了魏国。

曹操的一生，是不忠不义的一生，是奸诈阴险的一生，是造成天下持续混乱而残害百姓的一生，是倚仗霸权恃强凌弱的一生。曹操对自己人生恶行和身后评价，不会没有基本的估计。他和关羽都是历史人物，而历史人物是要在历史上留下痕迹的。是流芳百世，还是遗臭万年？不论嘴上怎么说，所有的历史人物特别是曹操这样的文化巨子，没有一个是真正不在乎的。

曹操和关羽不论在精神上还是行为上，都存在着巨大反差，这是曹操自己也不能否认的。

关羽与曹操虽然是敌对阵营，但曹操内心对关羽是十分敬重的。对关羽的大忠大义，从另一个角度看，曹操是真正了解和理解的。面对关羽的首级，面对关羽崇高的生命，他不能不进行一番对比和思考，不能不产生非常巨大的心理负担和精神压力。不管口头上承认不承认，曹操的内心一定是会愧疚的，是会感到无地自容的，也是追悔莫及的。在即将进入历史的时刻，曹操的内心是十分复杂的，心底的波澜是难以平复的。曹操也是受过儒家思想熏陶的。他虽然在行动上一直实行"宁可我负天下人，不可叫天下人负我"，但儒家思想的价值观和文化人格的影响，曹操实际上也是不能完全摆脱的。关羽之死对曹操产生的巨大心理压力，造成了他的突然死亡，这应该是符合客观实际的，是非常可能的。

曹操死于对自己人生的否定，死于对自己与关羽精神较量巨大反差的追悔，死于对自己身后历史评价的恐惧，应该是合乎情理的论断。

难道能是简单的巧合吗?

这一切，当然不会没有一点我们的主观倾向，当然不会没有旧历史观的影响。但是，毋庸置疑的历史事实是，关羽死了，他的两个最主要的敌人就紧跟着死去了，一个只有几天，一个仅有一个月：死得迅速而又神秘，离奇而又必然，让人感叹而又快意。

而且，关羽活着，曹操就不曾公开推翻汉室朝廷；关羽死了，半年多之后，他的儿子曹丕就推翻了汉朝，建立了魏国。这半年时间，是他不得不应对曹操突然死去的政治局面。要是关羽不死，他推翻汉朝的步伐就不会这样迅速。大汉王朝，中国历史上版图最大、国力最强、历时最久的王朝，我们的民族、语言、文字用以冠名的王朝，就这样灭亡了。从某种程度上可以说，是关羽之死，是刘备集团后来的失败，造成了这样难以言说的历史结局。

同样让我们感叹的是，关羽死后，刘备承继汉统，以大汉皇帝的身份，举全国之力，兴复仇之师，东下伐吴，为关羽报仇。出兵之前，关羽的另一个结义兄弟张飞，因急于军备，挞伐部下，被部下杀害。而刘备自己，也因复仇心切，军事指挥失当，兵败猇亭，死于白帝城。

初，先主（刘备）忿孙权之袭关羽，将东征，秋七月，遂帅诸军伐吴。孙权遣书请和，先主盛怒不许……二年……夏六月……陆议（逊）大破先主军于猇亭。

——《三国志·蜀书·先主传》

蜀汉的事业，受到了巨大的损失，甚至是致命的损失。这样的损失动摇了根本，影响深远，也是无法挽回的，造成了四十二年之后蜀汉的败亡。非常遗憾，大汉王朝最后的复兴希望，还是无可挽回地破灭了。

"遗恨失吞吴"，不论是当时还是后世，刘备都因为讨伐东吴受到责难，被认为是不顾大局只顾结义之情，造成了蜀汉亡国的遗恨。决定征吴之前，群臣纷纷反对，赵云严肃地提出意见："国贼主要是曹操，而不是孙权，如果先消灭掉曹操，孙权自然就会降服。现在曹操死了，他的儿子曹丕公然篡汉，天下人心都希望我们兴师讨伐。我们把主要敌人放在一边，去和过去的盟友交战，不论谁赢谁输，都对扶汉讨曹事业不利啊！"赵云是老资格，是老战友，刘备虽然不听他的意见，但也不便发脾气。后来秦宓也提了同样的意见，刘备就不客气了，把他关进了监狱里。

真的是顾小义而忘公义了吗？

以刘备这样一个大政治家，又是非常善于隐忍韬晦不为情绪左右的大英雄，岂能不懂曹魏是主要敌人？岂能不懂联吴抗曹才是扶兴汉室的大政方略？自从接受了诸葛亮的隆中对策到如今，奋斗了十五年，联吴抗曹一直是第一国策，刘备还能忘了？实际情况是，关羽一死，张飞也因之而死，而自己也因此心痛身疲，受到的打击是无法恢复的。昔日争夺天下的主要资本，是自己和关、张二弟。这是连敌人都看得清楚的。东吴周瑜说："刘备以枭雄之姿，而有关羽、张飞熊虎之将，必非久屈为人用者。"曹魏程昱说："刘备有英名，关羽、张飞皆万人敌也，权必资之以御我。"连孙权也说过："非刘豫州莫可以挡曹操者。"这些人都是大政治家和军事家，他们的判断当然是准确的。加上诸葛亮，再拥有了荆州、益州两大战略基地，这才风云际会，天造地设地具备了抗曹扶汉的基础和条件。现在，荆州已失，横跨荆益的战略基地损失了一半，自己的儿子刘禅年幼又无能，只有诸葛亮一个人是独力难支的。刘备嘴上不能明说，但心里非常清楚，自己经营一生的资本和力量，已经因为关羽的死去而基本丧失了。自己终生的理想追求和扶汉大业，也因为关羽的死去而无法实现了。

已经如此，既然如此，那何不拼着自己的老本，拼着自己的老命，为关羽报仇，从而实现"同年同月同日死"的誓言呢？从而实现与天地同辉的人间大义呢？

这时候的刘备，已经不再需要韬光养晦，已经不再需要从权机变，已经不再需要"巧借闻雷来掩饰"，已经从一个政治领袖还原为一个热血奔涌的大丈夫，已经把政治家的圆滑还原为真性情，已经把原来的政治理想还原为形而上的人间大义。这是退而求其次还是更上一层楼，已经不需要再做分析。扶汉事业是不可能成功了，统一天下是不可能完成了。政治和军事的胜利已经不再可能实现，那么，他就要用自己的生命实现道义的胜利。自己的有生之年，残衰之躯，只能再做成一件事，就是像关羽一样，躬行春秋之志，彰显大义于天下了——伐吴！

这样，我们就可以理解怎么是将军赵云在劝谏，而军师诸葛亮却在刘备做出这样重大的战略决策时未能坚决劝止的深层原因了。赵云是武将，扶汉抗曹也是他的终生目标，是他驰骋疆场的精神动力，不到最后时刻他不会想到失败，超人的武艺也不容易意识到自己终生奋斗的目标将会是失败的结局。以他的身份和资历，站出来劝谏刘备是应该的也是必然的。诸葛亮是政治家，是谋略家，关羽的死，随之而来的张飞的死，刘备的身心挫伤，荆州的失去，两路北伐战略计划的落空，他当然能意识到扶汉事业暗淡的前景。他和刘备一样都具有敏锐的战略眼光和成熟的政治素质，都会立即意识到关羽之死对于他们的共同事业意味着什么。《三国演义》写到刘备不听劝谏执意决定要倾举国之力伐吴，诸葛亮叹息一句："汉朝气数休矣！"罗贯中这一笔的描写是非常准确的。因此，刘备伐吴，作为蜀汉集团谋主的诸葛亮未发一言，也未随军前往。他已经认识到事不可为，也理解刘备的最后一搏，理解了刘备决绝行动的决心和意义。

这一点，历来史家和论者也没有认识到。

事实上，刘备伐吴，连蜀汉第一战将赵云也没有带去出征，这是难以理解又容易理解的。他要把身后的重任留给诸葛亮和赵云——即使意识到最终目标难以完成，也不能就轻易地放弃战斗。为关羽报仇，已经是形而上的道义宣战，不论胜利还是失败，对于蜀汉的事业，意义都是不大的——联盟破裂，不论谁胜谁败，都是自相残杀，都是为曹魏各个击破提供了条件。刘备只是用自己的生命来回报关羽，来证明人世间有一种可以舍弃皇位这样无与伦比至高无上的利益去追求的东西——情义。

关羽的死，张飞殉之以生命；

关羽的死，刘备殉之以生命，连同皇位，连同到手的一隅江山和将来可能得到的更大的江山。

这样的死，形容为重于泰山，已经失之流俗。

关羽的死，一月之内，连续两个主要敌人莫名地死去；两年之内，连续两个结义兄弟伴随而去。我们感觉不到关羽的生命在冥冥之中，有一种严厉的惩戒，有一种深情的呼唤吗？

同样，我们也就可以理解刘备伐吴失败后，在生命的最后时刻给予诸葛亮的政治交代：

> 君才十倍曹丕，必能安国，终定大事。若嗣子可辅，辅之；如
> 其不才，君可自取。

——《三国志·蜀书·诸葛亮传》

不但自己已经不在乎皇位，而且自己的儿子也可以不继承皇位。皇位属于谁都不重要了。重要的是，即使汉室不能复兴，也不能让曹操的野心得逞，不能让曹氏取得天下而传承后世。否则天理何在？正义何在？春秋大义就是永远的空想了吗？

这样的政治交接，在封建社会是绝无仅有的。这是君臣之间鱼水之交高度信任的典范，是刘备煞费苦心安排身后的精神继承和事业接力。

和关羽一样，是共同的匡扶汉室的政治理想，让他们心心相印，把他们连接在一起，生死以之。

诸葛亮不愧是刘备的忘年交，不愧是刘备的精神知己。他没有辜负刘备的政治嘱托，在失去刘备这个国家的主心骨和一批重要骨干后（非常可惜，蜀汉的主要官员们都年寿不长：关羽之前，庞统死了，三十六岁；关羽之后，张飞死了，五十四岁；法正死了，四十四岁；马超死了，四十七岁；黄忠、许靖倒是老死了，而糜竺、简雍和刘巴、董和这样重要的行政管理官员也相继死去，年龄都不大），受托孤之重任，辅佐十七岁的后主刘禅独撑危局，殚精竭虑，出将入相，七纵六出，鞠躬尽瘁。他大张旗鼓连续北伐，不断打击曹魏的力量，削弱曹魏的势力，抵制曹魏的野心，坚持了三分天下的鼎足之势，延续了汉室的国祚，以忠诚、无私、廉洁、智慧、勇敢、勤劳感动了所有的人，包括自己的敌人。在讨伐曹魏的战斗中，他无时不感受到刘备和关羽的精神激励，无时不用刘备和关羽的精神号召和鼓舞将士。关羽死了，刘备死了，但他们精神不死。

明知不可为而为之，诸葛亮的努力最后终究是失败了。

因为毕竟没有了关羽，毕竟没有了刘备。

关羽留下的历史空白，是无法弥补的。

> 可怜蜀国关张后，不见商量徐庶功。

> ——唐·崔道融：《过隆中》

但是，历史能够容忍曹操的如意算盘得逞吗？能够容许阴谋篡汉的曹魏政权传承下去吗？

忠义要失败于野心？

诚信要失败于奸诈？

仁爱要失败于残暴？

要是真的这样，天理何存？大义何在？人心何堪？关羽能够瞑目吗？刘备能够瞑目吗？

洛阳关林墓冢，曹操以诸侯之礼安葬关羽首级处

诸葛亮的努力不是没有意义的。他打败了曹魏宗室所有的后辈将领，曹操的后代皇帝只好重用曹操生前并不信任而且有所警惕的司马懿。以曹操的识人能力，早就看出司马懿"鹰视狼顾"，不可重用。但是，曹操的后辈曹休、曹真、曹爽等宗室嫡系，都不是诸葛亮的对手，曹魏政权只有依靠司马懿来勉强对抗诸葛亮的进攻。在不断的讨伐中，在不断的对抗中，曹氏宗族的领军人物一个个被淘汰，司马懿的地位越来越重要，越来越坐大。司马家族的势力越来越强盛，而曹魏宗室的势力越来越削弱。后来，在曹魏政权的朝廷里，司马懿的儿子司马昭独霸朝纲，专横跋扈，最后依样画葫芦，把曹操当年欺凌汉献帝的恶劣行径重演了一遍。曹操怎样欺凌汉献帝，司马昭就怎样欺凌曹操的子孙；曹操怎样经营自己的曹氏魏国，司马昭就怎样经营自己的司马氏晋国；曹操怎样篡汉而把帝位留给后人，司马昭就怎样篡魏而把帝位留给后人。步曹操后尘，学曹操的榜样，以其人之道还治其人之身，留下了一个"司马昭之心——路人皆知"的典型范例。善有善报，恶有恶报，在蜀汉灭亡仅仅两年之后，司马昭的儿子司马炎就像当年曹操的儿子曹丕篡汉一样，采取了完全相同的手段，通过了一个完全相同的仪式，正式宣布篡魏，建立了西晋王朝。

"天道好还"，历史实现了一次惊人的报复。

连马克思也说过：历史总是不厌其烦地重复。如果第一次是悲剧，第二次则应该是喜剧。

曹魏政权，也不过四十五年，就以亡国告终。

诸葛亮可以告慰关羽和刘备的是，他虽然没有兴汉，却实现了灭曹。

诸葛亮继承了关羽的遗志,实现了刘备的遗愿。

于是,在历史上,像刘备是仁爱的代表、关羽是忠义的代表一样,诸葛亮成为智慧的代表,是集忠臣、贤相、廉吏于一身的人臣典范。他们的事业没有取得最后成功,他们的精神和人格却达到了顶峰。

对于历史和人民,对于华夏民族精神的铸造和延续,这些,同样是有着非凡意义的。

忠义精神的坚守和传承,比起她一时的局部的胜利还要重要。

司马氏篡魏,也许是代表了历史向曹魏实施了报复。但是,凭借阴谋和强权篡夺的政权,终究是不会长久的。司马氏的西晋王朝,从一开始,就是一个风雨飘摇的政权,就充斥着阴暗、倾轧、争斗和混乱。除了继承着大汉王朝的辽阔疆域,其他的一切,如国势、军力、民生、人口、经济、政治、变乱、治世、纲纪、皇帝、宫廷、民族、文化、国祚、结局……都是中国封建王朝中最差的。若要把历代王朝做一下排名,西晋就应该是倒数第一。贾后之祸,八王之乱,五胡乱华,一直是腥风血雨,五十一年就宣告灭亡。后来东晋偏安一隅,也不过一百零三年,也就是一个三国历史(包括前三国时期)的时间。和煌煌汉朝比起来,是不可同日而语了。

司马懿和曹操一样,都是不可多得的历史教材,反面教材。一切阴谋和野心,即使得逞,也是短暂的;一切强权和暴力,即使得逞,也会遭到历史的报复。

而只有关羽,和他的兄弟、战友们一起,以他们毕生的努力和奋斗,以他们的凛然正气和高风亮节,书写了人生大义,光照青史:

只有春秋大义,只有忠义精神,才是华夏之魂,才是民族之魂,才如日月经天,江河行地,要传承久远,要永世长存。

仁爱,忠诚,信义,在封建时代,当然有着不同的阶级内涵,但从中华民族的整体利益来说,它是有共同性和普遍意义的。这就是关羽留给我们的普世准则。关羽处事立身的思想和行动,符合了我国主体文化儒家的政治理想和道德规范,也符合我们民族普遍的精神向往和道德追求。不论种族和阶级,不论时代和地域,这些都是有其普适性的。对我们民族精神的支撑意义，像磐石之于高山，像巨流之于江河。

忠义，就是我们的民族精神；而关羽，就是忠义精神之峰巅。

关羽以自己的悲剧人生，实践了的就是这些，昭告了的就是这些。他因此而不朽。

不朽的关羽，从悲剧中诞生。

第十八章　一代名将，以"国士"载入史册

建安二十四年（219 年）腊月二十二日，关羽的生命走向终点。

他活得波澜壮阔，他死得辉煌壮丽。

离开人们的时间越久，他非凡的生命意义，就越来越凸现出来。

由于忠义和英勇，关羽在当时就具有了极高的声誉。不论是本集团还是敌对集团，不论是哪个集团统辖下的地域，几乎没有人不知道关二爷的，相当于如今的国际知名度。世界猛一下失去了关羽，这个世界猛一下就失去了色彩。他的死，吓死了吕蒙，愧死了曹操，悲愤死了张飞，痛心死了刘备，这个三国时期，还剩下多少意思？如果说还有一点意思，那就是还有一位诸葛亮——刘备和关羽、张飞共同选择的扶汉事业接班人。实际上，比关羽小二十岁的诸葛亮，是拼着自己的生命，来完成关羽和刘备留下的历史遗愿：讨伐汉贼，匡扶汉室。否则，就无法理解他在出征伐魏前，给后主的《出师表》中，为什么说得那样痛切和悲壮：

> 臣本布衣，躬耕于南阳，苟全性命于乱世，不求闻达于诸侯。先帝不以臣卑鄙，猥自枉屈，三顾臣于草庐之中，咨臣以当世之事，由是感激，遂许先帝以驱驰。后值倾覆，受任于败军之际，奉命于危难之间：尔来二十有一年矣。先帝知臣谨慎，故临崩寄臣以大事也。受命以来，夙夜忧叹，恐托付不效，以伤先帝之明……

今南方已定，兵甲已足，当奖率三军，北定中原，庶竭驽钝，攘除奸凶，兴复汉室，还于旧都。此臣所以报先帝而忠陛下之职分也……愿陛下托臣以讨贼兴复之效，不效，则治臣之罪，以告先帝之灵……陛下亦宜自谋，以咨诹善道，察纳雅言，深追先帝遗诏。臣不胜受恩感激。今当远离，临表涕零，不知所言。

——《三国志·蜀书·诸葛亮传》

在第二次北伐前，诸葛亮又一次给后主上了《出师表》，史称《后出师表》。他心中的痛切和悲壮，在表里说得更是无以复加：

臣鞠躬尽瘁，死而后已。至于成败利钝，非臣之明所能逆睹也。

他和刘备、关羽一样，都是拼着自己的生命去完成自己历史使命的。

关羽死后，过了十五年，诸葛亮也死了，死于五十四岁，还没有活到关羽的寿限。他是遗憾而死。没有了关羽、刘备和张飞，他背后没有坚强有力的领导，帐前没有智勇双全的将帅。他出将入相，瞻前顾后：去了前线，时时要牵挂暗弱的后主；坐镇后方，时时要担心粗莽的魏延。他高屋建瓴的战略思想没有实现，他善于治国的政治才能没有得到充分发挥。他和刘关张等前辈们的政治理想半途而废，原因是明显的，就是由于关羽的中途逝去。

关羽之死，给予历史留下的遗憾，是无法弥补的。

如果关羽活着，他和刘备、张飞一起进行抗曹扶汉事业，天下就可能会尽早结束战争和混乱。关羽死了，随之而来的刘备和张飞的逝世，他们的事业基本可以预料到暗淡的前景，某种可能的历史结局因之失去了可能。他的死，结束了天下一统大汉朝颠覆和振兴的斗争史。

中国历史的断代和冠名，在这一阶段实际上是不准确的。关羽死后第二年，建安二十五年（220年），曹操的儿子曹丕废黜了汉献帝，建立了曹魏政权。但此后，刘备很快就在四川即皇帝位，国号和宗庙仍然承袭汉朝：高举的是大汉的旗帜，继承的是大汉的国体，用汉朝正朔，存故国衣冠。汉朝在形式上和实际上都没有灭亡，只不过是变换了皇帝和国都。曹丕的政权国号称之为"魏"，随后建国的孙权东吴政权国号称之为"吴"，刘备的政权从没有称之为"蜀"，而是明确宣告继承汉统——刘备死后谥号为大汉昭烈皇帝；诸葛亮出征伐魏，是大汉丞相的身份——仍然是汉朝。而曹魏和孙吴，一个是篡逆，一个是偏霸，不管他们占据了多大的地盘，都无法和刘备为皇帝的汉朝相提并论，都不应该共同称之为"三国"。

没有什么"三国"，只有汉朝和两个伪政权。汉朝在东汉末年的混乱、割据中风雨飘摇，被曹魏集团消灭。刘备直属蜀地继承汉统，坚持了四十二年，被曹魏灭亡，时为景耀六年（263 年）。煌煌汉朝彻底结束了四百多年的历史。

滚滚长江东逝水，浪花淘尽英雄。是非成败转头空，青山依旧在，几度夕阳红。

一切都成为过往。白天，依旧一天云锦；夜晚，仍然万颗明星。

历史事实，总是要成为历史记录。

又过了十七年，是西晋太康元年（280 年）。原任汉朝（蜀汉）观阁令史的陈寿，在西晋朝廷担任著作郎、治书侍御史。他撰写了《蜀书》《魏书》《吴书》，后来被称为《三国志》，其中《蜀书》里，当然会有关羽的传记，而且位置十分显赫：在刘备和后妃、后主、诸葛亮之后，紧接着，就是关羽的传记。《三国志》和《史记》一样，亦是纪传体，关羽的生平事迹，还分别记进《蜀书》刘备、诸葛亮，《魏书》曹操、程昱，《吴书》孙权、吕蒙、陆逊等人的传记里。

从这时候起，关羽就正式进入历史。

陈寿著史时，是西晋的官员。西晋接收的是曹魏政权，形式上是禅让的，历史就从曹魏续写。曹魏是西晋的先朝，魏的君主曹操、曹丕就称为了"帝"（分别是武帝、文帝）。帝魏寇蜀，完全颠倒了历史主次和是非。陈寿做的是晋朝的官，官方立场，也是不得不如此。他将刘备父子继承汉朝的政权史写作《蜀书》，这种历史立场也是不得不如此，人们是能够理解的。他是无法和当政的朝廷抗衡的，是无法和主流话语权抗衡的。出于史家的职业精神，他对刘备的汉朝基本事实和评价，记述还算是忠实的。

历史毕竟是公正的。历史毕竟要恢复本来面目。

此后再过八十多年，到东晋太和年间（366—371年），距离魏晋政权交替已经过了一百年，朝廷对于"三国"时代的主次是非已经淡化。这时候，史学家习凿齿编著《汉晋春秋》，则有了比较宽松的政治环境。他终于可以站在真实历史的立场上，以民众的是非观念判定是非。《汉晋春秋》尊蜀汉为正统，刘备、关羽、诸葛亮等英雄人物扶汉抗曹的事业，终于还原为正义事业。刘备继承汉朝的历史，也理所当然地还原为汉朝的延续。

时间又经过了八百多年的漫长岁月，南宋大儒朱熹简化北宋史家司马光的《资治通鉴》，撰《通鉴纲目》，改《通鉴》以魏纪年为以蜀（汉）纪年，以春秋笔法，辨名分，正纲常，在汉献帝被废黜之后紧接刘备继承汉统，理直气壮地尊刘贬曹。这当然是朱熹封建正统思想及其史学观的反映，但也有着政治现实的考量。这样的历史观，符合南宋军民在受到外族侵略时期，对忠义精神的特别尊崇和现实需要。那时候金兵入侵，中原沦丧，首都失陷，二帝蒙尘，关羽这样的忠义之臣英勇之士，最符合民族感情的需要，最符合人民殷切的期待。朱熹对历史的评价，在南宋朝野影响巨大，在庙堂和民间都形成了普遍的心理共识：关羽名正言顺地成了历史上的忠义榜样和英雄人物。

当然，习凿齿也罢，朱熹也罢，他们的历史观都是建立在封建思想基础上的，我们不必用现代历史观要求他们。刘备和曹操、孙权都是历史人物，他们的历史表现只能用封建时代的政治观念来判断是非，用现代历史观对他们继续判断，是困难的，也是不切实际的。抛开政治观念不讲，用传统道德观念来判断是非，那么这些历史人物的道德表现高下立判。从这个角度看，关羽注定是历史的忠义榜样和英雄人物。他的忠贞，他的大义、英勇、威武、磊落、诚信，都令人高山仰止；他对于春秋大义的理解和实践，也是时代楷模，尽管是封建时代的楷模。他的许多经历和行动，在他生前就被人们津津乐道。他死后，他的人生经历和精彩表现，就成了人们谈论的经久不衰的历史话题。

最被人们称道的是关羽的大节。下邳失守，兄弟失散，关羽身负保护皇嫂的重任，求生不得，求死不能，只好有条件地暂时投靠曹操。在曹军返回许昌的路途中，借口军队行军条件简陋，曹操给关羽和二位嫂嫂拨付一个宅院。联想曹操的一贯作风和人品，其用心是昭然若揭的。曹操以自己头风疾患需要放松调养为由，把姬妾带入军营，成了军纪严明的曹营里唯一的例外。在出生入死的战场上，曹操还忘不了随时渔猎女色，常常把被俘的敌方将领妻妾占为己有。以小人之心度君子之腹，他以为这样就能使关羽乱了君臣之礼、兄弟之谊。行军途中，确乎不能苛求住宿条件，关羽没有说什么，只是站在皇嫂的宅院之外，手持烛灯，一直站立到天亮。一来兵荒马乱，要小心谨慎，保护皇嫂；二来烛光之下，肃然站立，不给曹操等宵小之徒留下一点亵渎自己品格和兄长尊严的可乘之机。不论当时还是后世，秉烛达旦，都是人们崇敬关羽的著名事件。这件事正史没有记载，但陈寿《三国志》中对关羽的传记过于简略，挂一漏万的事件太多了，人们还是相信这是关羽人生经历中发生过的；以曹操的品行和心机，也是很有可能的。

秉烛达旦，是关羽操守的必然，道德的底线。纵观关羽一生，高风亮节，光明磊落，离开许昌辞曹寻兄的时候，更显其大节之风。

关羽的大节，是唯知有汉，唯知为汉讨贼，选择刘备，追随一生，不惜牺牲自己的一切。就在下邳失守，不得不归附曹操时，约定的三个条件足见他的严正立场：

第一是降汉不降曹，体现了他的政治原则和人生原则；第二是尊重和保证皇嫂的尊严和待遇，体现了他的责任意识——他就是因了保护皇嫂的重任才不得不屈身曹营的；第三是保留了日后追随刘备的权利，显示了他的忠贞精神和尚义品格。

这些虽然都是《三国演义》的描写，但从关羽的真实经历来看，都非常可能是符合历史事实的。

后来，得知了刘备的消息，他决然留书辞曹："羽尽封其所赐，拜书告辞，而奔先主于袁军。"（《三国志·蜀书·关张马黄赵传》）"子女玉帛之贶，勒之寸丹。""每留所赐之物，尽在府库封缄。"（《关圣帝君圣迹图志》载"关羽辞曹书""又致曹书")暂归许昌到离开许昌，临来临去两个事件才完整地表现了关羽的大节：

数行辞曹书千载不朽
一支达旦烛日月同辉

——许昌山陕会馆楹联

"身在曹营心在汉"，身在曹营，只是权宜之计，只是虚与委蛇，只是不得已而为之；而心在汉，心念刘备，则是毕生的信念。别说曹操虚情假意，即使真心实意，也动摇不了关羽的铁石心肠。因为道不同不相与谋也，政治信念，社会理想，道德操守，人生观念，处事方式，关羽和曹操势同水火。尽管曹操对于关羽多方示好，不乏真心爱才和器重之意，关羽也是不会就范的。别说让关羽和二位嫂嫂共处一宅院，就是后来曹操赠予的美女，关羽也全部打发去服侍嫂嫂了。以那个时代的道德观和普遍的蓄养姬妾的现实，关羽就是收下这些美女也算不上道德污点。但是，关羽是不会这样做的。离开曹操时，将这些美女又全部留给了曹操，而且在辞曹书中正式地做了交代。除了三项条件，曹操的额外待遇关羽一点也不要。这是一种必要的态度，一种无声的宣言，一种凛然的立场。既不肯降曹，不肯事曹，怎么能接受曹操的声色之赠呢？在那个时代，收纳几个美女不是污点，但接受敌方的拉拢与软化之举，就是一种苟且。这对于铁骨铮铮的关羽，是不可想象的。

高官厚禄没有诱惑得了他，女色也同样没有诱惑得了他。他鄙视有悖于信义的高官厚禄，同样鄙视有悖于信义的美女绝色。

生死不忘汉室，始终追随刘备，是关羽的人生信念和政治追求，这信念和追求使他能够抵挡一切诱惑——这才是他的大节。

斩杀颜良，是关羽一生中的重要经历和战绩，但有的论者对关羽斩颜良的认识是不一致的，是有不同意见的。颜良是河北名将，职衔是袁绍的大将军，其声威和武艺可以想见。曹操手下，难有其对手，所以曹操才派了张辽和关羽两个大将作先锋。当然不放心关羽单独领兵是其原因，但也说明张辽一个人抵挡不了颜良。关羽杀了颜良，许多人认为，关羽对曹操的贡献太大了。个人倒是取得了盖世声名，但为曹操扫清了一个大障碍，以为关羽不足取。实际上，这是无关痛痒之论，是没有设身处地为关羽着想的妄论。关羽身陷曹营，自己一个人逃脱当然容易，但要携带二位嫂嫂一起逃脱，就太难了。否则，当初何必"降"呢？关羽的态度是明朗的，就是不会留在曹营。但要离开，必要有两个条件，一是得知刘备下落，再就是"立效以报曹公乃去"，不然曹操怎能放他走呢？曹操知其意，当然不会轻易使用关羽，不会轻易给关羽立功报效的机会。这时候要不是颜良难以抵敌，而白马又是必救之地，曹操肯定不会让关羽充任先锋之职。对于关羽来说，出兵白马，是难得的可乘之机，不利用这个机会，关羽还会有机会吗？

所以说，关羽斩颜良，是不得不为之，是不得已而为之。不斩颜良，什么时候才能离开曹营呢？不斩颜良，怎样才能让曹操做到左右请追而不许呢？斩了颜良，对曹操来说，功勋奇伟，其报已足，道义上是无法再追了。设若来了一个无名之将，曹操肯派关羽做先锋吗？关羽要是斩了一个无名之将，曹操能不让左右去追吗？关羽和二位夫人能够千里单骑安然离去和刘备会合吗？能够有日后北伐曹魏开创扶汉伟业而形势为之一振的皇皇局面吗？

陈寿将斩颜良载入史册，不仅仅是记述了关羽万夫莫敌的神勇，也记载了关羽的品德、智慧、能力和用意良深。

还有单刀赴会、刮骨疗毒、水淹七军、威震华夏……都记载了关羽的丰功伟绩，给我们留下了关羽的辉煌历史。

总的说来，陈寿写的关羽传记，虽然过于简陋，虽然有的地方议论失当，但他对关羽总的评价，还是准确的：

> 评曰：关羽、张飞皆称万人敌，为世虎臣。羽报效曹公，飞义释颜严，并有国士之风。
>
> ——《三国志·蜀书·关张马黄赵传》

关羽在当时，就有国士之称，就不单单是一个勇将了。

国士者，国家最勇敢、最有力量的人士，德才最杰出的人士，在古代，这是对人物最崇高的评价了。国士可以是一位勇将，但一个勇将却不能称作国士。国士是那些有高远志向、有高尚品德、有卓越风范、有杰出功勋、有特别贡献、有崇高威望的少数特殊人物，仅凭某一方面的才能和某种功劳是不能成为国士的。

比如豫让，在他的国君智伯被杀后，身残志决，舍死复仇，就是因为智伯以国士待他：

> 智伯以国士遇臣，臣故国士报之。
>
> ——《战国策·赵策一》

比如韩信，就因为对汉朝的杰出功勋，被称作"国士"。刘邦麾下的良臣勇将是太多了，韩信这样的国士却不会有第二个了。

> 诸将易得耳，至如信者，国士无双。
>
> ——《史记·淮阴侯列传》

对照地看，我们就明白陈寿对关羽评价的分量了。陈寿虽说做过蜀汉的小官，但他是关羽逝世后十四年才出生的，没有能够见到关羽；他撰写《三国志》时，已经是西晋的官员了，而且，已经是关羽牺牲的六十年后，相当于又过去了一个三国时代。他不会与关羽有什么特殊感情，又站在西晋的官方立场修志写史，不可能对关羽有什么溢美之词。他对关羽总的评价，应该说是公正和中肯的——当然由于他当时的处境，对关羽还是存在某些曲解和贬低的。

关羽被称为国士，是名副其实的。这是关羽的志向、品德、风范、功勋、威望决定的。选择了刘备为自己的领袖和兄长，表现了关羽不同俗常的人生境界和高人一等的远见卓识。当时曹操、孙权的势力百倍于刘备，海内之士，多数都趋炎附势，争往归附。但曹操觊觎朝纲，孙权偏霸江左，都是大汉之蟊贼。国家之仇雠，关羽即视为己之仇雠。刘备虽势单力薄，但大汉苗裔不忘汉室，高举着扶汉的旗帜，关羽就毅然追随，万死不悔。而后，报效曹操而封还所赐，拒绝孙权而不与为婚，重忠义而轻名利，尊汉室而蔑群奸，立场严正旗帜鲜明，一片忠忱可对天地；敌者如曹操叹其天下义士，友者如孔明赞其绝伦逸群；几十年风风雨雨，艰难险阻，穷达不易志，生死不二心，威武不屈，贫贱不移，富贵不淫，在煌煌青史上书写了一个大写的人字。那一撇一捺，庄严而端正——

与青山常在。

与绿水长流。

与日月同辉。

与天地永存。

每个人的历史都是自己的言行写成的。关羽用自己精忠贯日、大义参天、浩然正气、英风独峻的精神和戎马驰驱、刚烈神勇、威震华夏、砥柱汉室的功勋，在自己的历史上写下了两个大字：

——"国士"。

关羽以"国士"二字在史册中定格。

第十九章　走上神坛的关羽

从刘备集团占领荆州起，关羽就一直驻扎在江陵城。曹操大军几次进攻荆州，都是关羽率兵冲在最前线抵挡敌人，保证了江陵的安全和荆州人民的安宁。后来江陵成为荆州州治，关羽独自董督荆州事，系荆州的军政首脑，共有六年多时间。在这些年里，关羽不光是在练兵备战，还特别注重发展生产，繁荣经济，体恤民生。他清廉公正，严于律己，不袒护官员，而爱惜兵士，对弱势群体更是关怀。这一切，荆州军民是感受得到的。

羽善待卒伍而骄于士大夫。

——《三国志·蜀书·关张马黄赵传》

在荆州地区，关羽享有着崇高的威望。

关羽的兵败被害，荆州人民是非常痛心和惋惜的。在关羽被东吴偷袭的严重关头，荆州兵卒散的散、降的降，直接导致了他的最后失败。事后扪心，痛定思痛，荆州人民是非常悲痛的，也是有愧于心的。

荆楚地区，自古以来巫术盛行，各种祭祀形式、驱鬼招魂活动名目繁多，敬神的迷信观念由来已久。关羽被害辞世，几天以后，首恶吕蒙即被追魂索命；一个月后，汉室巨奸曹操即发病身死。迷信也罢，巧合也罢，不论是在曹魏集团还是东吴集团，引起的思想震动是巨大的。而在荆州民众中，更是产生了普遍的惊悚和不安。在荆州人的心目中，关羽的两个重要仇人迅速又神秘地相继死去，使人们不能不相信这是关羽死后成神追魂索命剪除恶贼。这样，关羽逝世，就带有了神灵的色彩，荆州就有人开始用不同方式祭奠关羽，表达哀悼和敬畏。不久，民间又有了关羽英魂不散，在当阳玉泉山显圣护民的传说。乡民感其恩德，便在山上四时祭祀，渐渐地就成为集体行动。两年之后，刘备兴师为关羽报仇，大军开进当阳，隆重举行了祭奠仪式，随后即在当阳为关羽建立祠庙。后来虽然刘备兵败，荆州地境依旧为东吴所有，但关羽祠庙仍然香火繁盛。

这是最早的关羽成神的传说，可以说是民间的迷信说法，但也反映了关羽被害所在地人民对他的敬仰和同情，反映了人心的爱憎和向背。

神是人们不能完全解释自然力量的虚幻化向往，代表了正义的褒奖和惩戒。关羽的精神和形象，符合人们的这种虚幻化向往。人们以他为神，是自然而然的。

可以说，关羽辞世不久，在当地人们的心目中，就已成神。

二百多年之后，南朝陈光大年间（567—568 年），废帝陈伯宗自称一天晚上做梦，梦见了"汉前将军显灵成神"，于是即下令在关羽被害的当阳县城东三十里，为关羽建庙祭祀。这是史籍记载的第一个由朝廷建立的祭祀关羽的庙宇。这个陈废帝只当了两年皇帝，却做了这样一件大事。而后隋开皇九年（589 年），关羽的祖籍地建立了关庙和祖祠。有了庙宇和神像，关羽的神化就正式开始形成了。

隋开皇十二年（592 年），高僧智𫖮云游当阳，修建玉泉寺。智𫖮是南北朝时期的著名僧人，是佛教天台宗的实际创立者，称作"天台大师"。陈后主（即陈叔宝，南朝陈的最后一位皇帝）曾请他在殿前讲经；隋炀帝杨广为晋王时，赐号"智者"，亦称"智者大师"，在中国佛教史上有相当的地位和影响。就是这样一位人物，在这次云游中，在三百七十年前关羽被害的这个地方，声言在某天夜里，在皎洁月光下，遇到了汉前将军关羽和其子关平。关羽向他表示，愿意为玉泉寺护法。智者大师就尊关羽为玉泉寺的伽蓝神。此后，各地佛教寺院，都以关羽为伽蓝神。伽蓝神即佛教的护法神。法力无边的佛家寺院，要请关羽为保护神，关羽的神力看来比起佛家的力量还要大一些。以智者大师这样的声望和地位，月夜遇关羽的说法，不能想象他是出于一时的荒唐和完全的谎言。实际情况可能是这样：佛教从域外传来，到南北朝时已经开始形成气候，朝廷帝王和社会高层，信仰佛教已成风气。但是，要获得广大民众真正的普遍信仰，还是有着一定距离的。智者大师要宣扬佛法，广泛吸纳信众，就是要将佛家教义深入民心，特别是深入底层人民的心。弥陀、观音，乃至如来诸佛，对于普通民众，毕竟是非常遥远的。要争取民众的信仰，在当阳地界，关羽的号召力当然是最大的。在陈、隋时期，玉泉寺是全国四大佛寺之一，又是传说中关羽逝去后最早显圣的地方。在这里遇到关羽显灵，当然是对信众最合理的解释。智者大师不愧为智者，利用大家对关羽的崇拜和敬仰，无疑一下子就凝聚了人心。佛教果然在江南地区迅速发展起来：

当阳，关羽最先显圣处，关公被神化的开始

千里莺啼绿映红，
水村山郭酒旗风。
南朝四百八十寺，
多少楼台烟雨中。

——唐·杜牧：《江南春》

江南半壁江山，就四百八十寺，可见佛教的兴盛程度。智者大师这样的身份，本不应虚构什么月夜遇关公的神话，但为了弘扬佛法，为了佛教的本土化，他也顾不得许多了。这是关羽被佛教利用的开始，成为佛教之神，是史书有载的。

在唐代仪凤年间（676—679

年），与禅宗六祖惠能斗法失败的神秀禅师，也来到了当阳，在玉泉寺旁边又建立了一个寺庙，为度门寺，也声称关羽托梦，愿意为寺庙护法。关羽成为佛家寺庙护法神的说法，在民间更加深入和广泛。关羽在当阳玉泉寺显圣护民，继而成神，是中国宗教史、特别是佛教史的重要事件，是佛教中国化的滥觞，也是关公崇拜由荆州地区向全国广泛普及的重要原因。

唐肃宗上元元年（760年），朝廷在追封姜太公为与文宣王孔子并列的武成王时，关羽开始配享武成王庙，开始享受国家祭祀。后来荆州官府又重修当阳玉泉山关庙，进行了扩建。"广其祠宇"，玉泉寺的规模因了关羽更加宏大了。当地官员、著名文人董侹撰写了《重修玉泉山关庙记》。这是现存最早的关庙碑文了。

自宋代起，民众对关羽的崇拜不断升温，各地兴建了更多的关羽祠庙，形制和规模也越来越超过前代。宋真宗（赵恒）大中祥符七年（1014年），关羽家乡的解池遭遇旱灾，盐产量锐减，人民生活所需和国家税收都受到了影响。皇帝派专人来解州调查。调查的结果，普遍反映盐池之患是蚩尤作乱。皇帝即命大臣吕夷简到解州致祭。这位吕夷简是个著名大臣，曾担任过宰相和枢密使，掌握过国家最高行政军事大权。他来解州致祭事结束后，竟也声称梦见了蚩尤，是为解池立轩辕庙而不平——传说上古时期黄帝与蚩尤涿鹿大战，即在此地。蚩尤战败被杀，身首分解，此地故名解——所以绝盐池水。要恢复盐池正常生产，须立即拆毁轩辕庙。吕夷简还朝，报告了事情的缘由，参知政事（副宰相）王钦若的意见是，蚩尤是邪神，可请张天师来收伏。真宗皇帝听了王钦若的建议，就决定召见张天师。张天师也是个著名人物：最早的张天师叫张道陵，东汉道教领袖，创建五斗米教，教徒尊为天师。刘璋请刘备入川防备汉中张鲁，张鲁就是张道陵的孙子。曹操攻取汉中，张鲁投降，享有优厚待遇，其后代继承祖业，世代为道教天师，居龙虎山传教。真宗皇帝召请的这位张天师，名张静虚，已是第三十代的天师了。张天师奉召见到皇帝，皇帝请教镇压蚩尤的办法。张天师回答：这不必忧虑。自古忠义英烈之士，死后都会成神。汉前将军关羽，忠义勇武，当然是一位神祇了。皇帝可以隆重祭祀祷告，请他来讨蚩尤，必定成功。皇帝问关羽的神在哪里，回答在玉泉寺关庙。于是皇帝就举办了隆重的祭祀仪式，请关羽的神灵为家乡解州清荡妖神。于是，解州盐池上空忽一日黑云密布，电闪雷鸣，狂风暴雨，只听得空中铁马金戈之声。过了很长时间，天空突然晴朗起来，云收雨住，池水恢复了以前的气象，池盐就可以正常生产了。这段故事记载于明代胡琦的《关王事迹》中，注明也是引于古代记录。而明代王世贞的《弇州四部稿续稿》也有关公战蚩尤的记载，则记为"宋政和中"的事，那就是宋徽宗时代的事了。王世贞和胡琦都是著名文人，虽然时间记载并不统一，但对这件事情都好像深信不疑，更不用说普通老百姓了。史书则记载解州池盐恢复生产后，宋真宗派王钦若代表朝廷，去当阳玉泉寺关庙祭拜，复修其庙；又派吕夷简带着皇帝诏书到解州关庙致祭，大规模重修庙宇，并派道士进驻庙里奉祀香火。

关羽又成为道家崇敬的神灵。

自崇宁年间起，徽宗皇帝先后四次正式晋封关羽：崇宁元年（1102年）封"忠惠公"；崇宁三年（1104年）封崇宁真君；大观二年（1108年）封昭烈武安王；宣和五年（1123年）封义勇武安王。

解池斩蚩尤，当然是一种朝廷化运作，是以国家的名义赋予关羽神的声威和力量，表明关羽信仰得到了国家的认同，关羽的神明形象从民间进入了国家奠祀，得到了最高统治阶级的承认和倚仗。这当然是有着深刻的政治原因和时代背景的。北宋统治者为了接受五代时期战乱频仍、纲常解纽的历史教训，重文轻武，加强文化建设和儒家思想教化，军事力量弱化，边患日益严重，国家领土不断受到外族侵略。这时候，国家更需要民族英雄，社会更需要忠义思想。关羽辞曹归刘不忘汉室的忠义思想，不畏强敌正气凛然的忠勇精神，就被朝廷特别推崇而更加彰显。关羽继承春秋大义夜读《左传》的儒将形象，更是为崇尚儒家学说的文人所敬仰。于是，关羽形象的忠义特质，在宋代就已完全定型。"靖康之变"后，国都陷落，两代皇帝被俘，民族大耻使举国上下同仇敌忾，忠心报国英勇御敌成为全国人民最敬仰的楷模。李若水、李纲、宗泽、岳飞等文臣武将高扬民族气节的忠烈行为，都让人们看到了关羽的影子。勇武和忠烈，成为民族气节的具体表现。关羽虽然死去了近千年，但他的忠义精神和勇武品格，还在鼓舞着中国人民抗击异族的侵略。关羽的神化，有了最适宜生长的文化土壤，那就是必然的了。

南宋时期，朝廷又晋封关羽为"壮穆义勇武安王"，"壮穆义勇武安英济王"，以褒扬彰奖关羽"生立大节，与天地以并传；殁为神明，亘古今而不朽"（宋孝宗褒封关羽的《诰词》）。

这样，宋代的朝廷和儒学大家们，正式承认了"忠义仁勇"的关羽神的地位。这是儒家"子不语怪力乱神"观念的突破，也是儒家对关羽神明得到普遍承认的历史观的让步。

到了这时，关羽先后成了佛家神、道家神，又被儒家称作圣人。释称佛，奉为"盖天古佛"；道称天尊，奉为"协天大帝"；儒称圣，奉为"文衡圣帝"。三教圆融，在关羽为神的问题上取得了一致，达成了共识。关公崇拜融入中国主流意识形态之中，进入了中国人的思想，也进入了中国的文化，成为中国传统文化的重要内容。

有意思的是，元朝虽为异族统治，也一样敬奉关羽为神明。关汉卿和朱帘秀编演《窦娥冤》，受到了元朝统治阶级的打击和迫害，但没有听说因为编演《关大王单刀赴会》而受到打击。看来元朝统治者只是打击他们对现实不满的现行问题，并不追究他们歌颂历史上的汉民族英雄。元朝的统治不论多么黑暗残暴，但他们把自己融入了华夏民族大家庭，对中华一统的认同意识还是很强的。那时候他们就意识到中国是个多民族国家，不论哪个民族占据统治地位，都有一个共同的名字叫中国。虽然没有这样的宣言，但他们有实际行动：元文宗孛儿只斤·图帖睦尔晋封关羽为"义勇显灵武安英济王"，加了"显灵"两个字，比前朝还肯定关羽的神明作用。对关羽，也是国家级别的奠祀，并没有以为关羽是汉民族英雄，就采取狭隘的民族主义。

明朝是以"驱除鞑虏"为旗帜推翻元朝的。朱元璋在争夺天下的战争中，声言关羽以十万天兵援助了自己的正义行动。而在他们宗室内部争夺皇位的"靖难之役"中，明成祖朱棣又说是关羽显灵保佑了他。外部斗争也罢，内部斗争也罢，关羽都是自以为正义一方的保护神。于是明朝的中后期，朝廷对关羽的神明地位更加推崇了。明神宗朱翊钧崇信道教，于万历十年（1582

年）封关羽为"协天大帝"；万历十八年（1590年）又加封为"协天护国忠义帝"。到了万历三十三年（1605年），关羽的封号就更上一层楼，为"三界伏魔大帝神威远震天尊关圣帝君"。关羽的神像不仅配置了九旒珠冠、真素玉带和四蟠龙袍，而且还把历朝忠义之士配为他的部属，其中南宋舍身殉国的陆秀夫、张世杰为左右丞相，精忠报国的岳飞为元帅，唐朝忠直英勇的尉迟敬德为伽蓝。万历皇帝是个著名的荒唐皇帝，但对于关羽精神的崇敬和神明地位的追认，倒是虔诚的、认真的。关羽由王而帝，由帝而天尊，超过了人间帝王，而且成为天神，名义和地位已至高无上。

道教是中国的本土宗教，尊道贵德，崇神敬仙。中国人敬奉的神仙，玉皇大帝、太上老君、紫微、后土、真武、文昌……都是道教的神祇，关羽也位列其中。"中国根柢全在道教"（鲁迅：《鲁迅书信集》），中国人普适的意识形态和人生哲学，是和道教神格化思想有紧密联系的。关羽被道教尊奉为天尊，尊奉为最高级别的神祇，是他的高贵道德精神的宗教化体现，是事物发展的必然，是中国人民崇拜关羽的必然。明神宗虽然荒唐，但对关羽的追封

当阳玉泉寺关帝庙

是不能称为荒唐的，只是他尊重了民意，利用了民意，或者说在这件事情上代表了民意。

在中国，这种民意是不分种族和阶级的。

清王朝虽然也是少数民族统治的王朝，但却是把中华文明推向新高度的重要王朝之一。无论从疆域、军事、人口、经济、文化、民生、治世、国祚等哪方面考量，清朝都是中国历史上强大的王朝。我们不能把晚清那一个阶段当成清朝的全部，哪一个王朝的晚期都是一样腐败和软弱的。满族是最自觉地实现中华民族大融合的少数民族，一开始他们就对汉民族文化和中华整体文化有了自觉的认同；同样，对关羽也有着非常自觉的认同。关羽的忠义思想，对世界上任何一个民族，都是普适的。入关前，满族首领就利用推崇关羽的忠义思想，团结大漠荒原的民族部落。爱新觉罗·福临曾与蒙古诸汗结拜为兄弟，就是以刘关张桃园结义为楷模，互相激励"亦如关羽之于刘备，服事唯谨也"。夺取天下后的第一年，就鼓励官民崇尚忠义，并封关羽为"忠义神武关圣大帝"。开创康雍乾盛世的康熙皇帝，竟然自诩为刘备转世，和关羽就有着兄弟之谊了。一天在皇宫闲走，康熙猛然听到身后脚步声不比寻常，于是就问："身后何人？"身后听得回答："二弟关羽。"康熙不免心中戚然，更有关心，再问："三弟何在？""驻守辽阳。"

煞有介事，让人失笑又感动。不知张飞如何去了辽阳？大概是举国入关，辽阳空虚，是康熙的心病吧？要借助关羽治理全国的事，就只有让张飞去驻守辽阳了。偌大中国的最高统治者，这一玩笑式的举动，我们不应视为玩笑。帝王之术也罢，政治手腕也罢，他对关羽的崇敬和信仰，应该说是真诚的。

既然如此，康熙皇帝就不能不来到解州关帝庙祭祀"二弟"。康熙四十二年（1703 年）十一月初九，爱新觉罗·玄烨仪仗隆重地驾临关羽故里，专程来拜谒关帝庙，一切礼拜如仪。与众不同的是，一看到关羽神像，康熙皇帝即扑身向前，哽咽有声："二弟，为兄看你来了。"我们不得不为之又一次失笑和感动。

之后，清王朝对关羽的追封愈演愈烈：嘉庆朝封为"忠义神武灵佑仁勇关圣大帝";道光朝封为"忠义神武灵佑仁勇威显关圣大帝";咸丰朝封为"忠义神武灵佑仁勇威显护国保民关圣大帝";同治朝封为"忠义神武灵佑仁勇威显护国保民精诚绥靖翊赞关圣大帝";到了光绪朝，对关羽的追封竟达二十六个字:"忠义神武灵佑仁勇威显护国保民精诚绥靖翊赞宣德关圣大帝"。说无以复加，犹不为过。

神是人类精神需要的产物，是人类严肃的自我欺骗。人们的强烈追求而又难以达到的境界，就只有用虚幻的神灵来实现和替代。关羽的忠义精神和英勇品格，是人们的共同追求。朝廷和民间，贵胄和平民，在这一点上是一致的。尽管朝廷更注重关羽的"忠"，民间更崇尚关羽的"义"；成为统治者的民族强调的是"忠"，被统治的民族则强调的是"义"；然而忠和义是很难截然分开的。历史的进程和阶级的演变，使忠义成为中华民族的灵魂，使关羽成为中国人民共同的神祇。

在中国，在所有中国人民的心里，关羽神的地位，而且是国家神的地位，就这样形成了，而且，很早就形成了。

第二十章　关羽形象的普及与升华

关羽在世时，就已经是天下闻名的传奇人物。

万马军中斩颜良，天下传其神勇；挂印封金千里寻兄，天下传其忠义；单刀赴会，天下传其无畏；水淹七军，天下传其威武。

不论是哪一个政治军事集团的人物，不论是哪一块地盘上的百姓，不论是本阵营还是敌对阵营，不论是朋友还是敌人，对关羽的忠义仁勇精神，莫不钦敬和赞叹。

特别是在老百姓中，关羽的故事广泛传扬，代代传扬，愈传愈奇。

传奇者，人物行为超越寻常的故事。关羽在老百姓的眼里，是太不寻常了，太不平凡了，是太神奇了。传奇不是正史，但比正史更普及；传奇不能说都十分真实，但在老百姓心中，传奇比正史更接近真实。关羽的故事，一千多年以来，就这样口口相传下来；这就是一个民族的口头记忆。这种口头记忆，代表着大众百姓的认定，多少年以后，还会这样流传下去。

一千八百多年以前的真实是太难确定了，我们心目中关羽的影子，其实是传奇的影子。

正史的记载，关羽的形象实在是太过于模糊。关于他的九百多字的记载，我们看不到他是怎样一个人，长着怎样的相貌。只能肯定的是，他的胡须很长。

"髯"，竟成了他的尊称。关羽要压一压马超的傲气，给诸葛亮写了一封信，提出要去蜀中和马超比试比试武艺。诸葛亮就给关羽回了信，说马超嘛，肯定是一位杰出的勇将，但也只是和张飞棋逢对手，哪里比得上您智勇超群呢？诸葛亮在给他的回信里，"您"字不是写作"您"，而是"髯"：

> 孟起（马超字）兼资文武，雄烈过人，……当与益德并驱争先，犹未及髯之绝伦逸群也。
>
> ——《三国志·蜀书·关张马黄赵传》

看了诸葛亮的信，我们可以想见关羽的胡须是乌亮而整齐、修长而飘逸的了。古代的审美习惯，并不是胡须长就会受到赞赏，张飞的胡须就是受到嘲讽的。唐代著名诗人李商隐，就有这样的诗句："或谑张飞胡，或笑邓艾吃。"把张飞的胡子和邓艾的口吃都当成笑料。这从侧面说明或者说是从反面说明，关羽的胡须是具有特殊美感的。于是，关羽的胡须就成为他的形象特征，成为大众传说中的审美对象。关羽暂归曹操，在许昌停留期间，受到汉献帝的接见。汉献帝要看看他那著名的胡须，但只能看到关羽胸前挂着一个纱囊。原来平时关羽爱惜自己的胡须，用一个纱囊裹着。曹操为笼络关羽，就送了他一个锦囊——用丝绵做的，比关羽自己原来的纱囊要上档次多了。关羽要觐见皇帝，就戴上了锦囊。皇帝就让关羽在金殿上，当众把胡须从锦囊中取出，果然修长齐整，飘逸过腹。皇帝不由称赞，说："真美髯公也。"从此人们就称关羽为美髯公了。这段佳话在正史中没有记载，可能只是老百姓的传奇说法了。

关羽脸色赤红，正史中也无记载，而最早见于文字的描写，则是宋末元初的《三国志平话》：

> 话说一人，姓关名羽，字云长，乃平阳蒲州解梁人也。生得神眉凤目，虬髯，面如紫玉，身长九尺二寸，喜看《春秋左传》。
>
> ——佚名：《三国志平话》卷上

面如紫玉，也就是红脸了。传说关羽原本并不是红脸，只是在家乡杀了恶霸，仓皇奔逃，到了蒲津关城门，见有张挂的逃犯图像，正是自己，急中生智，挥手打破了自己的鼻子，鼻血流出，涂抹得满脸血红，便混出关去。从此以后，关羽就是红脸了。这当然是明显的传说故事，但却得到世世代代老百姓的认同，得到全体中国人的认同，包括他的丹凤眼、卧蚕眉，还有九尺高的身材。红色在中国人的审美习惯中，是忠诚，是正直，是磊落，是正义，是热烈，是勇气。红脸自然就成为关羽内心世界的外化，是关羽忠义精神的象征。关羽这样忠诚正直的人，这样磊落正义的人，不是红脸，还有谁能配红脸？关羽高大威武红脸长髯蚕眉凤目的形象，已经在老百姓的心目中定型，这是无法更改和否定的，也是无法替代和修正的。别说正史中找不到记载，就是找到记载，只要不同于大家心目中已经定型的形象，老百姓也是不会认可的。红脸关羽，注定是红脸关羽，永远是红脸关羽。

具有传奇色彩的还有关羽的大刀。大刀是关羽的武器，更是关羽的象征，就像文章是孔夫子的象征。大刀之于关羽，就像文章之于孔子，都是一种能力的极致，一种本领的巅峰，一种头脑和身体的外延。只要知道关羽，就不会不知道他的同样著名的大刀。连小孩子都知道，关羽的大刀叫作青龙偃月刀，重八十二斤，长有丈余。关羽一生冲锋陷阵，哪一仗不是靠了这著名的大刀？"红脸的关公战长沙"，对付老将黄忠就使的是拖刀计，没有大刀，用什么拖？用什么让黄忠五体投地，口服心服？两军阵前，横刀立马，问一声："来将何名？"威武之极，也儒雅之极，不是横的大刀能是什么？1956 年毛主席会见印度总理尼赫鲁，尼赫鲁说起了美国原子弹的可怕。毛主席就说，美国有原子弹，我们有关老爷的大刀。

其实，我们印象中关羽使用的大刀，直到宋朝时候才出现，而且还只是一种仪仗用的道具，和金瓜、钺斧、朝天镫一样作用。汉代时期，并没有我们想象中那样的大刀。重量八十二斤，我们也无法想象如何在马上挥舞，怎样大战三百合。看来，虽然我们谁也不怀疑的关羽的大刀，实际上还是传奇。刀为百兵之首，人们心目中的武圣当然要使用大刀，那凌空劈下的气势和威猛、沉重和锋利，只有关羽才配有。这也许是这个历史疑问的答案。

同样具有传奇色彩的是关羽的赤兔马。赤兔马本是吕布的马，这是正史中记载了的："布有良马曰赤兔。"（《三国志·魏书·吕布张邈臧洪传》）是夺丁建阳的，还是董卓赠予的，不需认真探究，只是我们知道这匹马真实存在过。吕布是三国时期第一流勇将，赤兔马是当时最优秀的战马，这在当时是为人们津津乐道的，所谓"人中有吕布，马中有赤兔"（同上）。只可惜吕布是一个见利忘义的势利小人，反复无常，唯利是图，吃谁的饭砸谁的锅，卖主求荣的事一做再做，为时人所不屑。赤兔马配了他，真是委屈了。吕布被曹操在下邳城白门楼俘获杀死后，传说赤兔马就归了曹操。关羽在徐州兵败被困，暂时归附曹操，身在曹营心在汉。曹操想要把关羽收为己用，就使用各种手段，上马金，下马银，三日一小宴，五日一大宴，还有美女、锦袍相赠，关羽都不为所动。曹操无奈，一天宴请关羽后，就命人拉出赤兔马来，赠予关羽。关羽领受了曹操许多馈赠，都没有表现出什么特别的谢意，这次得到曹操赠予的赤兔马，非常欣喜，隆重地向曹操表示感激之情。宝剑赠烈士，把一匹优秀的战马赠予一位优秀的将军，曹操算得上慷慨，也算得上识人。然而，关羽真正的意思，曹操并没有料到。原来赤兔马身如火炭，状貌雄威，日行千里，夜走八百。得了此马，一旦得知刘备的消息，关羽一日之内，便可飞奔前往去见兄长了。赤兔马得以归属关羽，如良禽栖于高枝，似贤臣事于明主，秋水长天，珠联璧合，堪称一时绝配。从此赤面人骑赤兔马，提青龙刀，斩将杀敌，攻城破阵，纵横天下，叱咤风云，如龙遇云雨，如虎遇雄风。后来荆州被东吴偷袭，关羽兵败被害，赤兔马被吴将马忠俘获，献于孙权。孙权就把赤兔马赐予马忠，作为奖励。你想关羽的赤兔马，精神是何等卓越，品格是何等高贵，岂肯服务于东吴一伙背盟负义的小人？怎么能为一个不敢正面交锋只会背后偷袭的无名鼠辈当坐骑？于是，赤兔马仰天长嘶，不食草料，绝食而死。一腔忠魂，追随关羽的在天之灵去了。赤兔马不为吕布死，而为关公死，一个牲灵也懂得怎样去死才是死得其所。马为英雄之马，马亦英雄。

"马骑赤兔行千里，刀偃青龙出五关"（湖北当阳市关陵楹联）。死后的赤兔马，仍然是关羽的一部分。它和关羽的大刀，和关羽的儿子与部将（周仓）一样，为中国老百姓久久追念，缅怀不已：

> 附圣人之末光猛将佳儿同万古
> 得夫子之正气宝刀骏马亦千秋
>
> ——汪启英：江苏如皋市关庙楹联

细细探究，这匹赤兔马的故事也还有许多不甚合乎情理的地方。董卓带兵进入洛阳，凭赤兔马笼络了吕布，使吕布背叛了丁建阳，当是189年的事。这个时候，赤兔马已经是经历过战场的成年马了。吕布兵败被杀的事，发生在198年，赤兔马归属了曹操。200年，曹操率兵攻打徐州，刘备兵败，弟兄三人失散，关羽暂时归曹，时值正月。就在这时候曹操将赤兔马赠予了关羽。当年五月，关羽奉命解白马围，万马军中杀了颜良，骑的正是赤兔马。赤兔马快，是关羽斩杀颜良的重要条件。关羽辞曹寻兄，千里单骑，骑的当然也是赤兔马。后来刘关张兄弟驻守新野，经赤壁之战，到督董荆州，赤兔马都跟随着关羽，而且和青龙刀一样，成为关羽的象征。明神宗朱翊钧，皇帝做得不好，楹联倒是写得不错。他为关羽写的一副楹联，高度概括了关羽一生的功业和精神，就是从赤兔马和青龙刀着眼的：

> 赤面秉赤心，骑赤兔追风，驰驱时无忘赤帝
> 青灯观青史，仗青龙偃月，隐微处不愧青天

直到关羽北伐曹魏，进攻襄樊，水淹七军，威震华夏，赤兔马和青龙刀仍然陪着关羽驰骋疆场，阵前杀敌。这时候已经是建安二十四年，公元219年。关羽得到赤兔马，已经有十九年了。从吕布得到赤兔马的189年算起，已是三十年。一匹马的生理年龄就算可以存活三四十年，也已经是恋栈老马了，不可能还在战场上纵横驰驱。

查遍正史野史，没有记载赤兔马归了关羽，更没有追随关羽几十年直到守义而死。传奇中的赤兔马，究其实恐怕也只是传奇。

关羽先随刘备在新野驻军，有七年多时间，后在荆州镇守又有十一年。生活相对稳定，妻子儿女当在一起生活。关羽对子女教育严格，特别是对关平，硬是把一个细皮嫩肉的白面少年，训练成为一个刀马娴熟的武将。如今荆州城外尚有一处跑马坡，相传就是当年训练关平骑马射箭的地方。还有一处黑土坡，原本是黄土坡，关羽要求关平练武之余，还要习文练字，每天洗笔的墨水，就泼在坡上，时间长了，黄土坡竟被染成了黑色，到如今黑土坡遗迹尚存。对二儿子关兴，也一样严格，以后关兴在蜀汉担任高级职务，也许都得益于少年时期的训练。据说为了教育儿女，关羽曾写了十二个篆字作为他们的座右铭：

读好书，说好话，行好事，作（做）好人。

当阳关陵里的关羽四好碑

白话口语，近乎现代。篆书倒有些古意，只是能否肯定为关羽亲笔？实在难说。但是古人们是确信不疑的，至迟宋代著名哲学家、教育家朱熹就予以肯定并大加赞赏，而且还写了赞词。以朱熹至高的学术地位和严肃的学术态度，至少可以证明宋代以前的人们，对这十二个字是关羽的训诫，也出自关羽的手笔，是认同的。

关羽的二儿子关兴，字安国，是一位少年才俊，关羽死后逃往蜀中，"少有令问"。年纪很轻就有很好的声誉，深得诸葛亮器重，以为他不同常人。

二十岁时，关兴已经官拜侍中、中监军，是国家高级官员了，负责皇帝的政策咨询和安全警卫。只可惜英年早逝，不几年就逝世了。关兴的儿子关统娶了后主刘禅的女儿，是个驸马爷了，官拜虎贲中郎将。他和公主没有生育，死后由关兴的庶子关彝承袭爵位。从史书的记载看，关兴是个文职官员，似乎没有统兵上阵的经历，但在民间说法和演义中，他却和张飞的儿子张苞一起，随着刘备征吴的大军，斩将夺旗，建功立业。刘备征吴，没有带诸葛亮，也没有带赵云，只带了一些二流的将军。这一仗自然是打得不好，最后失败了。但因为有了关兴和张苞，征吴战争就有了许多亮点。特别是关兴在阵上见到杀害父亲的仇人潘璋，拼死追杀，终于俘获了仇敌，在父亲的灵位前斩首祭奠，还追回了父亲的青龙刀。以后关兴仗着父亲的青龙刀，和张苞一起，成了诸葛亮后期军事行动中的两员骁将，成为诸葛亮六出祁山讨伐曹魏的重要将领。这些传奇情节，人们明知是一种演绎和虚构，但还是宁肯信其有而不肯信其无。在人们的心目中，东吴不顾同盟而暗地偷袭，是太无耻和卑鄙了。曹操是汉贼，孙权也是汉贼，他的罪责犹在曹操之上，"吴之贼甚于魏之贼也"（清·卢湛）。千百年来，人们对关羽正在讨曹伐魏连连胜利的关键时刻，被东吴偷袭而功败垂成，十分痛惜："欲除曹氏眼前害，岂料吴儿肘后欺。"（元·何溟）"三国鼎足今犹恨，不恨曹瞒恨仲谋。"（明·袁翔）关兴手刃杀父仇敌，夺回父亲的青龙刀，实在太解气了，对人们仇恨愤怒的情绪给予了一种报复的快意，对人们痛惜叹惋的心情给予了一种精神的抚慰。

传奇虽然是传奇，但它确实有着其必然产生的历史背景和心理依据。

传说关羽的女儿叫关银屏，深得刘、张、赵老一辈的喜爱。银屏小姐在父亲死后辗转回到蜀中，刘备、张飞自然视如己出，关怀备至。银屏小姐果然将门虎女，要跟着赵云老将军学习武艺，将来为父亲报仇。诸葛亮对这个失去父亲的女儿也十分呵护，在刘备、张飞死后，亲自主持了银屏小姐的婚事，把她许配给大臣李恢的儿子李蔚。当初刘备攻取成都，困难重重，是这位李恢策动了马超投奔刘备，促使了刘璋的献城投降，功勋卓著，在蜀汉后期是一位重要官员。他的儿子李蔚，聪明英俊，关银屏嫁了他，琴瑟和谐。

后来诸葛亮南征，李恢带领另一支方面军配合行动，李蔚和关银屏都随军出征。南方平定，李恢留下做了地方首长，银屏夫妻就在南方定居下来。关银屏虽然是一个女子，却也同样深明大义。她能够深切领会诸葛亮安边抚夷的民族政策，能够深刻理解稳定的后方对于诸葛亮出兵北伐的重要意义。她全力辅佐丈夫、公爹，团结边境民族，帮助南方人民耕种纺织，深得南方少数民族的拥护，为安定南方、巩固边境、解除蜀汉后顾之忧做出了贡献。

几十年后，曹魏大军（实际上这时候曹魏政权已经名存实亡，政权已为晋王司马昭把持）派出钟会、邓艾攻击蜀汉。随军的将领中，有一个特殊人物，即当年增援襄樊战场的曹军先锋大将庞德的儿子庞会。当年荆州部队水淹七军，俘获了于禁和庞德。关羽很爱惜庞德的武艺，亲自劝说庞德归降。因为庞德的哥哥正在蜀汉做官，庞德又是马超的老部下，而马超这时候是蜀汉地位很高的领导成员。应该说，关羽劝降庞德是很有诚意的。谁知庞德拒不投降，而且态度恶劣，关羽只好很惋惜地杀了庞德。战场法则，战争行为，关羽只能这样做。可到了蜀汉被曹魏大军攻破的时候，庞会早已不顾国际公法，也顾不得什么不准滥杀无辜的军纪，"尽灭关氏家"（《三国志·蜀书·关张马黄赵传》，裴松之注引《蜀记》）。但是，曹军攻蜀汉，并不是空降伞兵和摩托化部队。关氏后裔，还是有时间可以逃离的。当初荆州被东吴袭取，关平的夫人（据说是赵云之女）就带了儿子关樾逃到乡间，隐姓埋名躲藏下来，直到后来东吴灭亡才迁移洛阳，为关羽守墓。传说中关羽还有一个儿子关索，从荆州逃到蜀中，正赶上诸葛亮南征，就随军当了先锋，战功卓著，在云南、贵州一带有很大影响，至今还有许多诸如关索岭、关索桥等遗迹，还受到彝族、苗族等少数民族的祭祀。

关兴一支后裔据说是逃回了原籍解州，而北魏大儒关朗、唐德宗时宰相关播，都史载凿凿。如今运城市临猗县关原头村和盐湖区西古村的关氏族人，自认为是这一支脉，有《家谱》可证。而洛阳关氏家族，当是关平一支了。

忠义之后，天不斩其世。关氏后裔，如今遍及全国和海外。

传奇乎？真实乎？真实已演化为传奇，而传奇毕竟还是有些真实。

传奇也罢真实也罢，在广大民众的心目中，关羽是真正的英雄。英雄崇拜，从来就是中国底层群众普遍的心理情结。关羽的忠义精神、磊落品格和英雄气概，成为最好的历史标本，成为中华民族英雄崇拜心理情结的寄托。关羽的故事，在当时是国际新闻，在日后是舆论热点。在关羽故事流传的过程中，关羽的忠义精神，为越来越多的人所敬仰；关羽的绝伦武艺，为越来越多的人所钦羡；关羽的不凡经历，被越来越多的人所传说。

关羽，成了老百姓口口相传经久不衰的话题。

关羽的事迹，成了老百姓津津乐道引人入胜的故事。

关羽的故事被传说得越来越神秘，越来越离奇和完美，于是关羽的形象就被传说得越来越高大，越来越高尚。

于是，关羽便成了民间传说、民间故事、民间说唱等种种俗文化形式中的重要内容。关羽的形象，成了战火纷飞时期人们渴望天下太平的心理期待；关羽的故事，成了和平时期人们满足文化生活的精神需求。关羽已经成为文化的关羽，成为中国受众最多、普及面最广的文化存在。

渐渐地，俗文化中的关羽题材，开始向文人创作过渡。历代文人，不得不关注起民间文化中的这一经久不衰的创作内容。文人们发现关羽题材是最受欢迎而且最能引人入胜的，当然就要从民间文化那里吸取这个题材丰富自己的创作。这样，关羽题材便由民间创作升华为文人创作，便由普及走向提高：

民间传说开始走向历史传记；民间故事开始走向小说；民间说唱开始走向戏剧。关羽，就这样从民间走向经典。

史传对关羽的简单记载和有关关羽事迹的大量民间传说，凝结为元代著名文人胡琦的关羽传记《关王事迹》，凝结为明代著名文人、朝廷最高文化部门负责人钱谦益的《关圣帝君传》，凝结为清代卢湛编撰的《关圣帝君圣迹图志》。这些版本，应该说是关羽传记的经典著作了。

咏史抒怀，是诗人们进行创作的重要方面，咏史诗即是诗歌的一个重要种类。三国时期的历史舞台上，波澜壮阔，风起云涌，人才济济，英雄辈出，历代的咏史诗，莫不把三国历史和人物当作重要题材。诗人们寄托感慨、抒发感情，关羽的巨大功勋和悲壮人生，当然是最好的创作素材和吟咏对象。我国诗歌创作的巅峰时代是唐朝，唐朝一些著名的诗人，也都把他们充满诗意的目光，在关羽的身上聚焦。

唐初礼部尚书虞世南在《乌磁鼎铭》写道：

> 利不动，爵不縻，威不屈，害不折。心耿耿，
> 义烈烈，伟丈夫，真豪杰。纲常备，古今绝。

作为朝廷最高文化部门的负责人，对关羽的评价已经有着官方立场了。那评价也是极高的。

著名诗人岑参，刚好是荆州籍人，对关羽的事迹自然是熟悉的，关羽的名字在他很小时候就有了深刻印象。他后来又入蜀为官，直到退休客死成都，对蜀汉的事业更有了深刻认识。他是盛唐边塞诗派的杰出代表，诗中常常表达对英勇武将的敬仰，关羽、张飞都是他经常提到的：

> 汉将小卫霍，蜀将凌关张。
>
> ——《东归留题太常徐卿草堂》

把关羽和张飞与汉武帝时期著名将领卫青、霍去病相提并论，可见关羽在后世诗人心目中的位置。

晚唐诗坛领袖李商隐，曾经路过四川广元的筹笔驿。筹笔驿是一处历史古迹，是当初诸葛亮伐魏曾经驻军的地方。诸葛亮曾在这里筹划军务，指挥军事。诗人路过这里，自然会感叹三国史实，抒发对关张的怀念和对诸葛亮的惋叹之情：

> 管乐有才真不忝，关张无命欲何如？
>
> ——《筹笔驿》

虽然诸葛亮确实有着管仲、乐毅那样的文韬武略，但关羽、张飞过早地死去，失去了能征惯战独当一面的将军，他纵有经天纬地之才，还能有什么作为呢？蜀汉事业失去了关张，留下诸葛亮独撑危局，最终功亏一篑，功败垂成，实在让人惆怅与叹息啊！

　　诗人一千多年前的惆怅与叹息，简直就是今天我们的惆怅与叹息。

　　而唐大历十才子之一的郎士元，在关庙前与友人告别时，对关羽的历史功绩作了全面回忆，使这次离别有了不同寻常的苍凉感：

　　　　将军秉天姿，义勇冠今昔。

　　　　走马百战场，一剑万人敌……

　　　　　　　　　　　　　　　　——《壮缪侯庙别友人》

　　至少在唐代诗人的笔下，关羽已经是忠义的典型，是英勇的典型。

　　到了明代，随着关羽事迹日益深入人心，形象日益偶像化，诗人对关羽题材的关注，就更为广泛了。众多的诗人，用更加钦敬的笔触，赞美关羽的形象和精神。我们只要选择几位第一流诗人的作品，就可窥得全豹：

　　　　有文无武不威如，有武无文不丈夫。

　　　　谁似将军文复武，战袍不脱夜观书。

　　　　　　　　　　　　　　——明·文徵明《关帝读麟经》

　　　　白衣岂至计，竖子偶成功，

　　　　天将移汉祚，先忌绝伦雄。

　　　　　　　　　　　　　　　　——明·袁宏道《谒帝墓》

　　　　汉寿侯，义且武。冠三军，震华夏。

　　　　……死犹怒。髯如虬，眼如炬。

吁嗟汉乎天不祚，有马不践中原土。

侯虽身亡神万古！

——明·李东阳《咏汉寿亭侯》

　　诗歌是雅文学，代表了时代的文化主流形式。历代诗人，都用诗歌来咏史、言志、抒情，来凭吊古人，来抒发历史的感怀，来表现以史为鉴的人文关怀和以史明志的人生理想。士人阶层（当然包括诗人）是社会文明的承载和传递者，他们以关羽这个活生生的精神标本，以自己儒家精神的理想追求来描绘理想人物，叙述关羽的事迹，凭吊关羽的遗迹，传颂关羽的人格形象，把关羽的民间形象升华为经典形象。各种关羽题材的诗歌，在历史的咏叹中注入了深刻的人文思想，在对关羽悲剧结局的描述中寄托了对国家命运的深切关注，在对关羽文武兼修承继春秋大义的赞颂中体认了源远流长的中华之魂。在他们的笔下，关羽逐渐提纯成了中国文化史上与孔夫子并列的文化巨人、文化符号和文化偶像。

　　如果说雅文化对关羽的经典形象主要是提高升华的作用，那么可以说俗文化更多的是对关羽经典形象的深入和普及。雅文化塑造关羽形象的精神和心灵，关注的是提升；俗文化则表现关羽形象的具象和外化，优势在于通俗和广泛。关羽成为文化符号和文化偶像，雅文化和俗文化都发挥了自己的优势，一样是形成关公文化现象的经典文本。

　　受众最广泛的是戏剧。中国戏剧在很早以前就已有雏形，傩戏、锣鼓杂戏等早期的剧种就演出关羽的故事。据史籍记载，最早在隋朝炀帝时，就有宫廷团体排演了三国戏在曲江池演出，让朝廷大臣观看。唐玄宗时期，宫廷梨园是国家级别的专业戏剧团体，演出的三国戏更多。北宋时期，市井勾栏已有皮影、木偶戏风行，关羽故事也是这些剧种的重要剧目。

　　张耒的《明道杂志》，记载有这样一个故事：

　　北宋年间，汴京城里，常常有演出皮影戏的，也常演三国剧目。有一个富家子弟，是个皮影戏迷，也是个三国戏迷。每看到关羽败走麦城，被东吴伏兵擒拿，凛然不屈，要被推出斩首，就大哭起来，哀求弄皮影的人不要斩。弄皮影的人说不斩关公戏就无法往下演了，可以想个法子。他们寻思关羽忠义英勇，应该受到后人的钦敬，就在戏中情节演到斩关羽的时候，看戏的人可以摆起酒肉祭奠，祭奠完了，这一段戏也过去了，戏剧故事可以继续进行。这个富家子弟高兴了，立即答应采纳这个办法，他家也有钱干这个事。于是就拿出钱来，招来一些无赖小子都来看戏，看到关羽被斩，就用酒肉祭奠关羽。这帮小子祭奠完了自己喝酒吃肉，祭奠仪式也还像模像样。关羽一死，小子们就说："关爷爷升天去了！"

张耒是苏东坡的学生，是"苏门四学士"之一，是苏东坡也非常器重的文人。他担任过秘书省正字、起居舍人等职务，皇上每天的一言一行都由他记录。他在工作之余，在业余写作时，把自己亲见亲闻的这些街头故事也记录在书中。可见，在北宋时期，关羽题材就是戏剧经常演出的剧目了。元代著名文人陶宗仪，博览群书，广见博识，他在自己的《南村辍耕录》中，记载金院本中的《大刘备》《赤壁鏖兵》《骂吕布》《襄阳会》等六出三国戏，每出戏中都有关羽的形象。院本是最高艺术团体的保留剧目汇集，其艺术资料的权威性和真实性都是毋庸置疑的。

到了元代，杂剧成为戏剧主流，非常兴盛，而三国戏则是杂剧的重要题材。真正在舞台上树立了关羽经典形象的大戏剧家，直到这时候才出现——他就是被称为世界文化名人的关汉卿。

非常有意思的是，关汉卿是关氏家族的后裔，当然是河东解州人。他是否出生在解州，没有准确记载。他一生主要活动的地方在大都，即元朝首都北京，因而许多史籍记载他是元大都

蒲剧舞台上的关羽

人，但他始祖关氏和祖籍解州，则是近代学者共同认定的。当代著名戏剧家田汉，在他的同样著名的话剧《关汉卿》里，写到关汉卿用戏曲做武器反抗和鞭挞黑恶势力时，就受到了关羽精神的激励：

> 将碧血，写忠烈，
>
> 作厉鬼，除逆贼，
>
> 这血儿啊，化作黄河扬子浪千叠，
>
> 长与英雄共魂魄！
>
> ——田汉：话剧《关汉卿》第八场《蝶双飞》

在剧中，为解救被冤狱的关汉卿，市井民众万人签名写成"万民禀帖"为他喊冤，要求释放。主管这个案子的官员迫于压力，曾两次把禀帖驳回，不予受理，谁想每次驳回后第二天，在待办案卷中又出现了。这位官员是信奉关公的，他的签押房（处理案卷办公室）就挂着关公像。剧中这样写道：

> ……
>
> 和礼霍孙：（低声）我把那张禀帖打下去两次，可是两次都又回到我的桌子上来了。你看这事儿奇怪不奇怪？
>
> 撤里不花：真是奇怪，不过，古来善于断狱的大臣像包待制（包公）那样也有过这样的事。您走的时候呢？
>
> 和礼霍孙：我走的时候清清楚楚把万民禀搁在这儿的。（翻阅）咦，没有！（急找案上公文，大惊）天哪！又在这儿！
>
> 撤里不花：哎呀，记得禀帖上说关汉卿原籍是蒲州的。
>
> 和礼霍孙：那么，莫非？（他望着香烟缭绕中的关公像。）
>
> ——暗转
>
> ——田汉：话剧《关汉卿》第十一场

在田汉的笔下，是关汉卿的先祖关公保佑他逢凶化吉。这虽然是艺术描写，却也不能视为胡编乱造。田汉，可是一代文宗，是中华人民共和国国歌的词作者啊。

关汉卿在元朝不能做官，他的全部精力和才能，都投入到戏剧创作中，投身到排练演出元杂剧的艺术活动中。在我国文化艺术史上，元杂剧和唐诗、宋词、明清小说一样占据着最高艺术地位，而关汉卿则是元杂剧顶尖级别的剧作家，与马致远、郑光祖、白朴一起被称为"元曲四大家"，并且排在首位。关汉卿一生写了六十多部戏曲剧本，有名的有《窦娥冤》《望江亭》《拜月亭》《救风尘》等。而《关大王单刀赴会》则是表现关羽英雄形象的最具影响力的剧目了。

关汉卿以他娴熟的戏曲语言和舞台经验，以关羽人生中一件重要的历史事实作为故事情节，为观众塑造了一个伟岸、英勇、大气凛然的关羽形象。关羽未出场前，剧中的其他人物连说带唱，给观众介绍了关羽一生的丰功伟业。靠着艺术的魅力，关羽的英雄形象深入到我们的心里。

正末（乔国丈）（唱）【金盏儿】他上阵处赤力力三绺美髯飘，雄赳赳一丈虎躯摇，恰便是六丁神簇捧定一个活神道。那敌军若是见了，唬的他七魄散，五魂消。

——《单刀会》第一折

正末（司马徽）（唱）【尾声】……关云长千里独行觅二友，匹马单刀镇九州，人似巴山越岭彪，马跨翻江混海兽，轻举龙泉杀车胄，怒扯昆吾坏文丑，麾盖下颜良剑标了首，蔡阳英雄立取头。……

——《单刀会》第二折

虽说只是单刀赴会一次事件，但通过剧中人物之口，观众几乎了解了关羽一生的英雄事迹。这是《单刀会》的艺术特色。胡适先生说过：《单刀会》

虽是写赴会，但把关公一生都写出来了。

扮演关羽的演员一出场，关羽的英雄形象就出现在观众的眼前。靠着演员的扮演，观众亲眼看到了一位活生生的关羽活跃在舞台上。待剧中关羽唱出声，一种历史的沧桑感和英雄豪气，就进入了观众的心里：

（正云）看了这大江，是一派好水也阿！（唱）【双调新水令】大江东去浪千叠，引着这数十人，驾着这小舟一叶，又不比九重龙凤阁，可正是千丈虎狼穴。大丈夫心烈，我觑这单刀会似赛村社。

（云）好一派江景也阿！（唱）【驻马听】水涌山叠，年少周郎何处也？不觉得灰飞烟灭！可怜黄盖转伤嗟，破曹的樯橹一时绝，鏖兵的江水犹然热，好教我情惨切！（云）这不是江水。（唱）二十年流不尽的英雄血！

——《单刀会》第四折

剧中关羽渡江唱的这一支曲子《驻马听》，被当代文化大家郑振铎誉为"元曲中最悲壮的曲子"。

在元朝少数民族统治中国的历史背景下，众多汉族人民的心理需求得到了抚慰，民族感情得到了寄托。关羽忠于汉室的凛然大义，迎合了观众的民族意识和中原国土意识，娱乐形式上升为历史教育。关羽英雄形象的渲染和升华，成了历史的必然。

不仅关汉卿这样的剧作家，众多演员们也是关羽形象的重要塑造者。从有了三国戏，当然就有了扮演关羽的演员。他们是剧本内容和思想的传达者，是直接面对观众的表演者。关羽形象的普及和深入人心，他们功不可没。明代以降，扮演关羽的著名艺术家层出不穷，扮演关羽也成为剧种里的一个重要行当——红生，也称红净。说小旦戏、小生戏，人物太多了，不好确切说出是哪个人物；说红生戏，只有一个配做红生的人物，那就是关羽。舞台上的关羽，不仅威猛刚强，而且稳健儒雅，形成了不同于一般武将的演出风格和程式。比如他总是眯缝着眼，表现他对汉贼奸佞的蔑视和对功名利禄的不屑；比如他不像一般武将在台上来来往往地打斗，而是只消把青龙刀一挥，就解决了战斗，表现他的武艺高强和绝伦逸群；扮相英武庄严，眼、眉、色，皆有特异之点，不比常人；动作肃穆镇定，一招一式不能太猛失之粗野，举手投足不能太软失之萎靡。扮演关羽的演员，有许多规矩和讲究，演出前要斋戒沐浴，化装好以后不能在后台随意走动说话，出台前要在关公像前焚香礼拜，等等。

通过历代戏曲艺术家的努力探索和不断实践，关羽的舞台形象就这样定型了——以红生应工，或称红净：头戴绿色夫子盔，缀黄绒球，后兜，两侧白飘带，黄丝穗；身着绿蟒，掩甲；脸谱正红色，勾深黑色纹，描丹凤眼，卧蚕眉，鼻侧点一黑痣；五绺髯口，长过下腹，称关公髯；提红色马鞭；执青龙偃月刀，也是关羽专用；出场一般配马童，大纛，书斗大的一个"关"字；右有关平，为白面将军，佩剑；左有周仓，化装为特殊怪异形貌，执铜锤，多数时间为关羽扛刀。

人们心目中的关羽，其实是舞台上的关羽。舞台上的关羽，得到大众的认可，成了关羽的经典形象。和广大民众尊称关羽为关公一样，关羽题材的戏，都称为关公戏。

关公戏常演不衰，源自远远，如黄河之水天上来；流去长长，如东流大海不复回。戏剧宣扬了关公，关公丰富了戏剧。关公戏剧，成了关公文化的重要组成部分，也是关公文化的经典。

我们真正全面感受历史风云和时代背景，了解关羽事迹，理解关羽精神，体验关羽内心世界，还是读了我国四大名著之一——历史小说《三国演义》才实现的。

《三国演义》之前，在元代至治年间（1321—1323 年），已经有了《三国志平话》面世，三国故事和关羽故事已经开始了大面积的传播，但其思想性、艺术性还很差，规模也小得多，只八万字左右，当然就影响了它的流传。明代初年，太原籍通俗小说家罗贯中（1315—1385 年），汲取前代丰富的三国故事传说为基础，进行再创作，写出了长篇历史小说《三国演义》。他以"七分史实，三分虚构"的文学手法，记叙了东汉末年魏、蜀、吴近百年的兴亡史，描写那个混乱年代惊心动魄的政治斗争和军事斗争。《三国演义》是我国文学史上最著名的历史小说，是反映东汉末年时代风云的一部活的历史。我国人民对三国历史和三国人物的了解，主要是通过这部小说。只要稍有一点文化阅读能力，很少有未读过这部小说的。即使完全没有文化，也不会没有听过《三国演义》的故事。在中国，《三国演义》几乎家喻户晓。

《三国演义》的政治倾向是明显的，就是"拥刘反曹"，相同于南宋大儒朱熹的历史观。虽然这里有着封建正统家天下的历史观念，但更重要的是反映了封建时代广大人民人心向背：拥护宽仁爱民、知人善任、诚信待人、讲求义气的"明君""忠臣"，反对残忍暴虐阴谋奸诈的"暴君""奸贼"。《三国演义》的思想倾向也是明显的，就是宣扬忠义精神和人民对国家一统的渴望。应该说它虽有着时代的局限，但更有着积极的历史意义。

关羽是《三国演义》里最重要的人物之一，也是塑造得最好的艺术形象之一。在塑造人物方面，《三国演义》达到了极高的境界，一批性格鲜明血肉丰满的人物形象活跃在小说里，也就活跃在世世代代人们的心里。众多的三国人物中，曹操、关羽、诸葛亮是小说着力描绘的"三绝"：曹操奸诈百出，才足欺世，乱世奸雄，为"奸绝"；诸葛亮智慧超人，算无遗策，为"智绝"；而关羽义重如山，凛然正气，则是"义绝"。真要比起来，还是关羽的形象塑造得最好。鲁迅先生的评价是：其他人物，状写得还是有艺术上的缺陷，"亦颇有失。……唯于关羽，特多好语，义勇之概，时时如见矣"（鲁迅《中国小说史略》）。

罗贯中以自己卓越的艺术功力，通过土山约三事、秉烛达旦、身在曹营心在汉、挂印封金、拜书辞操、千里走单骑、过关斩将、古城会兄、义释曹操、独镇荆州、刮骨疗毒、单刀赴会、北伐曹魏、英勇就义等故事情节，完善了关羽的历史事迹，提升了关羽的精神品格，塑造了关羽的忠义形象，使关羽成为千古不朽的忠义思想代表和英勇精神化身。在小说中，关羽的音容笑貌、神情心理跃然纸上；冲锋陷阵、斩将杀敌如在目前，在给了读者极大阅读满足的同时，关羽的形象更加深入人心。

《三国演义》为人们提供了关公的文学定型，是关公经典形象最后的完成者。

　　"为天地立心，为生民立命，为往圣继绝学，为万世开太平"（宋代著名理学家张载语）。泱泱大国，悠悠万世，其心其行配得上这几句话的，还有谁人？还有几人？

　　关羽，我们中华民族的文化象征。

　　关羽，我们华夏古国的民族之魂。

第二十一章　关公精神的神格化崇拜

神的物化表现，是神像和供奉神像的祠庙。

随着关公神位的不断加封，供奉关公的祠庙逐渐遍及全国。关公享有规格最高的祠庙，也享有数量最多的祠庙。

关公是在当阳牺牲的，当阳民众对关公的追念最为强烈。他们最早在关公牺牲的地方建庙祭祀。关公神灵地位的追认，首先来自民间，来自人民。

一座座祭祀关公的神庙陆陆续续拔地而起。

北至巍巍白山长长黑水，南到茫茫大海丛丛椰林；西起大漠戈壁雪域边陲，东到万里海疆祖国宝岛，九百六十万平方公里的广袤疆土上，关公的祠庙无处不在。具体的数目当然已经很难统计，但庙貌遍天下，是绝不夸张的。全国普遍建立关公祠庙，最迟在元朝已有正式记载：

> （关公）英灵义烈遍天下，故所在庙祀，福善祸恶，神威赫然，咸威而敬之，而燕赵荆楚为尤笃。郡国州县，乡邑间井尽皆有庙。
>
> ——元·郝经：《顺天府重建汉义勇武安王庙记》

到了明朝，"祠庙遍天下"的记载就更明确了：

故前将军汉寿亭侯关公之祠庙遍天下，祠庙几与学宫、浮屠等。

——明·王世贞：《太仓州修庙记》

关公祠庙与学校、佛塔一样多，可见"祠庙遍天下"所言不虚。

据相关记载，清代乾隆朝，北京城里的关庙计有一百一十六座，为京城庙宇之冠。其次才是供奉观音菩萨的寺庙，有一百零八座。再其次，是土地庙和真武庙，还有火神庙、地藏庵、三官庙、龙王庙、玉皇庙等等，数目和关庙都不可同日而语。京城最著名的正阳门关帝庙，镇庙之宝是一幅关公画像，相传是唐代画家吴道子的手笔。

关公的家乡山西省的关庙，则有准确统计：1949年之前，共计一千零三十六座（见《关公文化旅游志》，山西人民出版社）。除解州关帝庙外，最早为宋代建造的阳泉市郊区林里村关庙，为北宋宣和四年（1122年）重修，始建的时间当更早一些。定襄关王庙，创建于金泰和八年（1208年），也是国内现存的最早关帝庙之一，元、明、清几经修葺。庙内关王殿为金代原构，非常珍贵。其余有元代、明代修建的，更多为清朝建造，多数都是全国、省、市级别的文物保护单位，至今香火依然旺盛。

值得一说的是，在孙权的故乡浙江富阳县（今杭州市富阳区），在东吴建都之地江苏南京没有孙权庙，而有关帝庙。不论当时背盟偷袭如何取得成功，东吴集团的鼠目寸光和孙权本人的人格卑劣已是人所共识。孙权故地不建孙权庙而建关帝庙，这事实本身就是人民的意愿和历史的定谳。这地方的关帝庙有一副楹联，就是人们对关公和孙权历史评价的文化表达：

此吴地也，不为孙郎立庙
今帝号矣，何须曹氏封侯

——浙江富阳区关帝庙楹联

同样，在曹氏故地谯郡（今安徽亳县），也是没有曹操的庙，只有关公的庙。而且，曹操的乡人对曹操并不偏袒，也有中肯评价：

一曲阳春唤醒古今梦
两般面目演尽忠奸情

——安徽亳县关庙戏台楹联

历史是最公正的，人民是最公正的。谁忠谁奸？谁正谁邪？谁是人间至尊？谁是历史小丑？谁说了都不算。说了算的，只有历史和人民。

也只能是历史和人民。

天下关庙，地境不一，形制各异，不可胜数，而与关公一生行止直接相关的，在关公人生经历中最具重要意义的，当是四座，即是他"身在当阳，头枕洛阳，魂归故乡"的相关之处：

其一是常平家庙，即关公祖祠。常平是关公世居的家乡，关公正是从这里走向东汉末年波澜壮阔的历史舞台的。常平在解州以南二十里处，依偎在中条山北麓的怀抱中，背靠条山，松涛阵阵；前瞻黄河，波浪滔滔；左有巍巍

常平家庙大殿

蒲关，右有浩浩盐池；人类早期的社会形态，遗续绵绵；华夏民族的历史延续，遗存处处。高山大川雄关险渡的自然地理，物华天宝；先皇古圣前贤远哲的历史文化，源远流长。钟灵毓秀，天精地英，当然要孕育出一个伟大的人物。关公就在这里诞生了。在这个以关龙逢为始祖的关氏家庭，在这个以

《春秋》为圭臬的诗书传家的平民家庭，关公生活到十九岁。在他除暴杀贼只身逃走之后，他的家人遭到官府与富豪的报复和残害，父母也被迫双双跳井身亡。昔日殷实平和的耕读之家，成为一片瓦砾。河东是曹魏属地，关公牺牲后不会立即为他立庙。据记载，是南朝陈废帝伯宗时为关公在当阳立庙后二十年，隋开皇九年（589年），关公家乡始建关公祖祠。关公祖祠规模不算大，面积有一百多亩。古柏森森，绿荫匝地，形制与一般庙宇无大区别，但这里是关公家乡，自然有不同于别处的地方。进入家庙，迎面一座威严的石牌坊，刻有"关王故里"四个大字，字迹古朴遒劲，为明嘉靖二年（1523年）巡按监察御史王秀立的笔迹。天下关庙千千万，只有这座关庙有资格刻写这四个大字，并不像有些圣人贤哲，后世冒出了许多故里而争议纷纷。孔夫子故里山东曲阜，关夫子故里山西解州，这是没有任何疑义的。"山别东西，前夫子后夫子；圣分文武，著春秋读春秋"，可以看作是天下人对关公籍贯的一致认同。

常平关帝祖祠山门内大院西侧，有八角七层砖塔一座，塔基下面，即是当年关公父母投井殉身的那眼井。乡人感其忠义，后来就在这眼井上建了这座塔，以纪念为免除儿子后顾之忧舍身殉义的关公父母。后面的圣祖殿，供奉关氏家族的远祖夏大夫关龙逢，还有上三代先祖。清雍正年间，朝廷赐封关公曾祖为光昭公，祖父为裕昌公，父亲为成忠公，并授一名关氏后裔为五经博士，以延续先祖祭祀。这在成千上万的关庙中，也是独一无二的，也只有这座庙最具备供奉先祖的资格。关公封王封帝，关夫人当然也夫贵妻荣，一些关庙也建娘娘殿尊奉祭祀。而关夫人在世时，在这个家庭里相夫教子，尊奉公婆，是关公的贤内助，也是这个家庭里主持中馈的重要成员。夫君外逃，公婆赴死，关夫人潜回娘家，精心呵护和教育儿子关平，直到关公在荆州安定下来，才辗转千里去荆州寻夫。关公死难后，有说关夫人带领关兴与女儿逃奔蜀中，也有说得知关公凶讯即以身殉情。关帝祖祠的娘娘殿，就建在关夫人当年生活过的地方，其意义当然也是别处关庙里的娘娘殿不能比拟的。这里的关夫人塑像逼真，神态端庄，凤冠霞帔，衣饰华丽，为清代塑立，是海内外关庙中的珍品。

其二是湖北当阳关陵，即关公陵寝，埋葬关公身躯的地方。关陵距当阳县城西五六里处，东临江汉，西接巴蜀，南望荆州，北连襄阳，是关公生前建功立业取得辉煌胜利的地方，也是他兵败被俘英勇就义的地方。中国历史上最为耀眼的将星陨落在这里，这里的陵庙自然就有了十分浓厚的悲壮气息。孙权杀害关公后，只怕难以抵挡刘备的复仇之师，于是就用了个"移祸之计"，把关公的头颅函封好送呈曹操。关公的尸身，则配置沉香木刻的头颅一起埋葬，依公侯之礼，十分隆重。最初关公的陵墓为偌大的土丘，林木掩映。到宋朝时，当阳官员给予培土修葺，建立了祭亭，周围环以垣墙，栽植苍松翠柏，关陵于是初具规模。明成化年间，当阳地方官员向朝廷申请修建陵庙，得到朝廷支持，大兴土木，修建了牌坊、三园门、马殿、拜殿、大殿、寝殿、碑廊、钟楼、鼓楼等一应建筑，关陵才成为规模浩大、气势庄严的陵墓。我国封建时代，帝王墓称陵，大臣墓称冢。关公的墓葬称关陵，当然是他被晋封为帝之后才开始的。关公身后的丧葬规格，是帝王的级别了。历朝历代，都有皇帝来当阳为关公祭陵。

关陵里还有许多奇异现象。陵墓所有的树木，不论松柏桑榆，都没有树梢，联想到陵墓里关公无头的尸身，可谓神异。更神异的是，关陵围墙之内四周所有的树木，树身树冠都朝着关公墓葬土丘的方向倾斜，仿佛躬身朝拜之状。围墙之外，一墙之隔，就不是这个样子了。神异之人，自然有着神异之事，偶然巧合，还是另有缘故？不好妄说，也不好随意猜测，只是让人心中不禁肃然。关陵不远处，是玉泉寺，即当年传说关公最早显圣的地方，立有"汉云长显圣处""最先显圣处"的古碑。当年智者大师声称在这里遇到关公显灵，关公就开始成为佛寺护法的伽蓝神。有神论者也罢，无神论者也罢，对于这些神异现象，种种解释，都难以定论，仍要津津乐道又心存敬畏下去。

然而，关陵周围的许多地方，却是毫无疑义的历史遗迹。关陵东方不到十里远，是当年长坂坡古战场，就是赵云奋力拼杀血染征袍的地方。如今长坂坡战场已经是一处公园，公园深处，立有明代万历年间的一座古碑，上面刻写着四个大字："长坂雄风"。附近还立有赵云塑像，英姿勃发，气势昂扬。

长坂坡往东再几里，为当阳桥，当年张飞就在这里怒喝："身是张益德也，可来共决死！"如今这里也立有清代雍正年间的古碑，刻着"张翼德横矛处"，并建了碑亭。关陵附近的这些历史遗迹，虽然年代久远，但依然氤氲着一阵阵英风豪气，烘托在关陵的四周，证实着关公真实的战斗历程，显现着关公不朽的英雄气概。

其三是洛阳关林，亦即关公陵寝，是埋葬关公头颅的地方。关公牺牲后身首两地，这就出现了两座陵墓，更显示出了关公生命结局的悲壮。孙权把关公的头颅献给曹操，曹操当然一眼就看穿了孙权的图谋。关公虽然是曹操的敌人，但却是曹操非常敬佩的人。曹操就命配以檀香木身躯，在洛阳城外以王侯之礼安葬。这是曹操一生中做的最后一件事，安葬好关公不几天，他就死去了。曹操当时还是汉相，以王侯之礼礼葬关公，当是国家行为，就是国葬了，就是最高的政治规格。关公的武圣地位得到朝野的普遍认同，和文圣孔夫子并称文武二圣，关帝陵墓也就很自然地和"孔林"一样，称为"关林"。一生实践儒家思想而又以高强武艺纵横天下的关公，攀升至内圣外王的人生之巅，成为世世代代中国人民普遍敬仰的华夏一人。

在海内外所有的关庙中，地位最独特、规模最浩大、祭祀最隆重的，是解州关帝庙。

因了关公的显赫声威和偶像地位，解县县城也开始向关公的祖居靠近。解县县城原址在今临晋镇附近，几经变迁，隋唐交替之际，迁至常平附近，后又升格为州，并在解州西关建关公祠庙。常平家庙，突出故居特点和家庭气息，而这里，就是天下祭祀关公的大型官方祠庙了。之后宋、明、清又相继扩建修葺，历朝皇帝和重要官员专程祭拜，都要拨款修缮。关帝庙的建筑规模越来越大，祭祀设施越来越全，规格形制越来越高，逐渐建成了一座皇宫化的关庙。

解州关帝庙庙宇格局为前朝后寝，分前后两个部分，三进院落。庙宇坐北朝南，红墙黑瓦，巍峨壮丽，气势威严，氛围凝重。未入庙里，就让人顿生敬畏之感。

关帝庙的南大门为端门。端门者，宫殿的正门，皇宫的南门。关帝庙第一重门称端门，与故宫一样的规格。端门砖石结构，造型古朴厚重，顶部为单檐歇山式门楼，分三个门洞，中高，两侧略低。门楣正面，镌刻"关帝庙"三个大字，字迹端庄，是康熙皇帝的手笔。背面正中题刻"扶汉人物"四字；两侧门楣，东边刻着"精忠贯日"，西边刻着"大义参天"。三幅门楣题字，当然是这座皇宫式庙宇的主题，集中表达了关帝庙的精髓，把关公精神的内容和特征，和盘托出。仿佛一部大书的标题，确切而醒目，收得先声夺人之效。端门两边为宫墙，朱红色，雉堞井然。宫殿的气势，庙宇的静穆，门前已然显现。

解州关帝庙端门

第二重门为雉门。雉门也是皇宫规制，专为帝王进出，昔日明神宗、清康熙来解州拜谒关公，就从此门进入。雉门面阔三间，进深也是三间，一样飞檐斗拱，单檐歇山顶。当然平时这中门不开启，人们进出经由两边的文经门和武纬门：一般文官进文经门，武将进武纬门。关帝庙辟有这两座门，俨然是皇宫级别的建筑。文经门之东，为崇圣祠，祭祀关氏三代先祖，系清代建筑；武纬门之西，为胡公祠，祭祀关公岳家，系胡氏家族所建，年代在崇圣祠之前。关帝庙中建有胡氏家祠，关公娶妻胡氏，便可得到证实。另外，东边设部将祠，祭祀周仓、王甫和赵累三位与关公同时牺牲的忠实部下，亦称"三贤祠"；而西边设"追风伯祠"，祭祀关公的赤兔马，它在明万历年间被朝廷追封为"追风伯"。赤兔马被追封为三等爵位，和关公的部将一样受到了格外的礼敬，关帝庙里也有它的一席之地。可见中国人对于忠义行为，推崇和敬仰的是精神，并不在意是人还是牲畜。哪怕是一匹马，能为关公尽忠尽义，人们也把它当神来敬。正中通道两旁，还有钟楼、鼓楼遥遥相对；两楼之前，各有木牌坊、石牌坊互相呼应，都显示了这座庙宇设施的最高配置和顶尖品级。

解州关帝庙东大门

　　一进院是宫殿最前面的部分，供文武官员和臣民进出、等候觐见。

　　二进院为前朝，就是宫殿里群臣正式朝拜的地方，是帝王上朝的场所。

　　进入前朝，先进午门。午门是禁宫的正门，进了午门，就进入了拜见皇帝的正式程序。关帝庙的午门，当然是明代关公晋封为协天大帝后新修的建筑。这里的午门面阔五间，进深三间，四周有青石护栏，显得庄严肃穆，表现了它的级别与规格。门外两侧的墙壁上，分别彩绘周仓、廖化的巨幅画像，仿佛门神，威武而恭谨，极似我们想象中关公的忠实部属。门内墙壁上，彩绘有关公的生平故事：桃园结义、徐州拒敌、挂印封金、千里寻兄、出关斩将、新野屯兵、驻守荆州、单刀赴会、刮骨疗毒、水淹七军、威震华夏等，一生事业，尽付丹青，叫人顿生敬意。一个人一生竟能做这么多的事，而且事事感天动地——忠则光昭日月，义则情溢肺腑，做事做到辉煌，做人做到了极致。中国人敬他为神是理所当然的，是情所当然的。

巡睃两边"精忠贯日"和"大义参天"木牌坊，穿过通道中间"山海钟灵"木牌坊，面前的建筑为"御书楼"。清康熙四十二年（1703年），康熙皇帝拜谒关帝庙，见到关帝塑像连喊"二弟"的那次，题写了"义炳乾坤"的匾额，留下御笔墨宝。此楼原为八卦楼，藏了皇帝的御书墨宝，即改名御书楼。御书楼三檐两层，歇山琉璃顶，台基回廊，藻井垂柱，建筑规制也肃穆壮丽。楼上悬有"绝伦逸群"匾额，文词出自诸葛亮给关公的信。这是同时代人对关公的中肯评价。书写出自清代解州知府言如泗的手笔，字迹圆润饱满，流畅自然。言如泗是孔子弟子言偃（子游）的七十五代孙，由他为关帝庙题写匾额，也算渊源有自：关公和他的远祖都是孔子思想的忠实继承人，他对关公的崇敬应该更有一层不同他人的深意。

解州关帝庙崇宁殿

过了"御书楼"，就是关帝庙里最重要的殿堂：崇宁殿。

崇宁殿，当然是宋徽宗赵佶敕封关公为"崇宁真君"而得名。

进了大庙，一路甬道宽阔，一路松柏翁郁，一路建筑华美，一路气氛静肃，亭台楼阁主次错落，匾额楹联悬置有序。这时候，我们来到大殿之前，开始瞻仰庙中的主殿了。

这是全庙最重要的建筑，是皇宫里群臣朝见帝王的殿堂。所谓朝廷，如果要有一个具体的象征，应该就是这里了。关帝庙是皇宫形制的祠庙，关公之神是帝王的身份，当然就要有这样一座宫殿来供奉。

果然气势雄伟。月台台基高阔，坚实厚重，高过五尺，宽三丈余，长有二十丈余，显得庄重硕大。大殿矗立在台基中央，面阔七间，进深六间，楼体高大，重檐歇山顶，五彩斗拱，琉璃鸱尾，构筑复杂而伟岸。四周回廊遍绕，二十六根蟠龙石柱昂然环立，柱身粗直，雕刻古朴精美，颇具踞地撑天之概。殿内幽暗而宽深，氤氲着森严的氛围，弥漫着让人敬畏的气息。大殿正中，坐落着关公的巨大神像，冕旒玉圭，龙袍玉带，一身帝王装束，威严高贵。只有那红面长髯、蚕眉凤目，才使我们又熟悉又亲切起来。我们印象中，是横刀立马的关公，是夜读《春秋》的关公，这样正襟危坐的帝王关公，所见不多。关帝神像两旁，当然也有陪侍，都是红袍牙笏，应是明代朝廷为关帝配属的陆、张两位丞相。关帝宝座上方及殿内四周，一块块匾额高悬，自然金装银裹，颇具价值。但令我们肃然起敬的，是那些匾额的题词。别的不说，只清代三位皇帝的题词，对关羽的称颂就至高无上：康熙皇帝题为"义炳乾坤"，乾隆皇帝题为"神勇"，咸丰皇帝题词则是"万世人极"。我们已经记述过清代朝廷对关公的推崇，只这几块匾额就可以作为历史的实证。不论朝廷和地方的祭祀大典，还是普通百姓敬拜关帝，当然就在这里进行，钟磬器物，照例都要配置。朝廷祭祀关帝，自明代已经确定为国家大典，祭礼颂文，规格内容，自有定式。繁文缛节，我们不再一一记述。我们只要知道，在清代雍正年间，朝廷钦命全国县级以上州城府治，都要建立关帝庙，并于春秋两季，例行祭祀大礼。这是全国性的祀典了。还是雍正朝时，朝廷又诏令全国关帝庙正式命名为武庙。关庙和孔庙正式并列，一文一武，文圣武圣，正式由国家确认。

关公，确立了国家神的地位。

至于民间的祭祀活动，我们就难以胜记了。

崇宁殿之后，就是三进院了，是后宫。

最靠近大殿的本是寝宫，原塑有娘娘像；两边有东西配厢，塑关平、关兴夫人像。战火中寝宫被焚毁，至今并未复建。寝宫原址，如今辟为花园，遍地绿荫，奇树异草，姹紫嫣红，蜂飞蝶舞，悠悠花香在殿前庭后缭绕。穿过花园，有一座木牌坊，上书"气肃千秋"。两旁置"刀楼""印楼"，安放着关羽的大刀和印信。大刀自然是我们熟悉的青龙偃月刀；那印信，当是我们都知道的"汉寿亭侯印"。

最后一座建筑是春秋楼，这是关帝庙特色独具的地方。关公一生喜读《春秋》，践行春秋大义，关帝庙中建春秋楼，那是题中应有之义。历代宫殿也有专供帝王读书的地方，但不会叫春秋楼，只有关帝庙中关圣读书的楼阁，才配这样的命名。

解州关帝庙春秋楼

春秋楼是全庙里最高的建筑，高九丈，面阔七间，进深六间，三檐两层，四面滴水，九脊歇山式琉璃顶。飞檐翘角，雕梁画栋，顶脊上琉璃兽头饰件，神态各异，色彩纷呈，两边鸱尾，昂然欲飞。楼体一周木隔扇雕刻有各种人物花卉，栩栩如生，古朴而鲜活。隔扇门和楼梯级数皆对应山西州府县的数目：一百零八，暗应天罡地煞之数，体现着道教文化的远古和神秘。四周吊柱托梁，绕起悬空长廊，仿佛楼外栈道，雄奇而实用，是国内建筑独例。在周围建筑和高大古柏的烘托下，楼体巍然耸立，雄伟壮观。进入春秋楼，迎面神龛中是关圣坐像，正面全身，帝王装束，神色端庄，面容儒雅沉静，少了些勇将的威武气势，多了些王者的华贵雍容。把关公当帝王来敬奉，虽然是至高无上，但我们心中关公那疾恶如仇的凛然神色和大刀凌空劈下的凶猛气势就没有了，让我们不禁有些怅然若失。上得楼去，那神像便与众不同，不再是帝王正襟危坐的样子，而是幞头长袍，侧身捋须，目光专注。案头上展开的，当然是他一生喜读的《左氏春秋》。身后的壁板上，果然刻着《春秋》原文，字迹密集文字古奥，读起来肯定不会轻松。遥想一千八百多年前关公行军作战之暇，在军帐中挑灯夜读，实在叫人肃然起敬。

楼阁上下，当然还有着太多的匾额楹联，琳琅满目。在众多的赞语颂词中，这副楹联倒有些与众不同的淡远和雅致：

北斗在当头，帘泊开时应挂斗

南山来对面，春秋阅罢且看山

想象中的关圣，读《春秋》也该读得累了，也该站起身来，展展腰躯，整整长须，伸伸双臂。推开窗棂，且看头上那渺渺夜空，灿灿星斗；且看南面那巍巍中条，浩浩盐海。一生慷慨昂扬壮怀激烈，现在也该从容些了、闲散些了，也该多一些淡远意趣、多一些山水情怀了。

其他浮雕彩绘、香炉供案、石刻木器、銮驾仪仗，难以胜记……

一座武庙之冠尚不能介绍周详，何况更多，数以万计？

不论繁华京都，还是偏远村寨；不论通衢名城，还是边陲海疆，关帝庙遍布在华夏大地上，关圣的赤面长须威严地呈现在人们的面前。

凡是有华人的地方，都会有关帝庙。据不完全统计，祭祀关圣的庙宇，竟然遍布英国、美国、俄罗斯、荷兰、西班牙、捷克、新加坡、日本、朝鲜、韩国、马来西亚、澳大利亚、泰国、印度、越南、马达加斯加、法属留尼汪等三十六个国家和地区，全世界的关庙竟有三万多座。

东方之神，庙宇遍及全球，祭祀遍及世界。神庙里的香烟，缭缭绕绕，在我们头顶的上空，卷卷舒舒，散发着桃花的清香……

数以万计的关帝庙，信众更是千千万万。对于关公的神灵应验，人们无不虔诚膜拜，深信不疑。人们相信关公之神与伏羲女娲、玉帝王母、四海龙王、山神土地一样，具有超自然的神通和力量。那么，人们崇敬的关圣之神，有着什么样的神职和使命呢？

关圣是护国佑民的神祇。在当阳玉泉寺显圣，护国佑民，已经难辨其详，但在家乡解池斩蚩尤，却是史书上有正式记载的。"唐之富庶，盐税之半"，泱泱大国，解池的盐税竟是国家巨大财源。河东解池的枯竭，是国家和全体百姓的巨大灾难。关公斩蚩尤，是护国，也是佑民。从此护国佑民成了他的重要职责，从此历朝历代都有他护国佑民的传说。

关圣还是除瘟禳灾的神祇，是惩恶扬善的神祇，是救人危难的神祇。在杂书记载和民间传说中，种种神异事迹数不胜数。

在这些杂书和民间传说中，关圣的神灵，无所不能：

关圣能助人科举。读书士子平日拜奉关圣，在考场上竟能如有神助，文思如泉。

关圣还能保佑发财。商贾票号平日拜奉关圣，便生意茂盛，财源广进。财神本是赵公元帅，不知什么时候关圣成了财神。据说由于关圣是山西蒲州人，而山西蒲州的商人，是晋商的源头；又据说关公在曹营时，曹操派人送的礼物都要登记在册，离开曹营时挂印封金，账目分明。天下所有的商贾会馆，都建有关帝庙供奉关圣。民间百姓逢年过节敬奉财神，那财神分明是红脸长髯。

关圣还能助人治病疗伤，还能助人决疑断案……

我们很难完全相信这些活灵活现的传说，但是我们也很难完全说服人们不去相信。我们知道，这都是人们太崇敬关公的缘故。越来越多的人崇敬他，以他为自己的保护神：

军人崇敬他，因为他的高强武艺；官员崇敬他，因为他的仁爱情怀；朝廷崇敬他，因为他的忠心；百姓崇敬他，因为他的护民；江湖好汉崇敬他，因为他的义气；敌人对手崇敬他，因为他的磊落；汉民族崇敬他，因为他心存汉室；少数民族崇敬他，因为他志存一统；读书人崇敬他，因为他能助人科举；穷苦人崇敬他，因为他扶弱济困；打铁的崇敬他，因为他曾从事过同一样的行业；理发的崇敬他，因为与他使用着相同的器具（刀）……不分地位，不分地域，不分贵贱，不分行业，不分民族……所有的人都崇敬着他，也相信他在保佑着所有的人。

显灵显圣，如此种种，有文字记载也罢，民间传说也罢，事出有因，时人深信不疑。否则不会郑重地记入书页，或者镌刻碑石。即使是传说，怎么不说是别的什么神灵？当然，这里面有明显的迷信色彩。

至于扶乩、灵签等，就更是迷信活动了。以我们现在的唯物论思想和科学知识，我们当然明白这些都是迷信。但是，迷信只是一种形式，焚香也罢，磕头也罢，只是为了表达我们内心的崇拜和敬意。

一切存在的都是合理的。关公既然有这样多显灵的传说，总是有着它合理的原因。关公一生堂堂正正，磊磊落落，坦坦荡荡，如日昭昭，如月皎皎，以忠报国，以仁为民，以义待人，以诚交友，以信处事——高风亮节，人所难及。高山仰止，景行行止。他是中国人处事的标范，是中国人做人的楷模。这样的人，生为典范，殁为神明。护国佑民，当然是他；救人水火，当然是他；济困救难，当然是他；惩恶扬善，当然也是他。他是正义的化身，一切好事都是他帮助人们实现；他是神通的象征，一切愿望都是他帮助人们达成。他成为无所不能的神，在我们的生活中无所不在。迷信也罢，虚幻也罢，偶然巧合也罢，善意编造也罢，他永远活在了人们的心中。人们的一切心愿，当然会祈求他，当然会依靠他，当然会仰仗他！

他是历史上活生生的人，是忠义、诚信、仁爱、勇敢精神的代表。中国人民崇尚忠义精神，芸芸众生大多还不能读书识字，还不能做到以儒家精神来"理论武装头脑"，只能在漫长历史中寻找一位具备这样道德理想的人物来做范本。这个人物就是关公，人们的目光就锁定到关公身上。以他为神，就是迷信他，就是选择他为自己尊崇的偶像。

这是中国人理智而真诚的选择，是中国人民的精神取向和人格追求。

迷信他，就是像他那样做人，就做不得坏人和小人。迷信他，就是像他那样做事，就做不得恶事和虚伪的事。

"亘万古而为神""民心即天心，神由人兴"。神是人的造就，是人们把关公造就成了神：他的神勇和忠义思想，最符合中国优秀传统文化和道德精神，而受到儒家推崇。佛、道又借助他在朝野民众中的崇高威望，来扩大宗教影响。三教圆融共同推崇其为偶像，于是关公便由一位真实的历史英雄人物逐渐演变为人们心中的神之至尊——东方之神，让我们世世代代焚香膜拜。

人事有代谢，往来成古今。是崇敬和膜拜，让已经离开我们一千八百多年的关公，在我们的心中成为永恒。

关公，是中华民族最崇敬的神祇，是中国人民最信仰的神祇。

千百年来，国家遇到外敌侵略或天灾袭扰，朝廷会用最隆重的仪式，虔敬膜拜，祈望他护国佑民。千百年来，人们受到灾病祸患或恶势力欺诈，大家会以最诚挚的姿态，焚香顶礼，祈祷他扶危救困。

在中国人的心目中，他至圣至尊，至仁至义。凡忠君爱国，尊老敬贤之辈，都会受到他的护佑。

在中国人的心目中，他至清至明，至正至刚。凡祸国殃民，恃强凌弱之徒，都会受到他的惩戒。

他保佑天下农人风调雨顺。他保佑天下商贾生意兴隆。他保佑天下行旅路途顺利。他保佑天下学子金榜题名。家宅不安的，他为我们驱邪除祟。人生困顿的，他为我们消灾除患。身罹病痛的，他为我们强身祛病。遭遇横祸的，他为我们抚慰心灵……

什么玉皇大帝、王母娘娘，什么太上老君、东岳紫微，这些天上的众位尊神，距离人们的生活都太遥远了，都太陌生了。普通老百姓并不知道他们在天上掌管着什么，有着什么法力，能不能保佑自己。只有关公，是老百姓心目中的万能之神，而且是最亲切的神，是与老百姓距离最近的神。中国疆域辽阔，幅员广大，民族众多，建筑形制和民居风格千差万别：关外深山老林中的地窝子，塞上茫茫草原里的蒙古包，东海波涛围绕的孤岛，西域世界屋脊的雪城，满蒙回藏，荒原戈壁，只要是有人栖息的地方，都会有关公的祠庙。他的祠庙几乎遍布了所有的都市、城镇和乡间村庄，遍布了皇宫、官府和商贾会馆。不论规模大小，不论坐落位置，关庙里都是苍松翁郁，翠柏葳蕤，香客川流不息，气氛肃穆庄严。

我们所有的中国人，上至耄耋老人，下至黄口小儿，不会没有祭拜过关公的经历。我们许多人，在还弄不懂关公是何许人物时，就早已随着长辈们给他虔诚地磕过头了。我们把关公尊称为关老爷，或者径直就称为老爷。他仿佛就在我们的生活中，不管遇到了什么困难、什么灾变，不管心里有了什么向往、什么欲求，我们就会想到他，就会祭拜他。

解州南山的关公塑像

他是我们头上的青天，他是我们身边的保护神。

他是超越人间、超越自然的神灵，体现着上苍天理的公正和天道的力量。

他是审视人间、评判世事的神灵，执掌着人间正义的维护和邪恶的惩戒。

他代表了所有的神仙，是神中之神，是神上之神。

从唯物论的观点说，神是一种迷信，是一种虚幻的超自然力，是一种宗教。而关公的神化形成却与宗教无关。即使有关，也只是宗教在借重他，而不是他在借助宗教。关公之成为神，成为东方之神，成为中国文化和中国人民心中的神性存在，不是靠了宗教，而是人们对关公精神人格无比崇拜和敬仰的必然，是人们文化心理的凝结，是人们普遍愿望的达成。关公的精神人格，世所罕匹；他所继承的春秋大义，虽然是国家统一、民族团结、社会安定、时代进步的愿景，但对处于世俗社会中具体的个人来说，对物质享受追求越来越高的人们来说，实在难以企及。于是，虽不能至，心向往之，关公就成了人们精神家园真诚的寄托，成了人们精神生活必需的偶像。

不论阶级，不分民族，朝廷和民间，帝王和草民，在这一点上是共同的。

对崇高的敬畏和向往，是人类的共性。

关公，不是一般意义的神灵，而是华夏之魂，是我们的民族之魂。

第二十二章　关公文化，体现了中华传统文化的核心价值

关公离开我们，已经有一千八百多年了。在这漫长的时间里，历史从中古走到了今天，从传统走进了现代。

"暗淡了刀光剑影，远去了鼓角铮鸣。"什么朝廷正统，什么篡逆偏霸，什么扶汉大业，什么功败垂成，都成了过往。

只有关公，还长久地活在书册里，活在传说里，活在舞台上，活在庙宇中，活在人们的生活中。

真实也罢传奇也罢，人们都还没有忘记关公。迷信也罢偶像也罢，人们都还在敬奉着关公。这是因为，所有的历史都归结为文化。

时间虽然可以销蚀一切，却不可以销蚀文化。关公，已经成了一种文化价值。

世界上只有文化是不朽的。植根于华夏古国文化土壤里的关公，他的忠义思想和诚信品质就是一种文化，就是不朽的。

社会是不断发展的，但不论发展到怎样的历史阶段和社会形态，其社会道德伦理也是不可或缺的。关公所代表的忠义仁勇精神，永远是社会价值的根本，永远是维护社会正义的需要。

人类是不断进步的，但不论进步到怎样的生活状态和心理状态，其精神追求总是健康向上的。关公所代表的诚信磊落的高贵品质，永远是人们人格

完善和价值体现的标尺。

关公成为千百年来文化传播的重要载体，成为一种涵盖全社会各个层面的文化现象，成为整个华夏民族的人文精神，在中国人民的精神领域里占据了非常重要的地位。关公文化现象，当然是我们这个文明古国长期的社会意识的产物，是中国人民一以贯之的民族精神的产物，是大众群体是非判断和人心向背的产物。关公忠义精神的传播史，就是中国人民的心灵史。关公已经成了社会道德力量的文化符号，承载了多重的文化内涵。

中华民族是世界上历史最悠久的民族，在漫长的社会进程中，中华民族把自己的历史观和精神追求，集中到一个具体的历史人物身上；把自己的人格向往和道德标范，寄托在一个具体的历史人物身上。这个人就是关公。这是人们自觉的选择和愿望的实现。在群星灿烂的历史长河中，关公，只有关公，才符合民族心理和人们愿望的选择条件。

关公，已然成了一种关乎人们道德完善和精神价值的文化：关公文化。

该怎样定义关公文化？

关公文化是以关公的真实历史为源头，以各阶层民众对关公的普遍敬仰崇拜为基础，以朝廷褒封宗教尊奉的神化偶像庙貌祭祀为推动，以各种雅俗文化艺术形式的传播为普及方式，以绵延弥久的历史长度和涵盖广泛的地域广度为发展历程，从而产生的体现中华传统文化核心价值和民族道德伦理的文化现象。

历史上真实的关公提供了良好的基础，文化传播的关公塑造了完美的形象，朝廷褒封的关公提升了至高的地位，宗教信仰的关公普及了全民的崇拜，关公文化在中国传统文化特别是精神领域里占据了非常重要的位置。经过封建社会漫长的历史历程，经过儒家思想长期的熏陶濡染，中国人选择了自己的神化偶像，确定了自己的人格追求。这个神化偶像和人格追求还会长期地影响着人们的思想和生活，还会是人们民间意识形态的核心价值。从这个意义上说，关公是永远的，关公文化是要长久存在下去的。

已经进入二十一世纪的现代社会，社会结构、政治形态、经济水平和文化发展，无疑已经进步到了一个相当高级的阶段。无论社会文明、民主进步和民生条件，过去任何历史时代都是无法比拟的。但是，现代人面临的，绝不是歌舞升平的国际环境，绝不是温和善良的人际关系，人们也绝没有达到纯净平和的心理状态。现代化无疑是我们要努力实现的伟大目标，但现代化的曲折进程带来的社会负面效应却是我们不得不严肃应对的。为适应现代化的社会生活，我们当然要建立不同于传统的现代人格，但由此产生的社会问题和心理困境，也是我们不得不严肃应对的。

在纷乱的世界格局中，在不同价值观念的对立中，在不同阶层的人群坚持不同人生观的社会现实中，还有没有普适的道德伦理？还有没有人们普遍认同的道德伦理？

答案是肯定的。

忠诚，义气，正直，坦荡，光明，磊落，赤诚，信义，英勇，顽强，刚猛，雄烈，豪气，坚毅，忍耐，担当，自尊，威严，凛然，坚贞，不屈，还有对财富的蔑视，对美色的矜持，对官位的淡然，对小人的不屑，对敌人的凌厉……这一切，都表现在关公一生的行动中，都蕴藏在关公不朽的灵魂里。

关公，就是人类这种道德精华和高贵品质的集合体。

关公文化，其主要内容就是道德精神和人格高标。

关公文化，本质上就是道德文化、人格文化。

这些道德精华和高贵品质，对于具备了现代人格和价值观的我们，仍然是要坚持和传承的。

时代只要还需要这些道德精华和高贵品质，时代就需要关公。

我们只要还坚持这些道德精华和高贵品质，我们就需要关公。

关公文化，是时代的需要，是永远的需要。

二十一世纪，曾是我们无限向往过的。

现代化社会，也是我们无限向往过的。

新的世纪的确是一个辉煌的世纪，科技进步，经济发展，我们的古代先祖实在是无法想象——

我们已经能够进入浩渺的太空，我们的"天宫""神舟""嫦娥""玉兔"，每天都在发现和探究着地球和宇宙的奥秘。

我们已经发现了自身的基因结构，人类幼年时期就向往的长寿和健康，随着生命密码不断地破解将会变成现实。

我们的社会生产力得到了巨大的发展，国民生产总值已经是全球第二，我们以世界百分之七的耕地供养着世界百分之二十多的人口，我们的杂交水稻技术对整个人类都是最大的福音。

亘古流泻奔腾不息的长江，如今正在按照我们的意志将洪流变成电流，去点燃城市乡村的万家灯火，去引领矿山车间的马达轰鸣。

终年积雪空气稀薄的雪域高原，如今铺设了钢铁动脉，时代列车驶进了过去人烟稀少的荒原和寸草不生的戈壁。昔日的农奴成了命运的主人，从蛮荒落后的偏僻世界里解放出来，融入祖国大家庭里。

昔日布满急流险滩和荆棘荒榛的广袤大地，如今处处都是通衢大道，高速铁路纵横交错，高速公路四通八达。国家经济上了快车道，飞速发展。

昔日的西北荒漠，如今是国家油海。

昔日的东北莽原，如今是祖国粮仓。

……

但是，在物质生活条件已经十分优越的今天，人们又突然发现，我们的饮食越来越丰盛却失去了应有的香甜，我们的居室越来越豪华却失去了应有的安静，我们的交际越来越热闹却缺少暖心的温情，我们的物质追求越来越满足却又感到莫名的心理空虚。

我们的社会环境和生活环境一样值得忧虑。我们不能不看到，人们的人生理想越来越趋向物质化，人们的文化趣味已经变得越来越粗鄙起来，人们的精神追求越来越世俗和实际。

一个个腐败案件，一件件公德泯灭的事件，不断地被揭露出来：官员腐败，权钱交易，贪图享乐，私欲放纵，奢靡挥霍，道德败坏，精神堕落，金钱至上，诚信缺失……桩桩件件，令人瞠目，甚至匪夷所思。道义精神，公义品格，公德意识，社会良知，都有一定程度的疲软和退化。虽然近年来经过强有力的反腐败斗争，经过广泛有效的社会主义核心价值观的教育和践行，党风和社会风气已经发生很大的改善，但还不能说已经得到彻底的转变。

街头跌倒的老人，敢不敢去伸手搀扶？身边危重的病人，可不可以上前救助？本来应该是毫不犹豫的行动，却成了哈姆雷特式的问题。怎么竟会是这样？也许是因为我们没有了关公。假如我们身边还有关公那样的人，还有许许多多关公那样的人，当然就不会是这样！

见义勇为哪里去了？挺身而出哪里去了？路见不平拔刀相助哪里去了？扶危救困奋不顾身哪里去了？我们还会不会义愤填膺？我们还会不会拍案而起？世上还有没有血性男儿？人间还有没有刚强铁汉？男人还是不是大丈夫？人们还剩下多少英雄气？更不要说精忠贯日，更不要说大义参天，更不要说杀身成仁、舍生取义。面对这样的词汇，我们只有脸红，只有羞愧。

社会准则和道德准则已经遭到严重挑战。在经济飞速发展，人们的物质生活条件越来越优越的同时，我们不能不严肃地思考我们面临的种种问题，不能不认真地探究其中深层次的原因。

社会主义初级阶段理论的建立，预示着共产主义理想目标比过去的想象更加遥远，信仰的调整和重建一时还难以形成；长期忽视个人正当利益的语境推向极端走向反面，集体利益和社会公益被一些人置之脑后；市场经济体系确立和社会商业化趋向，追求利润成了人们的普遍趋势，不论哪一个阶层的人都在为金钱和财富挖空心思；传统人格的衰微和现代人格的构建，原有的精神准则已经适应不了市场经济环境下的物质利益原则、等价交换原则和自由竞争原则；对眼前利益的关注超过了关注自身的生命痛痒，对物质享受的追求超过了建立自己的心灵谱系。

我们在追求经济发展和社会进步的时候，还没有及时地建设新的道德体系和人文价值观念。我们还忽视了对传统道德的扬弃和继承。我们在批判旧思想、旧道德的时候，在一定程度上也否定了中华民族优秀人文传统，忠义孝悌仁爱等传统道德观念的合理内核，也被怀疑和摒弃。

我们的社会，肯定还存在着问题。我们的心灵，肯定也存在着缺陷。

我们的新时代中国特色社会主义思想，我们的社会主义核心价值观，我们的和谐社会建设目标，我们全新的荣辱观念和优良家风的传承，都是解决社会问题和心灵缺陷的根本方针和必要对策。同时，我们还需要从传统的道德伦理土壤里汲取营养。这一点，越来越成为人们的共识。

连大洋彼岸的美国哈佛大学著名教授白璧德，早在二十世纪三十年代就十分称赞中国传统文化。他认为："中国传统文化是把物质文明发展到有害程度的现代世界往良性道路引领的法宝。"

到了1988年，"第一届诺贝尔奖获得者国际大会"在巴黎召开，参加会议的诺贝尔奖获得者七十五人。对人类面临的种种社会问题和道德问题，这些代表着人类最高智慧的优秀科学家集思广益，为我们的世界集体把脉，对症下药。会议发出了一个响亮的声音：

> 人类要在二十一世纪生存下去，必须回首两千五百年前，从孔子那里汲取智慧。
>
> ——汤恩佳、朱仁夫:《孔子读本》

这是现代具有高等智慧的代表人物，对中国古代具有高等智慧的代表人物的倾心认同，是人类智慧进步到一定程度面临风险和歧路时，向古代高等智慧的虔诚请教。

面临人类共同的社会问题，现代人类最高智慧的头脑不能不进行理智的思考，现代人类最高智慧的人物不能不给予严肃的应对。调动人类的全部智慧资源包括古代中国的智慧资源，当然是他们应有的和睿智的抉择，当然就具有了时代的意义。

这样，我们就可以理解并引为自豪：我们的孔子学院和孔子课堂遍及全世界。

中国古代高等智慧和传统道德精神，对于解决现代社会人类面临的种种问题，对于现代社会的健康发展，将要发挥不可估量的作用。

经济发展是社会发展的基础和动力，而道德建设则是社会发展的稳压器和平衡器。现代社会是法制社会，但法制社会是对人们行为的制约，而不可能是完全有效的对思想和心灵的制约。人们心理的健康和心灵的纯洁，以及价值观念和人生态度，是非判断和个人操守，都要靠道德观来指向和导引。道德虽然是一个历史的范畴，不同时代有着不同的道德观念，但是，现代道德是从传统道德发展而来的，人类基本的普适的道德因素，是从传统道德那里继承下来的。孔子为代表的儒家的社会宏愿和道德理想，关公所继承和毕其一生努力实践的春秋大义，是人类道德精神的合理内核。对国家以忠诚，对人民以仁爱，对友朋以信义，对敌人以勇敢，这些品格和精神，以及重承诺、守信用、扶助弱小、坦诚待人、见义勇为、坚持正义等等优良品德，是永远也不会过时的，是永远也不应该抛弃的，也是不能够抛弃的。关公，以他崇高的人格美誉度和高度的道德感召力，仍旧是我们的道德楷模和人格标范，仍旧是我们当前道德重建的动力。关公精神无论于国于民，还是对于个人安身立命，都是有重要价值的；都会走进现代人的心灵，走进现代人的生活，走向不断发展的现代社会。

人类道德大厦需要现代道德的支撑，也需要传统道德的基石。

因此，对富含精神营养的儒家思想，我们还应以扬弃的方式汲取和吸收；对关公一生恪守和坚持的忠义思想和诚信品格，我们还应继承和发扬。

关公对于我们继承传统道德、建设新的道德体系，是有着重要意义的。

走进现代的我们，仍然需要关公。事实上，人们对关公的祭祀和文化探究，就是这种需要的表现。

具有五千年文明史的华夏古国，虽然屡遭挫折，但毕竟是自立于世界民族之林的伟大民族；虽然多灾多难，但毕竟是勤劳勇敢的伟大人民。

我们面临的问题，虽然复杂艰巨，但毕竟是前进中的问题，是在快速发展中产生的问题。我们党和国家对社会存在的种种问题始终是清醒的，确立的路线方针和战略决策，都正在产生或已经产生着巨大的精神力量，社会道德环境正在一天天向澄明健康的方向发展。

党的坚强领导和新时代中国特色社会主义理论，为我们建设繁荣富强的现代化国家提供了根本保证。坚持政治文明，坚持民主法制，坚持依法治国，坚持精神文明建设，为我们实现社会公平正义和人民根本利益提供了必要条件。党和国家高度重视继承我国优秀传统文化，几千年来中华民族形成的优秀传统美德，正在得到恢复和发扬。我们在建设新的道德体系的同时，没有忘记在传统的道德土壤里汲取营养。

我们漫长的历史长河中涌现的伟大人物的道德精神和优秀品格，仍然在而且会永远在感召和激励着我们。关公，这个儒家思想和道德典范的活的灵魂，这个代表了中华文化精神的活生生的英雄形象，仍旧是我们的道德楷模和人格向往。关公精神是中华民族精神的形象化和普及化，在我国社会和全世界普遍关注儒家经典学说和民族传统美德的今天，关公形象和关公精神还将发挥更大的社会功能。它虽然不是宗教意义上的信仰，但它的向心力和感召力，将会产生巨大的社会教化作用，将会匡正和启迪世道人心，对我们现实社会和整个人类社会，都将产生重大和深远的影响。

我们欣慰地看到，就在今天，就在市场经济和商品社会的今天，我们身边仍然涌现出千千万万的道德模范，发生着许许多多的动人故事。就在关公故里运城，也不断出现了许多令人感动的人物。

一位还债局长的诚信行为，使我们想起关公的信义。

夏县乡镇企业局原局长胡丙森，在任职期间为企业担保，帮助他们贷了银行的资金发展生产。直到自己退休时，这些企业的贷款也没有还清，有的企业还破产倒闭了，还贷没了着落。退休后的胡丙森用自己的工资，加上给企业打工的报酬，陆续替这些借贷企业偿还债务，被人称为"还债局长"。十多年来，他积劳成疾，罹患癌症，但一直不忘还债，终于在告别人世前，将贷款全部还清。

一位护林员的坚守和执着，使我们想起关公的忠勇。

平陆县一位退伍军人，叫荆保山，从部队回乡时被安排到中条山林场当了护林员，每天的任务就是看护森林。一天又一天，一年又一年，他时时警惕着火灾隐患，时时警惕着有人盗伐，一年里回不了几趟家。父亲病故，儿子结婚，女儿出嫁，他都离不开林场。他说，我给领导保证过，一定要把林子保护好。这一干，就是四十年。

一位党员妈妈的无疆大爱，使我们想起关公的仁爱。

　　临猗县有一位女青年陈玉芳，是个共产党员。乘改革东风，她办服装厂，办学校，收入不错，日子过得很红火。一次她遇到新绛县一个孤残儿童，看他可怜，就收养了他，供他上学。这一义举传了出去，周围的孤残儿童就陆续来了几十个。陈玉芳都收留了下来，先后供养了五十八个，花光了企业的收入和家里的积蓄，还欠下一大笔钱，是有关部门发动社会募捐才帮她还了债。现在陈玉芳已经六十多岁了，五十八个孤残儿童也陆续长大成人，都给她叫妈，称她是"党员妈妈"。

　　这一切，是新的道德风尚，也是关公精神的现代体现。

　　忠诚与信义，无疑是新时代的道德风尚，无疑是社会主义的思想品质。但是，我们不能不看到，新时代的道德风尚和社会主义的思想品质，是由源远流长的中华民族传统道德发展而来的。它具有鲜明的时代特征，但又有着传统道德文化的基本内核，两者之间是无法截然分开的。发生在我们身边的这些仁爱、诚信和忠勇的行为，分明有着我们中华民族传统道德的传承和影响，有着我们与民族先辈血脉相连的遗续和继承。甚至可以具体地说，都有着关公精神的遗续和继承。

　　以历史感触现实，以现实反观历史。我们不能不联想到关公，不会不联想到关公一生所实践的春秋大义。关公的忠义思想和诚信品格，对我们今天匡正道德滑坡的社会风气，对我们呼唤诚信缺失的社会风气，都有着非常重要的现实意义。人们祭拜关公，纪念关公，敬重关公，人间就不会没有了忠义和英勇，就不会没有了诚信和磊落。良知泯灭的行径就会遭到严惩和鞭挞，见利忘义的小人就会遭到鄙视和怒斥。关公庙宇的祭祀不会停止，关公故事的流传不会中断，关公形象的显现不会消失，关公精神的传承就永远不会终止。人人心中都有关公，人人心里就有着一条道德底线；人人的脑海里都牢记着关公形象，人人的血管中就会流动着中华传统道德的血液。于是，中国人世世代代都会继承和发扬忠诚、信义、仁爱和英勇的关公精神。

　　关公文化，是社会教化永远不需改版的全民教材，不分学龄高低，不分学校内外，不分语言种类，不分居住区域。尊奉关公，崇尚关公精神，传承关公文化，是中国人的社会必修课，是中国人个人道德和社会伦理意识的行动准则，是每个中国人修身齐家安身立命的文化基因。人们可以选择不同的政治信仰、人生目标和价值观念，但是关公的忠义仁勇精神，是每个人道德人格大厦都不可或缺的基本构件。有了这个基本构件，我们就会坚持正义，就会崇尚英雄。危难时刻，我们就会挺身而出；义利面前，我们就会正气凛然。处人，我们会深情大义；处事，我们会光明磊落。我们堂堂仪表，我们凛凛一躯，我们在天地之间，就会用自己的头颅和身躯，站立成一个刚刚正正的"人"字。什么高官厚禄，什么金钱美色，一切龌龊卑劣，一切蝇营狗苟，都诱惑不了、动摇不了这一撇一捺撑起来的大写的人！

关公精神是凝聚我国众多民族和十多亿全球华人的精神轴心，这无疑会对我国多民族的团结、对海外华人的团结起到巨大的作用。中国是一个多民族国家，有着地球上最多的人口，有着偌大面积尚未回归的宝岛，有着不同社会制度的特别行政区，有着大相径庭的语言文字，有着多姿多彩的生活习俗和文化。不同地域、不同民族、不同阶层的人们，思想信仰和心理状态，政治观点和生活态度，都是难以完全统一的，也是不必要完全统一的。但是，对于国家利益，对于民族大义，又不能不集聚在祖国的旗帜下，不能不团结在华夏民族的大家庭里。否则，国家就要分裂，民族就要离散，人民就会陷进水深火热之中。这是几千年中华古国和华夏民族的历史证明了的，这也是我们的民族先知和民族英雄用自己的奋斗和牺牲证明了的。

好在，我们都在继承和发扬关公精神。不同地域、不同民族、不同阶层的华夏子孙，尽管政治制度、宗教信仰、社会观念和生活方式不尽相同或者完全不同，甚至有一些不必隐讳的敌对情绪，但是，在尊奉关公、敬重关公这一观念形态上，是一致的。

这是我们民族的共同点。这个共同点，无论怎样的政治原因和地域原因，都是动摇不了的，都是取消不了的。中国文化向来以伦理道德为核心价值，儒家道德体系，关公偶像崇拜，都是从这个意义上形成和发展起来的。人们崇拜关公，实际上并不是或者说并不完全是诚服他的神异的灵验，不是乞灵于他的神力，而是诚服他的道德人格、他的伦理品质。他的精神就是中国传统文化中的人文精神；他的品性，就是中国传统道德的集中表现。他所坚持和实践的春秋大义，是我们民族精神的遗传因子。关公文化，是所有中国人完全一致的民间意识形态。这是不受政治信仰约束和政权体制限制的。关公文化，超越了政治信仰，超越了一切宗教。

关公文化，是中国历史上最广泛、最深入人心的文化。

第二十三章　关帝庙，世界华人心中的圣地

科学在不断地发展，迷信被不断地破除。

随着科学的快速发展和文化的广泛普及，越来越多的人已经不再迷信。人们不再相信天宇里有着主宰人们命运的玉皇大帝、王母娘娘以及众多的神灵。在电视机前收看天气预报的人们，没有人会想到雷公电母、风神雨神；在摆满现代化电器的居室、厨房，没有人还会记得城隍土地、火神灶君。但是，关帝庙里，却依然香火繁盛。

在庄严神圣的关公塑像前烧香跪拜的人们，在气氛肃穆的殿堂祭坛前虔诚瞻仰的人们，在松柏蓊郁的庙宇庭院内流连忘返的人们，都是因为深信关公的神灵应验吗？那些声势浩大规模空前的各种祭拜大典、纪念活动、全国研讨会、国际文化节，那些高规格的人物宣读祭文、致辞讲话、主祭陪祭，也是基于关公之神"司命禄、佑科举、治病除灾、驱邪避恶……"的认知吗？大多数不会是肯定的回答。

现在，我们为什么还要敬奉关公？显然，这是有着新的解释的。

一切行为都有着它内在的原因。关公信仰至今方兴未艾，当然有其深刻的原因。现代社会的人们还在敬奉关公，不是迷信，不是相信什么神灵应验，而是对关公精神的庄严致敬和由衷的尊崇。现代社会，关公还在影响着我们的思想，影响着我们的生活。

关帝庙，仍然寄托着我们心中的道德向往和精神追求。

为数众多的关庙，特别是那些规模和形制都比较简陋的乡间关庙，大都是自然毁损和倾圮的，几乎很少有破除迷信破到关老爷头上。虽然经历了急风暴雨式的革命战争和声势浩大的破旧立新，那些规模较大形制宏伟的关帝庙，还是被保留了下来。解州关帝庙、湖北当阳关陵、河南洛阳关林、当阳关帝庙、涿州三义宫、福建东山县铜陵关帝庙、河南社旗山陕会馆、河南舞阳山陕会馆、河南周口山陕会馆、山西阳泉林里关庙、山西定襄关帝庙等都是国家级文物保护单位，属于国家的文化珍藏了。全国各省（市）省会城市或者重要城市，原有的关帝庙几乎都保存完好：像北京故宫博物院清代宫廷关庙——钦安殿、北京著名的白云观道教关庙——财神殿、北京雍和宫藏传佛教关庙——护法神殿、北京市鼓楼西大街民国政府官方祀典神庙——关岳庙等，都还是国家重要的历史建筑和文化遗迹。其他与关公历史活动有关的重要古迹，如河北涿州三义宫、河南许昌灞陵桥关庙、河南许昌春秋楼、湖北荆州关帝庙、湖北当阳玉泉寺关公殿等还都予以修复和扩建，以保存关公的历史足迹和奋斗历程。

　　遍布于全国和世界各地依然保存完好的关帝庙，举不胜举，很难准确统计其数目。地理位置重要的或具有特别代表性的，有黑龙江省虎林市虎头关庙，这是位于我国最北端的关庙，已是中俄交界处了；甘肃省嘉峪关关庙，是长城诸关口关庙之最；西藏自治区拉萨市巴玛热山关庙，是藏传佛教在本土兴建的也是世界最高处的关庙；而韩国首尔关帝庙，日本横滨市关帝庙、神户市关帝庙、函馆关帝庙，越南河内市还剑湖关圣殿，印度尼西亚雅加达南靖庙，东帝汶帝力市关帝庙，澳大利亚墨尔本市关帝庙，泰国曼谷关帝庙，马达加斯加苏瓦雷斯关帝庙等则是最早建于海外的关庙了。

　　在中国台湾，不足三千万人口，就有关公的信徒八百多万；面积三万六千平方公里的岛屿上，建有关帝庙九百七十九座（台湾蔡相辉：《台湾的关帝信仰及其教化功能》）；最著名的关帝庙有历史悠久的宜兰县礁溪镇协天庙，郑成功据台时期的官方祠庙台南县祀典武庙，高雄文衡殿，彰化关帝庙，现代新建的关帝庙则有日月潭文武庙、台北市行天宫、台中市圣寿宫、台南山西宫等。全年有大型祭拜，每月有小型祭拜，农历初一、十五为官员主拜，

台湾高雄关帝庙

台湾著名关帝庙——礁溪协天庙

初二、十六为商人主拜，制度肃然。

香火祭祀自不必说，对关公的崇拜，仍然表现在各行各业的人群中：

在我国的香港和澳门特别行政区，关公是军界和警界崇拜的大神。关公的神像，就安置在警署中重要位置。每有警事，警员要向关公神像祭拜祈求保佑。

在新加坡，学生的课本上，收入了关公的一生事迹。关公的精神，不只是教育和感染着中国人。

在泰国，法官们在开庭前，先要面对关公神像起誓表示忠于法律，才能进入审判程序。

在美国，敬奉关公的不仅仅是华人。里根总统在竞选之前，他的夫人曾去了旧金山和洛杉矶的关帝庙祭拜关公。

在马达加斯加，1999 年大量发行了关公纪念邮票。

在印度，2000 年开始修建大型关公公园。

就在近年里，还有新的关帝庙在各地创建：香港元朗大棠关帝庙，美国纽约华埠关帝庙，新加坡女皇镇忠义庙，还有马来西亚华侨新建关帝庙——于右任先生那副著名的楹联，就是为这个关帝庙撰写的：

忠义二字团结了中华儿女

春秋一书代表着民族精神

据统计，世界对关公的崇拜和信奉，已达一百六十八个国家和地区。

（以上数字见运城关公研究会会刊《关公研究》第四期赵参军文章）

……

那么多地方，我们不能说都是落后和愚昧的地方，不能轻率地说这些人都是迷信。我们只能说，世界承认了关公，关公精神感动了世界。

人们对关公的崇拜和信奉，并不否认其中的神性因素，但其主要形式已经由普通民众香火祭拜祈求保佑，向着社会团体甚至政府部门举行大型祭祀文化活动过渡，文化理念得到了很大的提升。新时期以来，关公的家乡解州所在的山西运城市，将关公文化作为建设文化强市的龙头，开展了多种关公文化活动。解州关帝庙得到全面修缮和扩建，常平关公祖庙也得到多处维修，新建的关帝汉城则再现了关公成长环境和汉代解梁城的部分原貌。自1990年始，运城市政府部门主办"关公文化节"，现已历三十二届，内容已由单纯的"关公庙会""金秋大祭"发展成为"国际关公文化旅游节"，最近几年省政府也参与主办，成为当地文化、经济和对外交流的窗口和平台。这些活动规模空前，参与广泛，全国各地赶来朝拜关公的人们络绎不绝，洛阳、荆州、襄樊、涿州、当阳等地的代表，东南沿海地方的代表，台湾地区的代表，更是积极参与，每年都成为祭拜的主要团体，而朝鲜、越南、马来西亚、韩国、俄罗斯、白俄罗斯、新加坡等国的驻华使馆文化参赞或朝拜团，还有美国、日本等国家和地区的华人团体，都常常不远万里前来解州关帝庙朝拜关公。

解州关帝庙，被他们称之为关帝祖庙。

在中国台湾，关公的祭祀和朝拜活动极具规模，台湾人民祭拜关公更是不同寻常地虔诚。台北市行天宫供奉关帝为主神，香火鼎盛，闻名全岛。他们以具体实践关公忠义思想、净化人心、匡正社会风气为目标，半个世纪以来以"宗教、文化、教育、医疗、慈善"五大志业服务社会，崇尚教义而革除迷信，鼓励人群正义，促进社会祥和，现已拥有数百万信众，在台湾民间社会有着很大的影响。值得重视的是，行天宫提倡宗教美德，严禁对外劝募和义卖，节约谢神，问心做事，实行"六不"：不焚化纸钱，不演戏谢神，不供拜牺醴，不酬谢金牌，不摆摊设铺，不设功德箱。这些，可以视为新的宗教形式。

不论大陆还是台港澳各地，在开展各种祭祀活动的同时，都加强了关公文化的学术研讨交流，使关公文化研究不断引向深入，不断提高其学术品质与理论高度，对弘扬关公精神有了更为理性的提升。运城市有关学术团体多次举办关公学术研讨会，多数都有台湾方面的学者参加。而台湾的关公祭祀活动，也多次邀请了大陆有关学者和关氏后裔。关公文化的研究和交流，已经成为两岸人民民族感情交流和达成文化共识的重要方式。

日月潭文武庙祭祀活动

台湾，人们在山西宫（关帝庙）前瞻仰来自大陆的关公圣像

2013 年 3 月，山西省和运城市举办为期半月的解州关帝祖庙圣像巡游台湾活动，28 日在解州关帝祖庙隆重举办启动仪式。台湾方面派出了迎驾团，由鸿海集团总裁郭台铭、中华道教关圣帝君宏道协会会长陈展松先生领衔，专程来到现场迎请关帝圣像。

从 4 月 1 日起，关帝圣像自高雄开始，从南到北，依次巡游了台南、嘉义、云林、南投、彰化、台中、新竹、新北、台北、基隆、桃园等十四个县市，巡游了高雄文衡殿、东照山关帝庙、台南祀典武庙、日月潭文武庙、彰化关帝庙、台中醒修宫、南天宫、新竹关帝庙、松山慈惠堂、虎尾顺天宫、台北行天宫等一百六十座关庙，四百多万台湾民众参与了迎驾、巡游、朝拜、祭祀等祈福活动。中国国民党荣誉主席连战、副主席林丰正、海基会董事长林中森、台北市市长郝龙斌、新北市市长朱立伦等，参加了相关祭拜巡游活动，王金平先生、郭台铭先生、陈展松会长和宏道协会其他负责人，始终坚持陪同巡游。

关帝圣像每到一地，早有民众列队迎接，銮驾仪仗，香案祭品，锣鼓喧天，鞭炮齐鸣。一队队中西器乐，高跷狮舞，旱船龙灯，载歌载舞，热闹而井然有序；几十辆彩车排成长长的队伍，载着各种神像缓缓行进，庄严而喜庆。两旁商铺住户，也都放下各自营生，焚香化纸，敬献果品，鞠躬礼拜。耆老稚儿，一样行礼如仪。到了驻驾庙宇，则举行正式祀典，鸣钟击磬，鼎彝供奉，奏大典之乐，唱赞颂之诗，献俎豆之享，主祭庄重，陪祭恭谨，信众环伺，气氛肃然。个别更为虔诚的，竟置身于迎神队伍之外，只顾双手合十，磕头礼敬，毫不顾及头上的雨滴、脚下的泥水、身旁的热闹，完全进入了万物皆无、与神灵对话的境界。热闹喧阗和凝神专注反差巨大又和谐统一，叫人感动又感慨。

这次关公圣像巡游，成为全台湾的盛大节日。参与之广泛，队伍之庞大，恭迎之隆重，祭拜之虔诚，城乡之轰动，活动之热烈，证明了关公信仰在台湾的广泛普及和深入人心。

实现伟大的民族复兴，国内各民族，两岸各党派和政治实体，东北亚、东南亚汉文化圈和华侨华人世界，需要有共同点，需要有共同的文化认知。

由于历史原因、意识形态差异和利益诉求的不同，这样的共同点和文化认知不会很多。但在继承和发扬关公精神这一点上，在对关公的偶像崇拜这一观念形态上，是一致的。

这是凝聚我国众多民族和十多亿全球华人的精神轴心，无疑会对我国多民族的团结、对海外华人的团结起到巨大的作用。

关公，全球华人共同的神祇。关公崇拜，全球华人共同的心理情结。关公信仰，全球华人最广泛的文化认同。而关帝庙，就是我们心灵沟通的桥梁，就是我们感情交流的纽带，就是我们华夏子孙心中的圣地。历史最久、规模最大、规格最高、信众最多的解州关帝祖庙，关公故居的常平关帝家庙，就成为全球华人共同神往的地方。

解州，就是我们中华民族心中的麦加。

［本书配图由解州关帝庙、当阳关陵、洛阳关林等单位和朱正明、关志杰、杜东明、畅民、张福安、孙立功、何晋阳、王飞等提供，谨致谢意。］

参考文献

1.〔晋〕陈寿:《三国志》，岳麓书社 2002 年。

2.〔宋〕司马光:《资治通鉴》，长城出版社 1999 年。

3.〔清〕张镇:《解梁关帝志》，山西人民出版社 1992 年。

4. 吕思勉:《中国文化史》，新世界出版社 2008 年。

5. 柏杨:《中国人史纲》，同心出版社 2005 年。

6. 柏杨:《柏杨品三国》，中信出版社 2006 年。

7. 陈文德:《诸葛亮大传》，中国友谊出版公司 2000 年。

8. 陈文德:《曹操》，中国戏剧出版社 2000 年。

9. 胡小伟:《关公崇拜溯源》，北岳文艺出版社 2009 年。

10. 卢晓衡主编:《关羽、关公和关圣》，社会科学文献出版社 2002 年。

11. 刘海燕:《从民间到经典》，上海三联书店 2004 年。

12. 梁志俊、杨明珠等编:《人·神·圣关公》，山西人民出版社 1993 年。

13. 汤恩佳、朱仁夫:《孔子读本》，南方日报出版社 2007 年。

14. 田福生:《关羽传》，中国文史出版社 2007 年。

图书在版编目（CIP）数据

千秋武圣 / 王西兰著 . -- 北京：作家出版社，2022.9
（2023.4重印）

（典藏古河东丛书）

ISBN 978-7-5212-1952-4

Ⅰ . ①千… Ⅱ . ①王… Ⅲ . ①散文集—中国—当代
Ⅳ . ① I267

中国版本图书馆 CIP 数据核字（2022）第 122140 号

千秋武圣

作　　者：王西兰
责任编辑：丁文梅　朱莲莲
装帧设计：鲁麟锋
出版发行：作家出版社有限公司
社　　址：北京农展馆南里 10 号　　邮　　编：100125
电话传真：86-10-65067186（发行中心及邮购部）
　　　　　86-10-65004079（总编室）

E-mail:zuojia @ zuojia.net.cn

http://www.zuojiachubanshe.com

印　　刷：唐山嘉德印刷有限公司
成品尺寸：170×240
字　　数：266 千
印　　张：18.25
版　　次：2022 年 9 月第 1 版
印　　次：2023 年 4 月第 2 次印刷
ISBN 978-7-5212-1952-4
定　　价：55.00 元